唐诗宋词元曲精编

【第六卷】

韩东坡/主编

辽海出版社

唐诗气象

诗歌到了唐代，就像一千多年陆续播下的种子，忽然在一个春天竞相绽放，一时万紫千红，蔚为壮观。中国诗歌步入了灿烂辉煌的黄金时代。唐诗作为中国文化一大因缘之所以能够出现在唐代，除了诗歌自身演变发展的规律外，更和唐代特定的社会历史文化条件密切相关：这是一个中国历史上少有的政治清明的时代，这是一个多元宽容有着博大胸襟的时代，这是一个作为当时世界经济文化中心的时代，这是一个积极进取青春飞扬的时代，这是一个把诗歌变成政治生活变成日常生活变成一种生存方式的时代，这是一个诗歌将要变成规范还没成为规范而又在不断突破规范的时代……所有的这一切，铸就了唐诗辉煌之鼎，标志着酝酿了一千多年的中国诗性文化达到巅峰。对于中国诗歌而言，这既是一个令后来无数诗人缅怀追慕的巅峰，同时又是一个令后来无数诗人殚精竭虑的巅峰，因为它的存在，诗歌从此有了一个叹为观止的高度，使得后来一千多年的诗人大都只能徘徊在它的阴影之下，显得黯然失色。鲁迅先生曾感慨地说，好诗到唐代已经做完。(《致扬霁云》）也因为唐诗，诗歌才成为一

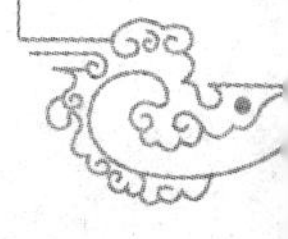

个古老民族的精神象征。

在近三百年的时间里，唐诗的发展并不平衡，也有一个发生、发展、高潮到流变的历史过程。我们一般把这一过程分为初唐、盛唐、中唐和晚唐四个时期。在不同的时期，唐诗呈现出不同的风貌。

初唐诗歌：宫体的救赎

唐诗的繁荣并非“忽如一夜春风来，千树万树梨花开”，而是同样经历了一个曲折缓慢的演进过程。这一过程，主要是通过对六朝齐梁绮丽诗风的激浊扬清，为盛唐的辉煌扫清道路。最初进行这项转折工作的是被称为“唐诗始音”的“初唐四杰”。

唐初的诗坛上，风靡一时的是逶迤颓靡的齐梁诗风。虽然其间偶尔也有如王绩（589—644）这样独立于宫廷诗坛以外的诗人，但影响微乎其微，根本构不成对宫体诗的冲击。

到了武则天时代，王勃（650—676）、杨炯（650—693）、卢照邻（634—689）和骆宾王（619—约 684）勃起于诗坛之间，以“开辟翰苑，扫荡文场”（王勃《山亭思友人序》）自命，将诗歌“由宫廷走到市井”“从台阁移至江山与塞漠”（闻一多《四杰》），以刚健壮大的审美追求，开始改变初唐诗歌的面貌。“四杰”中，卢、骆的七言歌行，气势宏大，视野开阔，较早地开启了新的诗风。如卢照邻的《长安古意》，铺陈汉代长安上层社会统治者的骄横奢淫的生活，在极写车骑、宫殿、林苑、妖姬、歌舞的豪华后，笔锋突然一转："节物风光不相待，桑田碧海须臾改。昔时金阶白玉堂，即今唯见青松在。寂寂寥寥扬子居，年年岁岁一床书。独有南山桂花发，飞来飞去袭人裾。"以一己穷愁的书生生涯与之对照，寄托了作者的寂寥愤慨与立言不朽的人生追求。骆宾王《帝京篇》的描写内容和抒情结构亦复如此："莫矜一旦擅豪华，自言千载长骄奢。倏忽抟风生羽翼，须臾失浪委泥沙。……汲黯薪逾积，孙弘阁未开。谁惜长沙傅，独负洛阳才。"两人虽然在取材方面还没有完全脱离宫体诗的羁勒，但正如闻一多先生所指出的那样，这是一种因势利导的策略，以写宫体而改革宫体，从宫体中"自赎"出来。（闻一多《宫体诗的自赎》）诗歌基本未离繁华生活、男女情事的描写，但诗中所体现的内容、节奏、情感以及表现手法等又有别于宫体诗。宫廷诗人应制咏物以美颂为主的写诗倾向，至此完全转向了独抒怀抱。

如果说卢、骆上述的七言歌行在题材上还没有完全脱离宫廷气息，那么，他们在一些五言的咏物诗中则一扫宫体诗的萎弱之病，赋予诗歌苍凉沉郁的格调。如骆宾王的《在狱咏蝉》："西陆蝉声唱，南冠客思侵。那堪玄鬓影，来对白头吟。露重飞难进，风多响易沉。无人信高洁，谁为表予心？"此诗作于高宗仪凤三年（678），当时骆宾王以侍御史之职上疏论事，触忤武后，遭诬，以贪赃罪名，下狱。骆宾王以“蝉”来表达自己的处境，咏物真切，感情诚挚，寄悲愤沉痛于比兴之中，婉转附物，怊怅切情。还有如王勃《山中》：“长江悲已滞，万里念将归。况复高风晚，山山黄叶飞。”此诗以情出景，以景衬情，层层递进，倍倍加重，寥寥二十字，表现出一种悲凉浑壮的气势。

“四杰”的诗歌，往往在抑郁不平的苦闷背后却充溢着一种慷慨激昂、奋发向上的精神气度，如：“城阙辅三秦，风烟望五津。与君离别意，同是宦游人。海内存知己，天涯若比邻。无为在歧路，儿女共沾巾。”（王勃《送杜少府之任蜀州》）“烽火照西京，心中自不平。牙璋辞凤阙，铁骑绕龙城。雪暗凋旗画，风多杂鼓声。宁为百夫长，胜作一书生。”（杨炯《从军行》）王勃的这首诗一反传统离别诗歌中凄苦悲伤、黯然销魂的喟叹，表现了作者旷达爽朗的胸襟，一洗初唐宫体的绮丽之习，质朴雄浑，横溢奔放，给当时的诗坛带来了一股新鲜的气息，使人耳目一新。杨炯的《从军行》，抒发了诗人投笔从戎、驱逐敌寇、建功立业的壮志豪情，体现了一股昂扬向上的时代精神。

“初唐四杰”尽管在创作中还没有彻底洗净齐梁习气，但他们诗歌中体现的人生理想追求和抑郁不平的慷慨之气开启了盛唐诗歌的基调。杜甫在《戏为六绝句》里充分肯定了“四杰”的历史意义：“王杨卢骆当时体，轻薄为文哂未

休。尔曹身与名俱灭，不废江河万古流。”郑振铎先生曾满怀激情地评价他们说：“正如太阳神万千缕的光芒还未走在东方之前，东方是先已布满了黎明女神的玫瑰色的曙光了。”（《插图本中国文学史》）

继“四杰”之后，在理论和实践上以标举“风骨”“兴寄”，坚决反对齐梁诗风，表现了鲜明的创造革新精神的诗人，是陈子昂。陈子昂（661—702），字伯玉，射洪（今属四川）人。少任侠，性情豪迈。二十四岁举进士，官至右拾遗，多次上书论政，陈述时弊。因志不获伸，壮岁辞职归乡，后为当地县令害死狱中。针对当时文坛积弊，陈子昂在著名的《修竹篇序》里，提出了富有现实意义的诗歌革新的主张：“文章道弊，五百年矣。汉魏风骨，晋宋莫传，然而文献有可征者。仆尝暇时观齐、梁间诗，彩丽竞繁，而兴寄都绝，每以永叹。思古人，常恐逶迤颓靡，风雅不作，以耿耿也。一昨于解三处，见明公《咏孤桐篇》，骨气端翔，音情顿挫，光英朗练，有金石声。遂用洗心饰视，发挥幽郁。不图正始之音，复睹于兹，可使建安作者，相视而笑……”在这篇诗序里，陈子昂第一次将“汉魏风骨”与“风雅兴寄”联系起来，反对没有风骨、没有兴寄的作品，指出了以“风雅兴寄”和“汉魏风骨”的光辉传统作为创作的先驱榜样，在倡导复古的旗帜下实现诗歌内容的真正革新。“兴寄”的实质是要求诗歌要有对重大人生问题和社会

问题的强烈关怀意识。“风骨”的实质是要求诗歌有高尚充沛的思想感情，有刚健充实的现实内容。陈子昂这篇短文，从文学自身的审美规律出发，为唐诗的发展指明了道路，具有强烈的现实指导意义。陈子昂的诗歌创作，最负盛名的是《感遇诗》三十八首，鲜明地体现了他的理论主张。如《感遇》其三十五：“本为贵公子，平生实爱才。感时思报国，拔剑起蒿莱。西驰丁零塞，北上单于台。登山见千里，怀古心悠哉。谁言未忘祸，磨灭成尘埃。”此诗作于诗人第一次随军北征期间，充满了驰马边疆、报国杀敌的慷慨激昂的精神风貌。从“四杰”开始的那种渴望建功立业的昂扬情调，在陈子昂的这类兴寄之作里更显激越。但是，诗人有报国的行动和愿望，却怀才不遇，屡遭挫折，以致积压一腔无法实现抱负的悲愤。在这期间，他写下了千古绝唱《登幽州台歌》：“前不见古人，后不见来者。念天地之悠悠，独怆然而涕下。”这是一位先知者伟大而孤独的喟叹！全诗无所依傍，突兀而起，在巨大悠渺而空旷的时空背景中，诗人背负天地而立，既渺小又崇高，既孤独又充盈，而弥漫在这空旷时空中的，正是诗人郁郁不得志的悲凉和愤激。此诗气魄之大，感情之深，音调之悲壮，风格之沉郁，可谓独步千古。

陈子昂从理论上和创作实践上扫荡六朝积弊，澄清唐诗发展的道路，成为唐诗扭转风气的关键人物。《新唐书·陈子昂传》指出：“唐兴，文章承徐庾余风，天下祖尚。子昂始变雅正。”杜甫称赞他：“公生扬马后，名与日月悬。”韩愈说：“国朝盛文章，子昂始高蹈。”无不表明陈子昂在唐诗发展中的重要地位。

“初唐四杰”和陈子昂以及其他初唐诗人为盛唐诗歌高潮的到来准备了完美的格律形式，准备了丰富成熟的诗歌体式，准备了理想的感情基调，准备了广阔的表现领域。但是他们在创造玲珑浑整、不可句摘的诗歌意境和感伤浪漫精神气质方面尚有欠缺。这一工作，主要由刘希夷、张若虚来完成。刘希夷略晚于“四杰”中的卢、骆，而比陈子昂稍前。他的诗歌以惜春和怀古为两大基本主题，在低回惆怅的叹息声中，有一种朦胧的生命意识和觉醒后的淡淡的感伤。他的诗最有名的是《代悲白头翁》，其中写道：“洛阳城东桃李花，飞去飞来落谁家？洛阳女儿惜颜色，坐见落花长叹息。今年花落颜色改，明年花开复谁在？已见松柏摧为薪，更闻桑田变成海。古人无复洛城东，今人还对落花风。年年岁岁花相似，岁岁年年人不同。”闻一多先生说：“他已从美的暂促性中认识了那玄学家所谓的‘永恒’——一个最缥缈，又最实在；令人惊喜，又令人震怖的存在。在它面前一切都变渺小了，一切都没有了。自然认识了那无上的智慧，就在那彻悟的一刹那间，恋人也就变成哲人了。”“从蜣螂转丸式的宫体诗一跃而到庄严的宇宙意识，这可太远了，太惊人了！这时的刘希夷实已跨近了张若虚半步，而离绝顶不远

了。”（闻一多《宫体诗的自赎》）

这种情调，到了张若虚笔下，演变成了“更夐绝的宇宙意识！一个更深沉、更寥廓、更宁静的境界！在神奇的永恒前面，作者没有错愕，没有憧憬，没有悲伤”（闻一多《宫体诗的自赎》）。张若虚是初、盛唐之交的一位诗人，大致与陈子昂等人同时登上诗坛。由于史传无确载，其生平事迹不详，只知他是扬州人，做过兖州兵曹，与贺知章、张旭和包融齐名，被称为“吴中四士”。他的诗仅存两首，但一篇《春江花月夜》，就奠定了他在唐诗史上的大家地位。后人称为“孤篇横绝，竟为大家”（王运撰《王志》卷二）。《春江花月夜》将画意、诗情与对宇宙奥秘和人生哲理的体察融为一体，创造出情景交融、玲珑透彻的诗境：“春江潮水连海平，海上明月共潮生。滟滟随波千万里，何处春江无月明！江流婉转绕芳甸，月照花林皆似霰。空里流霜不觉飞，汀上白沙看不见。江天一色无纤尘，皎皎空中孤月轮。江畔何人初见月？江月何年初照人？人生代代无穷已，江月年年望相似。不知江月待何人，但见长江送流水。白云一片去悠悠，青枫浦上不胜愁。谁家今夜扁舟子？何处相思明月楼？可怜楼上月徘徊，应照离人妆镜台。玉户帘中卷不去，捣衣砧上拂还来。此时相望不相闻，愿逐月华流照君。鸿雁长飞光不度，鱼龙潜跃水成文。昨夜闲潭梦落花，可怜春半不还家。江水流春去欲尽，江潭落月复西斜。斜月沉沉藏海

雾，碣石潇湘无限路。不知乘月几人归，落月摇情满江树。”闻一多先生说：“在这种诗面前，一切的赞叹是饶舌，几乎是亵渎。”“这是诗中的诗，顶峰上的顶峰。从这边回头一望，连刘希夷都是过程了。不用说卢照邻和他的配角骆宾王，更是过程。……有了《春江花月夜》……向后也就和另一个顶峰陈子昂分工合作，清除了盛唐的路——张若虚的功绩是无从估计的。”（闻一多《宫体诗的自赎》）李泽厚在其《美的历程》中把它看作“是走向成熟期的青少年时代对人生、宇宙的初醒觉的‘自我意识’：对广大世界、自然美景和自身存在的深切感受和珍视，对自身存在的有限性的无可奈何的感伤、惆怅和留恋”。那么，我们就把它看作是走向青春盛唐的少年吧，因为它的存在，诗歌盛唐的门正徐徐打开。

盛唐之音：边塞雄风

陈子昂、张若虚之后，中国诗歌舞台上最华彩的乐章已隐约在耳。一场短暂却无比辉煌的诗歌交响乐在开元时期正式奏响。就唐诗发展的初、盛、中、晚四个时期来说，盛唐时期最为短暂，主要指唐玄宗开元、天宝这四十多年，即使向前上溯到睿宗景云元年（710），向后延伸到代宗大历元年（766）也不过五六十年的时间。但是这几十年，却是中国历史上少有的煌煌盛世，其间还发生了一次灾难性的逆转，造就了一段极具纵深的历史落差。在这段历史中，杰出的诗人灿若群星，相互辉映，尤其是李白、杜甫这一对中国诗歌史上的“双子星座”的出现，更是横绝古今，光芒万丈。空前强盛的国力和自由开放的空间，孕育了一种博大、雄浑、青春、浪漫、超逸、充沛、昂扬和乐观的时代精神，这种精神一寓于诗，就创造了“神来、气来、情来”（殷璠《河岳英灵集·序》），声律风骨兼备的盛唐诗歌。

殷璠在《河岳英灵集》中指出：“贞观末，标格渐高。景云中，颇通远调。开元十五年后，声律风骨始备矣。”显然是将开元十五年（727）作为盛唐诗歌正式确立的年份。如果这一点大致不错的话，那么从景云元年到开元十五年，则可以看作是初唐和盛唐诗人的交替期。在此期间，以宋之问、沈佺期、李峤等为代表的初唐宫廷诗人陆续谢世，标志着初唐时代的结束。而张说、贺知章、王湾、王翰、张九龄等诗人则声调渐响、广布新章，成为最早跨入盛唐历史门槛的第一批诗人。他们或刚健、或阔大、或昂扬、或清扬的旋律吹响了盛唐诗歌的前奏：

君不见魏武草创争天禄，群雄睚眦相驰逐。昼携壮士破坚阵，夜接词人赋华屋。都邑缭绕西山阳，桑榆汗漫漳河曲。城郭为墟人代改，但有西园明月在。邺旁高冢多贵臣，娥眉曼睩共灰尘。试上铜台歌舞处，唯有秋风愁杀人。（张说《邺都引》）

碧玉妆成一树高，万条垂下绿丝绦。不知细叶谁裁出，二月春风似剪刀。（贺知章《咏柳》）

葡萄美酒夜光杯，欲饮琵琶马上催。醉卧沙场君莫笑，古来征战几人回？（王翰《凉州词》）

海上生明月，天涯共此时。情人怨遥夜，竟夕起相思。灭烛怜光满，披衣觉露滋。不堪盈手赠，还寝梦佳期。（张九龄《望月怀远》）

客路青山外，行舟绿水前。潮平两岸阔，风正一帆悬。海日生残夜，江春入旧年。乡书何处达，归雁洛阳边。（王湾《次北固山下》）

“海日生残夜，江春入旧年”，多么寥廓壮丽的新生！盛唐气象已经不可阻挡地在这些诗歌中喷薄而出。在盛唐诗歌中，汉魏诗歌的浑沦刚健与六朝诗歌的情致委婉被完美地结合在一起，英雄气魄和牧歌情调被有机地统一在一起，形成了既雄浑壮丽又清新自然的盛唐诗风。对于盛唐诗歌的流派而言，前者集中体现在边塞诗中，后者主要体现在山水田园诗中。

“请君暂上凌烟阁，若个书生万户侯？”大唐帝国草创时期造就的戎马英雄的荣耀，以及相形之下读书人的黯淡，无疑极大地刺激了唐代书生的自尊自强。在一个“英雄不问出处”充满机遇和希望的时代，当时强盛的帝国正开边戍疆、扬威四方，对于一心想建功立业的读书人而言，边塞军功显然具有极大的诱惑力。“宁为百夫长，胜作一书生”（杨炯《从军行》），“孰知不向边庭苦，纵死犹闻侠骨香”（王维《少年行》），“功名只向马上取，真是英雄一丈夫”（岑参《送李副使赴碛西官军》），“万里不惜死，一朝得成功。画图麒麟阁，入朝明光宫。大笑向文士，一经何足穷。古人昧此道，往往成老翁”（高适《塞下曲》），等等，几乎代表了当时文人的普遍心声。初、盛唐时期著名的诗人很少没有经历过大漠苦寒、刀兵弓马的生涯的。这一情形造就了唐代边塞诗的繁荣。盛唐边塞诗继承建安诗歌“志深笔长”“梗概多气”的风骨，又吸取了六朝诗歌善写离愁别怨的风致，形成了悲壮高亢的基调和雄浑开朗的意境，为盛唐诗歌增添了无限新鲜壮丽的光彩。在这方面，代表诗人是高适、岑参、王昌龄、王之涣、李颀、崔颢等人，其中尤以高适、岑参最为突出。

高适（704—765），字达夫，渤海县（今河北景县）人。高适狂放不羁，抱瑜握瑾，壮心落落，然半世蹉跎不遇，浮沉闾巷之间。年轻时结交游侠，过着“弹棋击筑白日晚，纵酒高歌杨柳春”（《别韦参军》）的放浪生活；两次北上蓟门，欲立功边疆，所谓“北上登蓟门，茫茫见沙漠。倚剑对风尘，慨然思卫霍”（《淇上酬薛三据兼寄郭少府微》）。浪游梁宋时，也是“酒肆或淹留，渔潭屡栖泊”（《淇上酬薛三据兼寄郭少府微》），行止不定。杜甫称他“高生跨鞍马，有似幽并儿”（《送高三十五书记十五韵》）。但安史之乱起后，他从玄宗至蜀，拜谏议大夫。自此官运亨通，做过淮南节度使和蜀、彭二州刺史。代宗即位后，他入朝为刑部侍郎、转左散骑常侍，进封渤海县侯。在动辄自比王侯的盛唐诗人中，高适是唯一做到高官而封侯者。《旧唐书》本传说：“有唐以来，诗人之达者，唯适而已。”

高适曾多次北上边塞，对边戍生活有很深的了解。他的边塞诗内容深广，报国豪情、建功壮怀和忧时的愤慨交织在一起，气势恢宏，格调悲壮激越，语句慷慨铿锵。他第一次北上归来后，于开元二十六年（738）创作出了极负盛名的边塞诗力作《燕歌行》：“汉家烟尘在东北，汉将辞家破残贼。男儿本自重横行，天子非常赐颜色。摐金伐鼓下榆关，旌旆逶迤碣石间。校尉羽书飞瀚海，单于猎火照狼山。山川萧条极边土，胡骑凭陵杂风雨。战士军前半死生，美人帐下犹歌舞。大漠穷秋塞草腓，孤城落日斗兵稀。身当恩遇恒轻敌，力尽关山未解围。铁衣远戍辛勤久，玉箸应啼别离后。少妇城南欲断肠，征人蓟北空回首。边庭飘摇那可度，绝域苍茫更何有。杀气三时作阵云，寒声一夜传刁斗。相看白刃血纷纷，死节从来岂顾勋。君不见沙场征战苦，至今犹忆李将军。”此诗感于当时蓟北战事而发，但不囿于一时一地一战的场景，而是把自己对边塞征戍之事的所见、所闻、所感融为一体，把极为深广复杂的内容按照辞家、进军、激战、

驻防的顺序，有条不紊地贯串到一起，组成了盛唐边塞战争生活的一幅缩影。举凡出征的军容、军情的紧急、塞漠的荒寒、战争的酷烈、军中的苦乐不均、战士的勇武、别离的悲怆、和平的祈愿等等，俱熔为一炉。全诗虽以苍凉悲壮为基调，但骈散相间的句式和援声律入古体的写法，使诗歌整齐中却又尽显起伏跌宕、开阖变化的气势，表现出很强的创造性。高适的七言歌行因而被认为是诗中典范，宋育仁誉为“七言不祧之祖”（《三唐诗品》）。

高适的一些绝句也写得境界阔大、刚健爽朗。如《塞上听吹笛》：“雪净胡天牧马还，月明羌笛戍楼间。借问梅花何处落？风吹一夜满关山。”把空廓苍茫的塞外雪夜化为无比绚丽的画面，构成明净高朗的意境。《别董大二首》其二：“千里黄云白日曛，北风吹雁雪纷纷。莫愁前路无知己，天下谁人不识君。”荒凉的塞漠正因有了英雄的襟怀才变得壮美动人。后两句比起王勃的“海内存知己，天涯若比邻”来，更具有一种豪杰气概。

盛唐边塞诗派中另一个著名诗人是岑参。岑参（约715—770），祖籍南阳，出生于江陵（今湖北江陵）。他的曾祖父、伯祖父和堂伯父都曾做过宰相，父亲做过两任州刺史，正所谓“国家六叶（自唐高祖至玄宗），吾门三相矣”（《感旧赋》）。但他幼年丧父，家道中衰。仕途失意后，欲自辟新径，崛起戎马之中，向往“功名只向马上取，真是英雄一丈夫”（《送李副使赴碛西官军》）。因而自天宝八载（749）至至德二年（757）春，岑参曾两度出塞，在边塞生活达六年之久，写下了大量描写边疆和战争的诗篇。同高适相比，他的边塞诗侧重表现边塞将士慷慨报国的英雄气概和不畏艰苦的乐观精神，善于在军旅生活中铺写边疆大漠的奇异风光与风物人情，表现了一种奇伟斑斓的阳刚之美。《走马川行奉送出师西征》《轮台歌奉送封大夫出师西征》《白雪歌送武判官归京》是他边塞诗中鼎足而立的杰作，集中体现了上述特点。

君不见，走马川行雪海边，平沙莽莽黄入天！轮台九月风夜吼，一川碎石大如斗，随风满地石乱走。匈奴草黄马正肥，金山西见烟尘飞，汉家大将西出师。将军金甲夜不脱，半夜军行戈相拨，风头如刀面如割。马毛带雪汗气蒸，五花连钱旋作冰，幕中草檄砚水凝。虏骑闻之应胆慑，料知短兵不敢接，车师西门伫献捷。（《走马川行奉送出师西征》）

轮台城头夜吹角，轮台城北旄头落。羽书昨夜过渠黎，单于已在金山西。戍楼西望烟尘黑，汉兵屯在轮台北。上将拥旄西出征，平明吹笛大军行。四边伐鼓雪海涌，三军大呼阴山动。虏塞兵气连云屯，战场白骨缠草根。剑河风急雪片阔，沙口石冻马蹄脱。亚相勤王甘苦辛，誓将报主静边尘。古来青史谁不见，今见功名胜古人。（《轮台歌奉送封大夫出师西征》）

北风卷地白草折，胡天八月即飞雪。忽如一夜春风来，千树万树梨花开。散入珠帘湿罗幕，狐裘不暖锦衾薄。将军角弓不得控，都护铁衣冷难着。瀚海阑干百丈冰，愁云惨淡万里凝。中军置酒饮归客，胡琴琵琶与羌笛。纷纷暮雪下辕门，风掣红旗冻不翻。轮台东门送君去，去时雪满天山路。山回路转不见君，雪上空留马行处。（《白雪歌送武判官归京》）

万里冰川、莽莽黄沙、朔风怒吼、飞沙走石、阴山雪海、塞外奇寒、马肥草黄……这些边疆大漠中令人望而生畏的恶劣气候环境，在诗人的笔下，却成为烘托英雄气概的壮观景色，上将拥旄，吹笛伐鼓，虏气连云，白骨累累，仿佛冰天雪地中那分外夺目的红旗，把萧索酷寒顿时转化为绚丽烂漫，残酷的环境和猛烈的战争共同谱写了一曲英雄乐观主义的战歌。在景物选择上，他取动不取静，取雄放而不取淡远。诗歌或两句一转，或三句四句一转，韵律奔腾跳跃，节奏急促高亢，极富变化。岑参的诗歌中有关边塞风习的描写，也很引人注目。这里军营生活的环境是“雨拂毡墙湿，风摇毳幕膻”（《首秋轮台》），将军幕府中的奢华生活的陈设是“暖屋绣帘红地炉，织成壁衣花氍毹。灯前侍婢泻玉壶，金铛乱点野驼酥”（《玉门关盖将军歌》），这里的歌舞宴会的情景是“琵琶长笛曲相和，羌儿胡雏齐唱歌。浑炙犁牛烹野驼，交河美酒金叵罗”（《酒泉太守席上醉后作》），

“曼脸娇娥纤复浓，轻罗金缕花葱茏。回裙转袖若飞雪，左铤右铤生旋风”（《田使君美人舞如莲花北铤歌》）。这些描写大漠风光和异域风情的瑰丽诗篇，不仅为中原人士广为传诵，而且还受到其他各族人民的喜爱。杜确在《岑嘉州诗集序》中说他的诗“每一篇绝笔，则人人传写，虽闾里士庶，戎夷蛮貊，莫不讽诵吟习焉”。

岑参边塞诗还突破了先前只代征人思妇诉说离情的传统，转为直抒边愁，如《逢入京使》：“故园东望路漫漫，双袖龙钟泪不干。马上相逢无纸笔，凭君传语报平安。”表达在边塞时对家乡和亲友的思念，随口吟成，感情真挚，朴素自然，为客愁名篇。岑参为慷慨悲凉的盛唐边塞诗增添了瑰奇斑斓的色彩，清人翁方纲说：“嘉州之奇峭，入唐以来所未有。又加以边塞之作，奇气溢出。”（《石洲诗话》）杜甫在《寄彭州高三十五使君适虢州岑二十七长史参三十韵》中第一次将他与高适并称：“高岑殊缓步，沈鲍得同行。意惬关飞动，篇终接混茫。”

高、岑以外，盛唐边塞诗中卓有成绩的还有王昌龄、王之涣、李颀、崔颢等人。

王昌龄（698—757），字少伯，京兆（今西安）人。在当时有“诗家天子王江宁”（辛文房《唐才子传》）之称。他擅长用乐府旧题作易于入乐的七绝，具有极深的功力和高超的造诣，被后世誉为“七绝圣手”。早年居灞上，曾北游河陇边地。他的边塞诗善于从军旅生活中提炼出典型的情境，刻画征人内心丰富的情思，创造出广阔、深远的时空意境。如《从军行》：

烽火城西百尺楼，黄昏独坐海风秋。更吹羌笛关山月，无那金闺万里愁。(其一)

琵琶起舞换新声，总是关山离别情。撩乱边愁听不尽，高高秋月照长城。(其二)

青海长云暗雪山，孤城遥望玉门关。黄沙百战穿金甲，不破楼兰终不还。(其四)

大漠风尘日色昏，红旗半卷出辕门。前军夜战洮河北，已报生擒吐谷浑。(其五)

前两首以羌笛琵琶、长城秋月等意象抒写征人心中无限边愁，后两首以雪山孤城、大漠旌旗等意象烘托战士壮烈情怀，意境深沉开阔、情绪苍凉而不失高昂激越，前后章法井然，意脉贯穿，为七绝联章中的精品。他的《出塞》更是古今传诵的名篇，被誉为唐代七绝的压卷之作："秦时明月汉时关，万里长征人未还。但使龙城飞将在，不教胡马度阴山。"从秦汉的明月关山落笔，凌跨百代，思入苍茫，把历史和现实、个人与时代交织在一起，在对战争乱离的反思中，露出了历史的无奈与幻想。

王昌龄的闺怨和饯别诗，也一样写得格调天然，圆润蕴藉，情味深厚，音节婉转，如：

闺中少妇不知愁，春日凝妆上翠楼。忽见陌头杨柳色，悔教夫婿觅封侯。(《闺怨》)

寒雨连江夜入吴，平明送客楚山孤。洛阳亲友如相问，一片冰心在玉壶。(《芙蓉楼送辛渐》)

与王昌龄同时的王之涣（688—742），少有侠气，常击剑悲歌，后折节攻文，诗名很盛。虽只有六首传世，但《凉州词》一首却是“传乎乐章，布在人口”的名作：“黄河远上白云间，一片孤城万仞山。羌笛何须怨杨柳，春风不度玉门关。”

薛用弱《集异记》载：开元中，诗人王昌龄、高适、王之涣齐名。三人共诣旗亭饮酒。座中有十几个伶人会宴。三人约定：观诸伶人唱歌，诗入歌词多者为优。一伶人唱“寒雨连江夜入吴，平明送客楚山孤。洛阳亲友如相问，一片冰心在玉壶”，王昌龄在墙壁上写：“一绝句。”接着一伶人唱“开箧泪沾臆，见君前日书。夜台何寂寞，犹是子云居”，高适在墙壁上写：“一绝句。”接着又一伶人唱“奉帚平明金殿开，强将团扇共徘徊。玉颜不及寒鸦色，犹带昭阳日影来”，王昌龄又在墙壁上写：“二绝句。”王之涣指诸伎中最美者说：“此子所唱，如非我诗，终身不敢与争衡矣。”须臾，美人发声，果然是“黄河远上白云间”。三人拊掌大笑。这虽为小说家言，但由此亦可见此诗在当时的影响。其《登鹳雀楼》更是以短短二十字，关千古登临之口。

李颀的《古从军行》也是边塞诗中的名篇："白日登山望烽火，黄昏饮马傍交河。行人刁斗风沙暗，公主琵琶幽怨多。野云万里无城郭，雨雪纷纷连大漠。胡雁哀鸣夜夜飞，胡儿眼泪双双落。闻道玉门犹被遮，应将性命逐轻车。年年战骨埋荒外，空见蒲桃入汉家。"诗中所咏之事，乃《史记·大宛列传》所载：汉武帝太初元年（前104），汉军攻大宛，攻战不利，请求罢兵。武帝闻之大怒，派人遮断玉门关，下令："军有敢入者辄斩之。"乃不能后退，誓死攻夺之谓。诗歌通过刁斗琵琶、胡雁胡儿的哀怨之声以及"饮马交河""大漠风沙""野云万里""雨雪纷纷"等荒寒意象，描述了边塞军士的悲苦生活，更可悲的是牺牲无数生命，换来的只不过是区区的葡萄而已，深刻揭露了统治者好大喜功、穷兵黩武的不义本质，具有强烈的现实批判精神。

此外，崔颢也以边塞诗闻名于时。如《赠王威古》《古游侠呈军中诸将》《雁门胡人歌》等都颇有特色。但和崔颢名字联系在一起的却是那首令李白都折服的《黄鹤楼》："昔人已乘黄鹤去，此地空余黄鹤楼。黄鹤一去不复返，白云千载空悠悠。晴川历历汉阳树，芳草萋萋鹦鹉洲。日暮乡关何处是，烟波江上使人愁。"此诗以摇曳生姿的古歌行体入律，前半部分是古风的格调，后半部分才是律诗，虽为律诗变体，却被严羽视作"唐人七言律诗，当以崔颢《黄鹤楼》为第一"（《沧浪诗话·诗评》）。沈德潜评此诗为"意

得象先，神行语外，纵笔写去，遂擅千古之奇”（《唐诗别裁》）。

盛唐之音：王、孟田园

在唐代，当一部分士人为建功立业远赴边关大漠之际，还有一部分人正悠游林下山水之间。他们或是以山养名，期为终南捷径；或是暂时赋闲，以山水为仕途驿站；或是政治失意，以林下为栖身之所；或是修身漫游，如李白所谓“五岳寻仙不辞远，一生好入名山游”。林林总总，促使了盛唐山水田园诗的兴盛。由陶渊明开创的田园诗和谢灵运开创的山水诗，在唐初王绩那里便已开始合流，经过沈佺期、宋之问、张说、张九龄等诗人的进一步发展，至孟浩然、王维等诗人，便终于蔚为大观，成为盛唐一大诗歌流派。

孟浩然（689—740），襄阳（今属湖北）人，他大半生隐居家乡襄阳，四十岁赴长安应试，不第。随后，南下吴越，寄情山水。开元二十五年（737）入张九龄荆州幕，不久归家，直至去世。孟浩然终身不仕，并非绝意仕途。他早年企求走“由隐而仕”的终南捷径，寄情山水而欲青云得路，但北上之后，求仕无望，于是充满愤激和焦虑：“北阙休上书，南山归敝庐。不才明主弃，多病故人疏。白发催年老，青阳逼岁除。永怀愁不寐，松月夜窗虚。”（《归故园作》）相传他在长安时，王维一次私邀他入内署，忽玄宗至，浩然匿于床下，王维不敢隐瞒，以实奏闻，玄宗诏出见，高兴地说："朕闻其人而未见也，何惧而匿！"玄宗命诵近作，至"不才明主弃，多病故人疏"，玄宗不悦，说："卿不求仕，朕未尝弃卿，奈何诬我？"因放还。（见五代王定保《唐摭言》卷十一）此后便一直处于欲隐不甘、欲仕不能的矛盾中，这种心情，在后来做了张九龄幕僚后的一篇著名的表白中可以清楚看出："八月湖水平，涵虚混太清。气蒸云梦泽，波撼岳阳城。欲济无舟楫，端居耻圣明。坐观垂钓者，徒有羡鱼情。"（《望洞庭湖赠张丞相》）前四句气象阔大，为千古名句，可能是因为自己终于有机会一试抱负而激动昂奋。在孟浩然作品中能够流露这种气象的机会太少。后四句才是此诗的关键，表明自己一直欲仕不能的尴尬处境。从孟浩然这里，可以看出唐代山水田园诗人许多并非是坦然终老林泉，而仍然怀有强烈政治功名的意识。虽然《吟谱》说："孟浩然诗祖建安，宗渊明，冲淡中有壮逸之气。"（《唐音癸签》引）但在精神旨趣上，二者之间还存在着根本的差异。不过盛唐和东晋时期政治环境毕竟不同，因而一个由仕而隐，一个欲由隐而仕，从这里也可以见出，即使在盛唐山水田园诗的创作主体中，仍然洋溢着奋发向上、积极有为的精神气度。

孟浩然诗主要有两类：一是山水、行旅类，一是田园、隐逸类。而在山水描写中常常隐含身世落拓之感，遇景入咏时，能从高远处落笔，自寂寞处低回，随意点染的景物与清淡的情思相融，形成平淡清远而意兴无穷的明秀诗境。如《宿建德江》："移舟泊烟渚，日暮客愁新。野旷天低树，江清月近人。"在暮色苍茫、烟水迷蒙中流露出游子落寞惆怅的情怀，用笔轻淡，意境清峭。后两句化用谢灵运《初去郡》中"野旷沙岸净，天高秋月明"诗意，却自出机杼，一"低"一"近"，苍茫迷蒙之境和盘托出，素来为人称道。闻一多先生称其诗"淡到看不见诗"（《孟浩然》），个中可见一斑。其田园诗则清新自然、简朴亲切，如《过故人庄》："故人具鸡黍，邀我至田家。绿树村边合，青山郭外斜。开轩面场圃，把酒话桑麻。待到重阳日，还来就菊花。"在白描之中见整炼之致，经纬绵密处却似不经意道出，沈德潜说"语淡而味终不薄"（《唐诗别裁》）。孟浩然诗歌多五古和五律，五绝虽然不多，但多佳篇，如最著名的一首小诗《春晓》："春眠不觉晓，处处闻啼鸟。夜来风雨声，花落知多少。"全诗自然平淡，语言精练自然，明白如话，音韵和谐婉转，读来意味无穷。王士源所云"五言诗天下称其尽美"（《孟浩然集序》），此诗一出，信然。

孟浩然是唐代第一个大量写作山水田园诗的诗人，开唐代山水田园诗派之先声。他往往只就平凡景物和闲情逸致做轻描淡写，形成冲淡清旷的风格，创造了浑融完整的意境，给盛唐诗坛带来一股新鲜气息。杜甫称他"复忆襄阳孟浩然，清诗句句尽堪传”（《解闷》），给予了很高的评价。

孟浩然之后，真正将盛唐山水田园诗推向高峰的是王维。王维（701—761），字摩诘，太原祁人（今山西祁县附近人）。九岁即能诗，二十一岁中进士，后由于张九龄罢相、李林甫独揽朝政，四十岁以后过着一种亦官亦隐的生活。他的诗歌创作以此为界，山水田园诗就是这种亦官亦隐的生活的产物。

王维早年同样热衷功名，充满一种奋发有为的进取精神，留下了许多关于边塞、游侠的诗歌。如：

新丰美酒斗十千，咸阳游侠多少年。相逢意气为君饮，系马高楼垂柳边。（《少年行》其一）

出身仕汉羽林郎，初随骠骑战渔阳。孰知不向边庭苦，纵死犹闻侠骨香。（《少年行》其二）

风劲角弓鸣，将军猎渭城。草枯鹰眼疾，雪尽马蹄轻。忽过新丰市，还归细柳营。回看射雕处，千里暮云平。（《观猎诗》）

这些诗写得慷慨激昂，气势豪迈，显示了王维早期积极进取、蓬勃向上的少年英气。其他的如《不遇咏》《陇西行》《从军行》《燕支行》《老将行》等都是早期著名的作品。《使至塞上》中的“大漠孤烟直，长河落日圆”一联，更是后人激赏不已的边塞名句。在这期间，王维还写了一些广为传诵的关于友情和爱情的作品。如：

渭城朝雨浥轻尘，客舍青青柳色新。劝君更尽一杯酒，西出阳关无故人。（《送元二使安西》）

独在异乡为异客，每逢佳节倍思亲。遥知兄弟登高处，遍插茱萸少一人。（《九月九日忆山东兄弟》）

红豆生南国，春来发几枝。劝君多采撷，此物最相思。（《相思》）

但奠定王维在唐诗史上大师地位的，是其抒写隐逸情怀的山水田园诗。王维的山水诗有的写得气魄恢宏，意境开阔，如《终南山》：“太乙近天都，连山到海隅。白云回望合，青霭入看无。分野中峰变，阴晴众壑殊。欲投人处宿，隔水问樵夫。”诗歌通过远处的眺望、山中的环顾、高处的俯视等不同视角，展示了终南山不同层面的景色特点，而结句游人樵夫的对话，更是以动写静、以小衬大，烘托出终南山雄伟磅礴的气势。登山如此，临水亦如是。如《汉江临泛》：“江流天地外，山色有无中。郡邑浮前浦，波澜动远空。”《送邢桂州》：“日落江湖白，潮来天地青。”就写得炫人耳目，惊心动魄。但最能体现王维山水诗艺术风格的是那些清幽空灵、澄心静白而又万象在旁、生气流行的作品，如：

古木无人径，深山何处钟。泉声咽危石，日色冷青松。（《过香积寺》）

木末芙蓉花，山中发红萼。涧户寂无人，纷纷开且落。

（《辛夷坞》）

荆溪白石出，天寒红叶稀。山路元无雨，空翠湿人衣。（《山中》）

空山不见人，但闻人语响。返景入深林，复照青苔上。（《鹿柴》）

独坐幽篁里，弹琴复长啸。深林人不知，明月来相照。（《竹里馆》）

人闲桂花落，夜静春山空。月出惊山鸟，时鸣春涧中。（《鸟鸣涧》）

空山新雨后，天气晚来秋。明月松间照，清泉石上流。竹喧归浣女，莲动下渔舟。随意春芳歇，王孙自可留。（《山居秋暝》）

王维的退隐山水，和孟浩然一生求仕不能、终老林泉不同，他是从官场走向山水；和陶渊明从政治彻底回归田园不同，王维一生亦仕亦隐，并没完全脱离官场。这种在二者之间和光同尘的姿态，似乎表明官场和林泉都并非王维的落脚点。王维精神的落脚点是佛教。王维早年受其母影响，笃信佛教，在少年积极入世之时，佛教观念暂时被遮蔽，壮岁经历政治风波后，由痛苦转为消沉，入世豪情已渐趋冷淡，佛教便乘虚而入，成为失意人生的精神解脱。安史之乱后，这种倾向更为明显。史书说他“退朝之后，焚香独坐，以禅诵为事”（《旧唐书》本传），通过佛教来修复政治生活造成的心灵伤害，自谓“一生几许伤心事，不向空门何处销”（《叹白发》）。在佛教对俗世人生的消解中，重新获得了内心的宁静：“晚年唯好静，万事不关心。”（《酬张少府》）正是有了佛教这一精神寄托，王维才可能在官场和山水之间悠游徜徉。他通过在佛教浸淫中获得的宁静反观山水，使山水成为宗教观念的印证。这样一种背景既不同于陶渊明，也不同于孟浩然。陶渊明的精神寄托就是田园，没有田园他就可能走向屈原。而孟浩然“身在山林之下，而心存魏阙之上”，因而他的山水注定不可能宁静，会一直罩上某种失意的惆怅。但在王维的山水中，他通过佛教对俗世喧嚣的过滤，获得了一种重新审视自然的能力——在繁华中能看见宁静空寂，在寂静中能看见生机流行，从而形成他的诗歌静而不阴森死寂，动而不喧嚣聒噪这种深远宁静而又清新灵动的空灵意境。如在远离尘嚣的深山、幽林、古木、幽径、明月、山花这些空明静寂的意象中，时常见出深山古寺的几许疏钟，清冷的泉水流动的声音，自开自落的山花，空山中隐约的人声，幽篁中的鸣琴和长啸，静谧山林里的一声鸟叫，清潭中的游鱼等意境，能于空寂处见生气流行，清幽禅趣转化为诗的悠远情韵，更显冲淡空灵。所以《臞翁诗评》说其诗歌“王右丞如秋水芙蕖，倚风自笑”（《诗人玉屑》引），既清寒，又灵动。正是由于王维诗歌中所融入的强烈的佛教意识，所以后人称他为“诗佛”。范文澜先生就指

出："盛唐的诗，是诗的顶峰，当时大诗人多至数十人，其中以李白、王维及稍后的杜甫为代表。这三个诗人的诗正是道教、佛教和儒教三种思想的结晶品。"（《中国通史简编》）

王维的田园诗歌更多地呈现了清新淳朴、亲切和谐的韵味。《渭川田家》是这方面的代表作："斜光照墟落，穷巷牛羊归。野老念牧童，倚杖候荆扉。雉雊麦苗秀，蚕眠桑叶稀。田夫荷锄立，相见语依依。即此羡闲逸，怅然吟式微。"全诗不事雕绘，纯用白描手法，自然清新、生动细致地描绘了秦中薄暮农村的一幅田家晚归图。

王维的意义在于，他第一次有效地将佛禅观念引入中国的诗歌中，使得中国诗人在官场和山水田园之间有了更多回旋的空间。魏晋时期所开创的"即世间而出世间"的人生哲学，被王维有效地引入中国诗歌。中国诗人从此可以在陶渊明式的离弃政治归于田园的隐居之外，还可以有一种在官场中追求清洁绝俗的可能。这种方式到中唐的白居易那里，得到进一步的发挥，成为后来中国诗人处理个人和社会之间冲突的最常用的方式。单就诗歌的艺术发展而言，王维是我们目前所能知道的第一个艺术全才式的人物，在文学、音乐和绘画方面都有极高的造诣，"文章冠世，画绝古今"（《山水纯全集》）。这使得王维在进行诗歌创作时，能够自觉地融入其他艺术手法，提高了诗歌的艺术表现能力，造成苏轼所谓"味摩诘之诗，诗中有画；观摩诘之画，画中有诗"

（《东坡题跋》）的艺术效果。

盛唐之音：青春李白

如果有一个诗人没有出现，盛唐气象就会像张僧繇笔下那条没有点上眼睛的龙，终究无法凌空而去。只有等到他出现，盛唐气象才完成盛唐气象，盛唐魅力才成就盛唐魅力，这个诗人就是被视作被贬落人间的仙人——李白。

李白（701—762），字太白，号青莲居士，祖籍陇西成纪（今甘肃秦安），出生于中亚西域的碎叶城（在今吉尔吉斯斯坦境内），幼时随父迁居绵州昌隆县（今四川江油）青莲乡。早年读书蜀中，好神仙剑术。二十五岁起，“仗剑去国，辞亲远游”，经巴渝，出三峡，游洞庭、江浙一带，后定居湖北安陆，开始“酒隐安陆，蹉跎十年”（《秋于敬亭送从侄耑游庐山序》）的生活。开元十八年（730），他由南阳启程入长安，求荐不成，又出游荆湘、太原、南阳等地。二十四（736）年，又举家东迁，“学剑来山东”（《五月东鲁行答汶上翁》）。寓居任城时，曾与孔巢父等人会于徂徕山酣饮纵酒，人称“竹溪六逸”。在这十余年中，他游名山，访道士，与孟浩然、王昌龄等结识交往。“遍于诸侯”“历抵卿相”（《与韩荆州书》），虽无所获，诗名却倾动朝野。天宝初，因人荐举，李白应诏赴长安，一时踌躇满志，“仰天大笑出门去，我辈岂是蓬蒿人”（《南陵别儿童入

京》)！以为能大展宏图："遭逢圣明主，敢进兴亡言。"(《书情赠蔡舍人雄》) 但玄宗命他供奉翰林，不过要他歌功颂德，侍宴助兴罢了。失望之余，他傲睨权贵，放浪形骸。于是诋毁交至，"君王虽爱蛾眉好，无奈宫中妒杀人"(《玉壶吟》)，仅一年余即被"赐金放还"，被迫离开长安。离开长安后，再度开始了他的漫游生活。"一朝去京国，十载客梁园。"(《书情赠蔡舍人雄》) 在洛阳他遇见了杜甫，在汴州又遇见高适，这三位诗人便一同畅游梁园（开封）、济南等地。李白和杜甫更结下了深厚的友谊："醉眠秋共被，携手日同行。"(杜甫《与李十二白同寻范十隐居》) 天宝四载（745）秋，李白和杜甫分手后，又南游江浙，北涉燕赵，往来齐鲁间，客居梁宋十年之久。安史之乱中，李白避地东南，来往于宣城、当涂、金陵、溧阳一带。后隐居于庐山。当时玄宗之子永王璘率师由江陵东下，"辟书三至"(《与贾少公书》)，以复兴大业的名义恭请李白参与其戎幕，李白遂满怀热忱毅然从戎。不料肃宗李亨和永王璘之间又祸起萧墙，李璘军败被杀。李白也因此获罪下狱，不久被长流夜郎（今贵州桐梓一带）。乾元二年（759），中途遇赦东还，流寓南方。上元二年（761）闻知李光弼出征东南，他由当涂北上，请缨杀敌，但行至金陵，因病折回，往当涂依其族叔李阳冰，次年病逝。

李白的诗歌是盛唐诗歌最杰出的代表。作为一位天才诗人，李白的身上兼有游侠、刺客、隐士、道人、策士、酒徒等不同类型人物的气质或行径，这种驳杂兼容的气质恰好呼应了盛唐气象所需要的博大浪漫的精神特征，而更为重要的是，在这些精神气质背后一以贯之的是一种高扬磅礴的英雄主义气息。他将弥漫在盛唐时期高蹈的英雄主义和浪漫主义气质有效地凝聚起来，数倍放大出来，气吐虹霓，形成了中国诗歌天空中最为炫目的景观。因而在李白诗歌中，我们首先可以看到一个高自期许、豪气干云的诗人自白：

大鹏一日同风起，扶摇直上九万里。假令风歇时下来，犹能簸却沧溟水。时人见我恒殊调，闻余大言皆冷笑。宣父犹能畏后生，丈夫未可轻年少。（《上李邕》）

君不见朝歌屠叟辞棘津，八十西来钓渭滨。宁羞白发照清水，逢时壮气思经纶。广张三千六百钓，风期暗与文王亲。大贤虎变愚不测，当年颇似寻常人。君不见高阳酒徒起草中，长揖山东隆准公。入门不拜骋雄辩，两女辍洗来趋风。东下齐城七十二，指挥楚汉如旋蓬。狂客落魄尚如此，何况壮士当群雄！（《梁甫吟》）

齐有倜傥生，鲁连特高妙。明月出海底，一朝开光耀。却秦振英声，后世仰末照。意轻千金赠，顾向平原笑。吾亦澹荡人，拂衣可同调。（《古风》其十）

天马来出月支窟，背为虎文龙翼骨。嘶青云，振绿发，兰筋权奇走灭没。腾昆仑，历西极，四足无一蹶。鸡鸣刷燕

哺秣越，神行电迈蹑慌惚。（《天马歌》）

鱼水三顾合，风云四海生。武侯立岷蜀，壮志吞咸京。何人先见许，但有崔州平。余亦草间人，颇怀拯物情。（《读诸葛武侯传书怀赠长安崔少府叔封昆季》）

傅说板筑臣，李斯鹰犬人。欻起匡社稷，宁复长艰辛。（《冬夜醉宿龙门觉起言志》）

抚剑夜吟啸，雄心日千里。誓欲斩鲸鲵，澄清洛阳水。（《赠张相镐》其二）

暂因苍生起，谈笑安黎元。（《书情赠蔡舍人雄》）

但用东山谢安石，为君谈笑静胡沙。（《永王东巡歌》其二）

作为一个诗歌史上百代不遇的奇才，李白把社会人生诗歌化了。天与俱高的文学才华一样造就了他心比天高的政治期许，他把自己视作搏击万里风云的大鹏、“腾昆仑，历西极，四足无一蹶”的天马、“斩鲸鲵”的雄剑，以姜子牙、张良、鲁仲连、诸葛亮、谢安等这些非凡的历史人物自许，企图像他们一样实现“济苍生”“安社稷”“安黎元”的远大抱负：“申管晏之谈，谋帝王之术，奋其智能，愿为辅弼。使寰区大定，海县清一。”（《代寿山答孟少府移文书》）而功成之后，却又不贪恋富贵名位，而以“五湖”“沧州”为家，向往自由的生活。“功成拂衣去，摇曳沧州旁。”（《玉真公主别馆苦雨赠卫尉张卿》）“功成谢人间，从此一投

钓。”（《翰林读书言怀呈集贤诸学士》）“终与安社稷，功成去五湖。”（《赠韦秘书子春》）一进一退，将儒家的积极入世与庄子的独与天地精神相往来的自由精神结合起来。这种非凡的政治期许，使得他不屑于按部就班地走科举入仕的道路，而选择了一条隐以待时、使气任侠、遍干诸侯、幻想奇遇的独特道路。

但是，诗性的政治毕竟是脆弱的。当天宝年间，李白踌躇满志远赴长安，期求一展羽翼之际，唐玄宗只是把他当作诗人，这与李白澄清宇内的个人期待相差太大，加之谗言中伤，“我欲攀龙见明主，雷公砰訇震天鼓”（《梁甫吟》），他终于无奈地离开长安，大鹏折翅，天马坠地，心中充满了理想失落后的愤懑与茫然：

弃我去者，昨日之日不可留。乱我心者，今日之日多烦忧。长风万里送秋雁，对此可以酣高楼。蓬莱文章建安骨，中间小谢又清发。俱怀逸兴壮思飞，欲上青天揽明月。抽刀断水水更流，举杯销愁愁更愁。人生在世不称意，明朝散发弄扁舟。（《宣州谢朓楼饯别校书叔云》）

金樽清酒斗十千，玉盘珍馐直万钱。停杯投箸不能食，拔剑四顾心茫然。欲渡黄河冰塞川，将登太行雪满山。闲来垂钓碧溪上，忽复乘舟梦日边。行路难！行路难！多歧路，今安在？长风破浪会有时，直挂云帆济沧海。（《行路难》）

这是崇高理想与黑暗现实相撞击后发出的电闪雷鸣，在理想遭受重大的挫折之后，有愤懑，有茫然，有失落，但绝不放弃，对自己仍然充满理想和期待。正是这份对自我价值的坚定信念和一颗追求自由的心灵，使得李白可以以布衣之身而傲视权贵。在早期，这主要表现为“不屈己，不干人”“平交王侯”的平等要求，正如他在诗中所说：“昔在长安醉花柳，五侯七贵同杯酒。气岸遥凌豪士前，风流肯落他人后！”（《流夜郎赠辛判官》）“揄扬九重万乘主，谑浪赤墀青琐贤。”（《玉壶吟》）“黄金白璧买歌笑，一醉累月轻王侯。”（《忆旧游寄谯郡元参军》）而随着对高层权力集团实际情况的了解，他进一步揭示了布衣和权贵的对立：“珠玉买歌笑，糟糠养贤才。”（《古风》第十五）“梧桐巢燕雀，枳棘栖鸳鸾。”（《古风》第三十九）“鸡聚族以争食，凤孤飞而无邻。蝘蜓嘲龙，鱼目混珍。嫫母衣锦，西施负薪。”（《鸣皋歌送岑征君》）在充分认识到这些不平等现实之后，他发出了“安能摧眉折腰事权贵，使我不得开心颜”（《梦游天姥吟留别》）的时代呐喊，在《设辟邪伎鼓吹雉子斑曲辞》中，他更是喊出了“乍向草中耿介死，不求黄金笼下生”这种“不自由，毋宁死”的强烈心声。

“群沙秽明珠，众草凌孤芳”（《古风》其三十七），这种不平等的现实，使得李白开始审视造成这种社会局面的原因，而在这审视中，他看清了统治集团的黑暗内幕和腐朽本质。李白把批判的矛头直指玄宗：“殷后乱天纪，楚怀亦已昏。夷羊满中野，菉葹盈高门。比干谏而死，屈平窜湘源。”（《古风》其五十一）他指责玄宗好大喜功，穷兵黩武：“赫怒我圣皇，劳师事鼙鼓。阳和变杀气，发卒骚中土。三十六万人，哀哀泪如雨。且悲就行役，安得营农圃。”（《古风》其十四）揭露将非其人，致使百姓士卒白白送死：“李牧今不在，边人饲豺虎。”（同上）由于玄宗的骄纵，宦官权势炙手可热：“大车扬飞尘，亭午暗阡陌。中贵多黄金，连云开甲宅。路逢斗鸡者，冠盖何辉赫。鼻息干虹蜺，行人皆怵惕。世无洗耳翁，谁知尧与跖。”（《古风》其二十四）虽然宦官擅权迟至中唐才成为严重的政治问题，而其祸根则是玄宗天宝年间种下的，李白则是最早予以揭露、讽刺的。通过对政事朝纲的分析，并到幽燕实地观察，李白以诗人的敏感，洞幽烛微，在当时诗人中他和杜甫最早揭示祸乱将作，如在《远别离》中，他提出“君失臣兮龙为鱼，权归臣兮鼠变虎”的警告。在《古风》其五十三中，用“奸臣欲窃位，树党自相群。果然田成子，一旦杀齐君”这一史实，隐喻现实。安史之乱爆发，他的爱国热情因此升华，摆脱了用藏出处的矛盾：“西上莲花山，迢迢见明星。素手把芙蓉，虚步蹑太清。霓裳曳广带，飘拂升天行。邀我登云台，高揖卫叔卿。恍恍与之去，驾鸿凌紫冥。俯视洛阳川，茫茫走胡兵。流血涂草草，豺狼尽冠缨。”（《古风》其十九）他愤怒地谴责了战乱造成的浩劫：“天津流水波赤血，白骨相撑如

乱麻。”（《扶风豪士歌》）“白骨成丘山，苍生竟何罪!”（《经乱离后天恩流夜郎忆旧游书怀赠江夏韦太守良宰》）这使他的反抗性格和叛逆精神具有深刻的爱国内涵，并富于社会意义和时代特征。

李白对王侯权贵傲岸不屈，对他们的骄奢淫逸予以揭露、抨击，而他对劳动人民的悲惨境遇，则深表关心、同情。“吴牛喘月时，拖船一何苦。水浊不可饮，壶浆半成土。一唱都护歌，心摧泪如雨。”（《丁都护歌》）“田家秋作苦，邻女夜舂寒。”（《宿五松山下荀媪家》）他用诗歌表现他们的劳动生活：“炉火照天地，红星乱紫烟。赧郎明月夜，歌曲动寒川。”（《秋浦歌》其十四）歌颂他们深明大义，勇赴国难：“岂惜战斗死，为君扫凶顽。精诚石没羽，岂云惮险艰。”（《豫章行》）在饱尝了官场的世态炎凉之后，他深为劳动人民粗茶淡饭相待所表现的真挚纯朴所感动：“令人惭漂母，三谢不能餐。”（《宿五松山下荀媪家》）对于广大妇女的命运李白也给予极大的关注和同情。他在诗中成功地塑造了许多身份、性格各异的妇女，有宫女、使女、织衣女、采莲女、当垆女、商妇、思妇、怨妇、女冠、村姑等。诗人描绘了她们的天真：“郎骑竹马来，绕床弄青梅。同居长干里，两小无嫌猜。”（《长干行》）赞美了她们的纯情：“秋风吹不尽，总是玉关情。”（《子夜吴歌》其三）歌颂了她们的刚勇：“捐躯报夫仇，万死不顾生。”（《东海有勇妇》）同情

她们的悲苦："寒苦不忍言，为君奏丝桐。肠断弦亦绝，悲心夜忡忡。"（《怨歌行》）揭露和谴责了统治者对她们的玩弄和摧残："昔日芙蓉花，今成断根草。以色事他人，能得几时好。"（《妾薄命》）对朋友，李白一片真情，《沙丘城下寄杜甫》《送孟浩然之广陵》《赠汪伦》和《闻王昌龄左迁龙标遥有此寄》等诗，都写得情真意挚，深切感人。

理想的挫折，现实的黑暗，英雄失路，托足无门，使得李白在失意之际，也不得不在醉酒狂歌和名山大川之间消磨一腔豪气。他或醉酒狂歌："将进酒，杯莫停。与君歌一曲，请君为我倾耳听。钟鼓馔玉不足贵，但愿长醉不愿醒。"（《将进酒》）或学道求仙："世道日交丧，浇风散淳源。不采芳桂枝，反栖恶木根。……归来广成子，去入无穷门。"（《古风》其二十五）他"饮酒非嗜其酣乐，取其昏以自富……好神仙非慕其轻举，将不可求之事求之"（范传正《唐左拾遗翰林学士李公新墓碑》）。然而，酒既无法消愁，神仙更虚无缥缈，于是他"一生好入名山游"（《庐山谣》），把美好的大自然作为理想的寄托、自由的化身来歌颂，使得中国的山水从此有了文化的记忆："黄河落天走东海，万里写入胸怀间。"（《赠裴十四》）他笔下的峨眉、华山、庐山、泰山、黄山等，巍峨雄奇，吐纳风云，汇泻川流："峨眉高出西极天，罗浮直与南溟连。"（《当涂赵炎少府粉图山水歌》）"西岳峥嵘何壮哉……洪波喷流射东海。"（《西岳云台

歌送丹丘子》）“庐山秀出南斗旁，屏风九叠云锦张。”（《庐山谣》）那是诗人凌云壮志的象征；他笔下的奔腾黄河、滔滔长江，荡涤万物，席卷一切：“黄河西来决昆仑，咆哮万里触龙门。”（《公无渡河》）“登高壮观天地间，大江茫茫去不还。”（《庐山谣》）表现了诗人桀骜不驯的性格和冲决羁绊的强烈愿望。

李白诗歌不仅在于传达了一个天才诗人的英雄梦想和现实关怀，更重要的是，它为中国文化和中国诗歌提供了一个永不凋零的青春形象和难以企及的艺术范式。

李白的入世和出世，狂放和执着，将分散在不同文化源流中最富有诗性的资源熔铸于一身，缔造了一个中国文化的青春梦想。清代诗人龚自珍说：“庄、屈实二，不可以并，并之以为心，自白始；儒、仙、侠实三，不可以合，合之以为气，又自白始也。”（《最录李白集》）李白就这样将两种看似相互排斥的思想融合在一起，执着地入世，到死的时候都不放弃俗世的事业，同时又时刻飞越俗世，对俗世的异化保持高度戒心。贯注这种精神元气的李白，在等级森严的中古社会，便可以以布衣傲王侯，可以“天子呼来不上船”，睥睨万物，独与天地精神相往来，始终保持一个飞跃俗世的姿势，“俱怀逸兴壮思飞，欲上青天揽明月”，从而将自由的概念肉身化，这是中国文化开掘出来的关于个体自由的最高形态。所以李长之说：“我说李白的价值是在给人以解放，

这是因为他所爱，所憎，所求，所弃，所喜，所愁，皆趋于极端故。”（《道教徒的诗人李白极其痛苦》）李白之后，中国文化就不仅仅只有厚重，还有飘逸。他为后代诗人提供了一个在俗世中飞升的想象，以至于胡适在其《白话文学史》中抱怨说，李白的狂放、飘逸、游山玩水、隐居修道、迷信符等等，处处表现出他那种“与人间生活相距太远”的“出世态度”，使“我们凡夫俗子终不免自惭形秽，终觉得他歌唱的不是我们的歌唱，他在云雾里嘲笑那瘦诗人杜甫，然而我们终觉杜甫能了解我们，我们也能了解杜甫，杜甫是我们的诗人，而李白则终于是天上谪仙人而已”。李白显然不只是出世，他是以入世而出世，他的高蹈和飘逸是在即世间中完成的。李白的价值正在于此，他的存在显示了中国文化另一种生存的可能性，为中国人在厚重而灰暗的历史中做了一个青春飞扬的梦，留下了一个栖身的诗意空间。

这个留存在中国文化中青春飞扬的梦，主要是通过李白的诗歌展示出来的。他在诗歌中把自我形象和艺术视野放大到极限，以便能够打破界限，自由驰骋，把中国诗歌的浪漫主义推向巅峰。他喜欢采用雄奇的形象表现自我，他诗中那摩天的蜀道、咆哮的黄河、云海苍茫的天山、壮观天地的匡庐、搏击风云的大鹏、嘶枥的紫燕、鸣匣的青萍、八十垂钓的吕尚、曾为帝师的张良，无不寄托着他的胸怀抱负。他在诗中毫不掩饰、也不加节制地抒发感情，表现他的喜怒哀乐。得意时，“仰天大笑出门去”，高唱“我辈岂是蓬蒿人”（《南陵别儿童入京》）；失意时，抽刀断水，拔剑四顾，抗议“大道如青天，我独不得出”。对权豪势要，他“手持一枝菊，调笑二千石”（《醉后寄崔侍御》二首之一）；看到劳动人民艰辛劳作时，他“心催泪如雨”。当社稷倾覆、民生涂炭时，他“过江誓流水，志在清中原。拔剑击前柱，悲歌难重论”（《南奔书怀》），那样慷慨激昂；与朋友开怀畅饮时，“两人对酌山花开，一杯一杯复一杯。我醉欲眠卿且去，明朝有意抱琴来”（《山中与幽人对酌》），又是那样天真直率。总之，他把周围的事物都融化到自己的感情中，一情独往，万象为开。甚至在诗歌中，他还能“我与我周旋久”，在自我中再幻化出一个自我：“花间一壶酒，独酌无相亲。举杯邀明月，对影成三人。月既不解饮，影徒随我身。暂伴月将影，行乐须及春。我歌月徘徊，我舞影零乱。醒时同交欢，醉后各分散。永结无情游，相期邈云汉。”（《月下独酌》其一）诗中“我”与“月”“影”成为三人，“月”“影”都染上了诗人的情绪，和诗人有一样的性格，只有充溢着生命活力的诗人才能发出如此的奇思妙想。

这个自由不羁的“我”显然不是逼仄的俗世所能容纳的，于是李白“上穷碧落下黄泉”，在历史与现实、天上与人间自由穿梭，创造了一个光怪陆离、瑰丽奇特的世界。他的杂言和七言乐府最能体现这种精骛八极、心游万仞的艺术境界。如《梦游天姥吟留别》：“海客谈瀛洲，烟涛微茫信难求。越人语天姥，云霞明灭或可睹。天姥连天向天横，势拔五岳掩赤城。天台一万八千丈，对此欲倒东南倾。我欲因之梦吴越，一夜飞渡镜湖月。湖月照我影，送我至剡溪。谢公宿处今尚在，渌水荡漾清猿啼。脚着谢公屐，身登青云梯。半壁见海日，空中闻天鸡。千岩万转路不定，迷花倚石忽已暝。熊咆龙吟殷岩泉，栗深林兮惊层巅。云青青兮欲雨，水澹澹兮生烟。列缺霹雳，丘峦崩摧，洞天石扉，訇然中开。青冥浩荡不见底，日月照耀金银台。霓为衣兮风为马，云之君兮纷纷而来下。虎鼓瑟兮鸾回车，仙之人兮列如麻。忽魂悸以魄动，恍惊起而长嗟。唯觉时之枕席，失向来之烟霞。世间行乐亦如此，古来万事东流水。别君去兮何时还？且放白鹿青崖间，须行即骑访名山。安能摧眉折腰事权贵，使我不得开心颜！”从静谧幽美的湖月到奇丽壮观的海日，从曲折迷离的千岩万转的道路到令人惊恐战栗的深林层巅，境界愈转愈奇，亦幻亦真。最后由梦境幻入仙境，更完全是色彩缤纷的神话世界。淋漓挥洒、心花怒放的诗笔，写出了诗人精神上的种种历险和追求，想落天外，奇之又奇。同样，这种“天与俱高，青且无际”（《唐诗纪事》）的世界必然要打破现存的秩序，创造一个属于自己的形式。我们来看看《蜀道难》：“噫吁嚱！危乎高哉，蜀道之难，难于上青天。蚕丛及鱼凫，开国何茫然。尔来四万八千岁，不与秦

塞通人烟。西当太白有鸟道，可以横绝峨眉巅。地崩山摧壮士死，然后天梯石栈相钩连。上有六龙回日之高标，下有冲波逆折之回川。黄鹤之飞尚不得过，猿猱欲度愁攀援。青泥何盘盘，百步九折萦岩峦。扪参历井仰胁息，以手抚膺坐长叹。问君西游何时还？畏途巉岩不可攀。但见悲鸟号古木，雄飞雌从绕林间。又闻子规啼夜月，愁空山。蜀道之难，难于上青天，使人听此凋朱颜。连峰去天不盈尺，枯松倒挂倚绝壁。飞湍瀑流争喧豗，砯崖转石万壑雷。其险也如此，嗟尔远道之人胡为乎来哉！剑阁峥嵘而崔嵬，一夫当关，万夫莫开。所守或匪亲，化为狼与豺。朝避猛虎，夕避长蛇。磨牙吮血，杀人如麻。锦城虽云乐，不如早还家。蜀道之难，难于上青天，侧身西望长咨嗟！”这首诗，以神奇莫测之笔，凭空起势。从蚕丛鱼凫说到五丁开山，全用渺茫无凭的神话传说，烘托奇险的气氛。高标插天可以使“六龙回日”，也是凭借神话来驰骋幻想。而这种纵横任意的情感表达，必然使得李白的诗歌脱落体裁格律的拘束，不泥于常规，而纯御之以情。清人赵翼论李白诗时说：“诗之不可及处，在乎神识超迈，飘然而来，忽然而去，不屑屑于雕章琢句，亦不劳劳于镂心刻骨，自有天马行空，不可羁勒之势。”（《瓯北诗话》卷一）这种特点在上述诗歌中也得到充分体现。例如《蜀道难》大量运用长短不齐的杂言，劈头就用了独特的句式：“噫吁嚱！危乎高哉，蜀道之难，难于上青天。”接下

去忽而五言，忽而七言，时而短至三四字，时而又长至十几字，如“其险也如此，嗟尔远道之人胡为乎来哉！剑阁峥嵘而崔嵬，一夫当关，万夫莫开。所守或匪亲，化为狼与豺”。在句式的屈伸变化中将这种诗体对情感表现的方式发挥到极致，“往往风雨争飞，鱼龙百变；又如大江无风，波浪自涌，白云从空，随风变灭。诚可谓怪伟奇绝者矣”（《唐宋诗醇》卷六）。明胡震亨也说：“太白《蜀道难》《远别离》《天姥吟》《尧祠歌》等，无首无尾，变幻错综，窈冥昏默。”（《诗薮》内编卷三）而在殷璠看来，这种形式完全是李白的独创：“至如《蜀道难》等篇，可谓奇之又奇，然自骚人以还，鲜有此体调也。”（《河岳英灵集》）

李白既可以创造属于他自己的形式，对于已有的诗歌形式，他同样可以将其推至完美境地。他的五、七言绝句，为有唐绝唱。和歌行体大多雄奇豪放不同，五、七言绝句更多地代表了他的诗歌清新明丽的风格，妙在“只眼前景、口头语，而有弦外音、味外味，使人神远”（《说诗晬语》上）。如：

日照香炉生紫烟，遥看瀑布挂前川。飞流直下三千尺，疑是银河落九天。（《望庐山瀑布》）

天门中断楚江开，碧水东流至此回。两岸青山相对出，孤帆一片日边来。（《望天门山》）

朝辞白帝彩云间，千里江陵一日还。两岸猿声啼不住，

轻舟已过万重山。（《早发白帝城》）

故人西辞黄鹤楼，烟花三月下扬州。孤帆远影碧空尽，唯见长江天际流。（《黄鹤楼送孟浩然之广陵》）

床前明月光，疑是地上霜。举头望明月，低头思故乡。（《静夜思》）

白发三千丈，缘愁似个长。不知明镜里，何处得秋霜。（《秋浦歌》）

这些都是传诵千古的名篇。自然天成，圆转如珠，清新明快，却又意味悠长。明人胡应麟说："太白五七言绝，字字神境，篇篇神物。"（《诗薮》内编卷六）

李白对乐府古诗功力最深，尤其表现在语言风格上。他的《长干行》《子夜吴歌》的语言，酷肖《孔雀东南飞》《子夜歌》和《西洲曲》。例如："小时不识月，呼作白玉盘。又疑瑶台镜，飞向青云端。""清风朗月不用一钱买，玉山自倒非人推。""蜀道之难，难于上青天。"活泼自然，没有半点雕琢痕迹。不但乐府歌行如此，就是必须炼字炼句的绝句，也明朗自然，清新可爱，明白如话却回味悠长，达到了"信口而成，所谓无意于工而无不工者"（胡应麟《诗薮》）的境界，"清水出芙蓉，天然去雕饰"，正是对李白诗歌语言最生动的形容和概括。

盛唐之音：杜诗乾坤

一生都在拥抱青天明月的李白，传说最后死于一次捉月事件。随着他的陨落，盛唐气象也行将凋零。其实，李璘事件之后，那个在诗歌中英气勃发、青春飞扬的李白已经变得苍老，“夜郎万里道，西上令人老”“樊山霸气尽，寥落天地秋”（《经乱离后天恩流夜郎忆旧游书怀赠江夏韦太守良宰》），那个时时“欲上青天揽明月”的李白，变成了在大地上徘徊不已的屈子，“远别泪空尽，长愁心已摧。三年吟泽畔，憔悴几时回”（《赠别郑判官》）。是的，“少年安得长少年，海波尚变为桑田”（李贺《嘲少年》）。历史的盛衰终究不可挽回地发生逆转，诗人的目光也不得不从天空回落到大地。当然，对于李白而言，这种行吟泽畔的苍凉和攀揽明月的飘逸相比，显得极为短暂。但是，李白的终点却成为另一种意义的起点，在另一位同样伟大的诗人那里，一生大部分时间都在体会盛唐气象凋零中的苍凉，在满目疮痍的大地上奔走飘零，将盛唐气象中浪漫飘逸冷却成浑厚凝重的诗篇，完成了从诗歌史上的盛唐到中唐的转变。这个诗人就是杜甫。

杜甫（712—770），字子美，祖籍襄阳（今属湖北），生于河南巩县。因曾居长安城南少陵，故自称少陵野老，世称杜少陵。杜甫出身于一个世代的封建官僚家庭。祖父是初唐著名诗人杜审言。他的青年时代，是在盛唐社会中度过的，过了一段南北漫游、裘马轻狂的生活。天宝三载（744）在洛阳与李白相识，结下了深厚友谊。天宝五载

（746）赴长安应试落第，困顿京城十年。天宝十四载（755）四十四岁时，才被授予右卫率府胄曹参军的微职。安史之乱开始，他流亡颠沛，竟为叛军所俘；后从长安只身逃奔凤翔，受任左拾遗。不久，被贬为华州司功参军。乾元二年（759），弃官西行，经关陇、秦州、同谷入蜀，定居成都浣花溪草堂。西川节度使严武荐举杜甫为节度参谋、检校工部员外郎，故世称杜工部。永泰元年（765），举家东迁，滞留夔州二年。大历三年（768），携家出峡，漂泊于江陵、公安、岳州、衡阳一带。大历五年（770），贫病而卒。

杜甫生活在唐王朝由盛转衰、祸乱迭起的时代，他也曾有过“会当凌绝顶，一览众山小”的豪情壮志，亦曾有过“致君尧舜上，再使风俗淳”的政治理想，可是，在政局日趋腐败的形势下，这种立登要路，致君尧舜的抱负成为泡影。面对急剧动荡的时局，他饱尝困顿时“朝扣富儿门，暮逐肥马尘”（《奉赠韦左丞丈二十二韵》）的辛酸，战乱时“晚岁迫偷生，还家少欢趣”（《羌村三首》之二）的悲惨，漂泊时“亲朋无一字，老病有孤舟”（《旅夜书怀》）的凄凉。这些不幸的遭遇使他对人民大众的苦难有了亲身的感受，使得他不再以高昂的调子唱梦幻之曲，而是将盛唐诗歌那阔大雄浑的气象冷却成承载忧患苦难的大地，以一种广大渊深、悲天悯人的情怀感受叙说着一个时代的命运，展示了一幅用血泪交织而成的广阔社会生活画卷，铸就了凝重沉郁

的一代“诗史”。

由于短暂沐浴过盛唐时期的光辉，杜甫早期诗歌一样充满乐观、自信、豪迈的英雄主义气息，如《房兵曹胡马》中的“所向无空阔”“万里可横行”，《画鹰》的“何当击凡鸟，毛血洒平芜”，都有不可一世之气概。《望岳》中的“会当凌绝顶，一览众山小”，更是让人感觉到诗人远大的雄心抱负。从天宝五载开始，随着杜甫长期困顿长安，在渐渐深入到苦难现实之后，先前诗歌中乐观、昂扬的精神慢慢地被沉重的忧患所取代，他的诗歌开始了对广阔的社会生活的忠实记录和深沉思考，而从盛唐气象中禀赋的那种阔大雄浑的气势则一如既往，成就了其包容万汇的“史诗”的品格。这种创作上的转变是从《兵车行》开始的：“车辚辚，马萧萧，行人弓箭各在腰。耶娘妻子走相送，尘埃不见咸阳桥。牵衣顿足拦道哭，哭声直上干云霄。道旁过者问行人，行人但云点行频。或从十五北防河，便至四十西营田。去时里正与裹头，归来头白还戍边。边庭流血成海水，武皇开边意未已。君不闻汉家山东二百州，千村万落生荆杞。纵有健妇把锄犁，禾生陇亩无东西。况复秦兵耐苦战，被驱不异犬与鸡。长者虽有问，役夫敢申恨？且如今年冬，未休关西卒。县官急索租，租税从何出？信知生男恶，反是生女好。生女犹得嫁比邻，生男埋没随百草。君不见，青海头，古来白骨无人收。新鬼烦冤旧鬼哭，天阴雨湿声啾啾。”诗歌开

篇是一幅征戍离别的悲惨景象，笔势如风潮骤涌，不可迫视。在送行者悲怆愤恨的叙述中，直接就把批判的矛头指向好大喜功、穷兵黩武的唐玄宗："边庭流血成海水，武皇开边意未已。"紧接着诗人为我们展示了一幅战争导致的人烟萧条，田园荒废，荆棘丛生，满目疮痍的现状，又从抓兵、逼租两个方面，揭露了统治者穷兵黩武给人民带来的双重灾难。结尾色调凄凉、低沉，和开始那种人声鼎沸的气氛形成鲜明对比："以人哭起，以鬼哭住，照应在有意无意，章法最奇。"（沈德潜《唐诗别裁集》）《兵车行》形成并基本上贯穿了杜甫此后一生诗歌创作在思想内容方面的主要特征：对劳动人民苦难的深刻同情，对统治集团祸国殃民的腐朽行为予以强烈谴责，对国家和民族命运沉重的忧思。

其实以诗记史的做法，并不始于杜甫。《诗经》中的雅诗，建安时代曹操《蒿里》、王粲的《七哀诗》以及北朝庾信的《哀江南赋》等都具有诗史的性质。杜甫不但继承了这一传统，而且创造性地运用多种诗歌形式，将安史之乱前后唐王朝由盛到衰这一历史过程真实地记录下来。杜甫也并非有意于史，而是适逢其时，个人命运和历史变迁相关相随，个人的身世命运和悲欢离合与历史兴亡盛衰交织在一起，使得他的感情抒发必然和国事民瘼息息相关。正如浦起龙所云："少陵之诗，一人之性情，而三朝之事会寄焉者也。"（《读杜心解》）天宝以来几乎所有重大的政治变故和

军事动态都在杜诗中得到了及时的反映。安史之乱前，诗人在《兵车行》《丽人行》等诗中对统治者的穷兵黩武和荒淫生活进行了抨击。叛乱爆发后，他更是热切地关注着社会时事和国家大计，写下了包括“三吏”“三别”在内的大量有关社会重大事件的诗歌。杜甫不仅反映时事，更重要的是，通过严肃的写实精神，能透过当时繁荣的帷幕，看到背后掩藏着的严重的社会危机，具有深刻的现实洞察力。如《自京赴奉先县咏怀五百字》，此诗作于天宝十四载十月杜甫任右卫率府兵曹参军，安禄山已经反叛而长安尚未得到反讯之时，诗人通过他探家途中的见闻和感受，在上层统治者沉醉于表面的繁荣之际，敏锐地感受到一种“山雨欲来风满楼”的危急气氛：“杜陵有布衣，老大意转拙。许身一何愚？窃比稷与契。居然成濩落，白首甘契阔。盖棺事则已，此志常觊豁。穷年忧黎元，叹息肠内热。取笑同学翁，浩歌弥激烈。非无江海志，潇洒送日月。生逢尧舜君，不忍便永诀。当今廊庙具，构厦岂云缺？葵藿倾太阳，物性固莫夺。顾惟蝼蚁辈，但自求其穴。胡为慕大鲸，辄拟偃溟渤？以兹悟生理，独耻事干谒。兀兀遂至今，忍为尘埃没。终愧巢与由，未能易其节。沉饮聊自适，放歌颇愁绝。岁暮百草零，疾风高冈裂。天衢阴峥嵘，客子中夜发。霜严衣带断，指直不得结。凌晨过骊山，御榻在嵽嵲。蚩尤塞寒空，蹴踏崖谷滑。瑶池气郁律，羽林相摩戛。君臣留欢娱，乐动殷胶葛。赐浴

皆长缨，与宴非短褐。彤庭所分帛，本自寒女出。鞭挞其夫家，聚敛贡城阙。圣人筐篚恩，实欲邦国活。臣如忽至理，君岂弃此物？多士盈朝廷，仁者宜战栗。况闻内金盘，尽在卫霍室。中堂有神仙，烟雾蒙玉质。暖客貂鼠裘，悲管逐清瑟。劝客驼蹄羹，霜橙压香橘。朱门酒肉臭，路有冻死骨。荣枯咫尺异，惆怅难再述。北辕就泾渭，官渡又改辙。群冰从西下，极目高崒兀。疑是崆峒来，恐触天柱折。河梁幸未坼，枝撑声窸窣。行旅相攀援，川广不可越。老妻寄异县，十口隔风雪。谁能久不顾？庶往共饥渴。入门闻号咷，幼子饥已卒。吾宁舍一哀，里巷亦呜咽。所愧为人父，无食致夭折。岂知秋禾登，贫窭有仓卒。生常免租税，名不隶征伐。抚迹犹酸辛，平人固骚屑。默思失业徒，因念远戍卒。忧端齐终南，澒洞不可掇。”诗歌开始“从咏怀叙起，每四句一转达，层层迭出。自许稷契本怀，写仕既不成，隐又不遂，百折千回，仍复一气流转，极反复排宕之致”（杨伦《杜诗镜铨》卷三），极力申说自己“葵藿倾太阳，物性固难夺”的政治理想和壮志零落的忧愤，接着描绘了君臣嬉戏图、贵戚宴饮图和杜子行路图三幅图画，对正在骊山行宫中肆意挥霍享乐的玄宗君臣提出责难：“彤庭所分帛，本自寒女出。鞭挞其夫家，聚敛贡城阙。”诗人的社会批判极有力度，将君臣的道德危机与整个社会危机联系起来，通过“朱门酒肉臭，路有冻死骨”这样惊心动魄的社会矛盾对立，揭示整个政治的腐败，从而表现出整个社会从宫内到宫外皆处于一种危机与矛盾中，既回应了诗人开篇壮志蒿莱的社会原因，又体现了诗人对社会深深的忧患意识，真实地传达了安史之乱前夕“山雨欲来”的社会气氛。这首诗和《北征》是长篇咏怀诗的代表作。《唐宋诗醇》称此诗：“前述平日之衷曲，后写当前之酸楚，而至于中幅，以所经为纲，所见为目，言言深切，字字沉痛。《板》《荡》之后，未有能及此者，此甫之所以度越千古而上继《三百篇》者乎?”值得注意的是，这首诗开创了诗歌中大发议论的先例。胡震亨说：“诗凡五百字，而篇中叙发京师，过骊山，就泾渭，抵奉先，不过数十字耳，余皆议论，感慨成文，此最得变雅之法而成章者也。”这也形成了杜诗“诗史”将叙事、抒情与议论有机地结合起来的书写模式。

杜甫“诗史”记述的重心是这些重大的社会历史事件背后广大劳动人民遭受的苦难。历史上从来还没有哪一个文人像杜甫这样把自己的笔不断地伸向下层社会，从而展现出一幅幅关于人民生活和疾苦的广阔画面。他写战争带给百姓的苦难，往往是从一个人、一个家庭写起的，写他们的遭遇，写他们内心的悲酸。如《无家别》：“寂寞天宝后，园庐但蒿藜。我里百余家，世乱各东西。存者无消息，死者为尘泥。贱子因败阵，归来寻旧蹊。久行见空巷，日瘦气惨凄。但对狐与狸，竖毛怒我啼。四邻何所有？一二老寡妻。”

写到故乡荒凉，老母病死，归来无家，而尚得再次从军，令人不忍卒读。《羌村三首》《哀王孙》《哀江头》《北征》《石壕吏》和《新婚别》等诗，也都是从一粒沙中看世界，从个别看到整个社会。“席不暖君床，暮婚晨告别”（《新婚别》）的岂止是诗中的那位新婚女子？《羌村三首》其一的“世乱遭飘荡，生还偶然遂”的又岂止是杜甫一个家庭？

在杜甫的诗歌中，我们最容易见出的是其间沉郁博大的人间情感。这种情感首先是对在苦难中辗转挣扎的天下苍生的深刻同情和伤痛。“穷年忧黎元，叹息肠内热”，时代的剧变，严酷的现实，使杜甫从超越历史的豪迈、清狂开始变为贴近时代的深沉、执着。生活的潦倒，长期的流离，使他的人道主义情怀由早年对民心宽泛的告慰逐渐变为切肤刻骨的同情和悲悯，并且从中滋生出博施广济的强烈愿望。以饥寒之身而怀济世之心，处穷迫之境而无厌世之想的坚毅品格，则又赋予他的一生以强烈的悲壮色彩。这种与时代风云紧密相关的忧国忧民之念、沉郁抑塞之情，构成了杜诗情感世界的主体。如《又呈吴郎》：“堂前扑枣任西邻，无食无儿一归人。不为困穷宁有此？只缘恐惧转须亲。即防远客虽多事，便插疏篱却甚真。已诉征求贫到骨，正思戎马泪盈巾。”大历二年（767），杜甫从夔州迁居东屯，把原来住处草堂借给一位刚从忠州来的亲戚吴郎居住。杜甫到东屯后，想起一件事：草堂西边住着一位孤苦无依的妇女，时常来扑

打杜甫堂前的枣充饥，杜甫从不干涉她，应该通知他也别阻止她打枣为好，于是写下了这首诗代替书信寄给了吴郎，告诉他要同情这位妇人。这是何等体贴！何等心胸！在《茅屋为秋风所破歌》中，他由个人的不幸遭遇联想到天下苍生水深火热的生活，为了求得他人的温饱安定，甘愿以一己之身承担起所有的苦难："安得广厦千万间，大庇天下寒士俱欢颜，风雨不动安如山。呜呼！何时眼前突兀见此屋，吾庐独破受冻死亦足。"这是何等的襟怀，简直就是中国诗歌中受难的耶稣！

杜诗中的忧国忧民是联系在一起的。和对天下苍生的深刻的情感一致，杜甫也同样有一颗"济时敢爱死"（《岁暮》）的拳拳爱国之心。他的喜怒哀乐是和国家命运的盛衰起伏相呼应的。当国家危难时，他对着三春的花鸟会心痛得流泪，如《春望》："国破山河在，城春草木深。感时花溅泪，恨别鸟惊心。烽火连三月，家书抵万金。白头搔更短，浑欲不胜簪。"一旦大乱戡定，消息忽传，他又会手舞足蹈、喜极而泣。如《闻官军收河南河北》："剑外忽传收蓟北，初闻涕泪满衣裳。却看妻子愁何在，漫卷诗书喜欲狂。白日放歌须纵酒，青春作伴好还乡。即从巴峡穿巫峡，便下襄阳向洛阳。"八句诗，其疾如风，被称为杜甫"生平第一首快诗"。诗人由闻喜讯而流喜泪，由流喜泪而呈喜态，由呈喜态而唱喜歌，由唱喜歌而喜思归，"喜"贯穿全诗始终。而

这种欢喜正是诗人热爱祖国、渴望和平的体现。

亲友间真挚的情感在杜甫的诗歌中也写得非常动人，如：“人生不相见，动如参与商。今夕复何夕，共此灯烛光。少壮能几时，鬓发各已苍。访旧半为鬼，惊呼热中肠。焉知二十载，重上君子堂。昔别君未婚，儿女忽成行。怡然敬父执，问我来何方。问答未及已，儿女罗酒浆。夜雨剪春韭，新炊间黄粱。主称会面难，一举累十觞。十觞亦不醉，感子故意长。明日隔山岳，世事两茫茫。”（《赠卫八处士》）

“今夜鄜州月，闺中只独看。遥怜小儿女，未解忆长安。香雾云鬟湿，清辉玉臂寒。何时倚虚幌，双照泪痕干！”（《月夜》）写得缠绵悱恻，深情款款。杜甫在众多怀友诗中，以怀念李白的最为突出。他和李白天宝三载（744）在洛阳相识，相处的时间并不长，却一生都在怀念李白。在中国诗歌史上，这的确是一件非常值得铭记的事件，闻一多先生甚至将这次李、杜遇合看作是“青天里太阳和月亮走碰了头”“四千年的历史里，除了孔子和老子（假如他们真是见过面的话），没有比这两人会面更重大、更神圣、更可纪念的”。（《杜甫》）从与李白分手直到晚年，杜甫追念或谈到李白的诗有15首。如《春日忆李白》：“白也诗无敌，飘然思不群。清新庾开府，俊逸鲍参军。渭北春天树，江东日暮云。何时一樽酒，重与细论文。”表达了他对李白的推崇和情谊。

杜甫的人间情怀还是一种“民胞物与”的大慈悲，不仅仅是对人类，对人类之外的天地万物都有一颗同情之心。在他眼里，万物都有灵性，河山花柳与人亲密共在，如有默契。“江山如有待，花柳更无私”（《后游》），所以，人类也应该与天地同心：“白鱼困密网，黄鸟喧嘉音。物微限通塞，恻隐仁者心。”（《过津口》）他自己就是如此，在细微之处显示出博大的同情心：“枣熟从人打，葵荒欲自锄。盘餐老夫食，分减及溪鱼。”（《秋野五首》）人应该与万物同体同在，“物情无巨细，自适固其常”（《夏夜叹》），万物都有生存的权利。而现实生活却不是这样，《早行》一诗中写道：“飞鸟数求食，潜鱼亦独惊！前王作网罟，设法害生成。”正是基于这种认识，对于世间万物，特别是对其中不能抵御强者的弱小者，杜甫充满同情。这在《观打鱼歌》和《又观打鱼》二诗中有充分的描写：“小鱼脱漏不可记，半死半生犹戢戢。大鱼伤损皆垂头，屈强泥沙有时立。”诗人对食鱼者说：“鲂鱼肥美知第一，既饱欢娱亦萧瑟。君不见朝来割素鳍，咫尺波涛永相失！”你刚刚吃下去的鱼，如果不被捕获，也许正相忘于江湖呢！用生的欢乐与死的残酷做强烈对照，显示了诗人体察万物的宇宙情怀。

杜甫的创作天地是非常广阔的，除了反映重大的社会课题和感时忧国之外，还有不少其他方面的诗歌。他把日常生活的所经所历、所感所思都写入了精练的诗篇。咏自然风物，如“好雨知时节，当春乃发生。随风潜入夜，润物细无声”（《春夜喜雨》），“澄江平少岸，幽树晚多花。细雨鱼儿出，微风燕子斜”（《水槛遣心》）；写花鸟虫鱼，如“花鸭无泥滓，阶前每缓行”（《花鸭》）；述田居景况，如“惯看宾客儿童喜，得食阶除鸟雀驯”（《南邻》）；叙家庭生活，如“老妻画纸为棋局，稚子敲针作钓钩”（《江村》）；题善才佳艺，如“丹青不知老将至，富贵于我如浮云”（《丹青引赠曹将军霸》），“尤工远势古莫比，咫尺应须论万里”（《戏题王宰画山水图歌》）。这些细致的描绘和热情的歌咏，表现了诗人丰富优美的生活情趣。

“乾坤万里眼，时序百年心”（《春日江村五首》其一），杜诗作为“诗史”不仅仅是对其反映的现实内容而言的，对诗歌本身而言，也复如此。它的出现，将中国诗歌推向了广大渊深、地负海涵的天地境界。史称其诗“浑涵汪茫，千汇万状”（《新唐书·杜甫传》）。在中国诗歌史上，杜诗唯一能担当得起“乾坤”二字。杜甫自己也常常以“乾坤”二字入诗，明确显示了其自觉以天地襟怀入世。宋人方勺指出：诗中用乾坤字最多且工唯杜甫，记其十联：“乾坤万里眼，时序百年心。”“身世双蓬鬓，乾坤一草亭。”“江汉思归客，乾坤一腐儒。”“吴楚东南坼，乾坤日夜浮。”“不眠忧战伐，无力正乾坤。”“纳纳乾坤大，行行郡国遥。”“日月笼中鸟，乾坤水上萍。”“胡虏三年入，乾坤一战收。”

“日月低秦树，乾坤绕汉宫。”“开辟乾坤正，荣枯雨露偏。”（《泊宅编》卷二）无不传达出一种阔大的宇宙意识。这种胸襟眼光，折射的正是中国文化的最高境界——天地境界。这正如王得臣在《增注杜工部诗集序》中所说“逮至子美之诗，周情孔思，千汇万状，茹古含今，无有端涯”。杜诗这一特点历来为人所认同，薛雪在《一瓢诗话》里说：“杜少陵诗，止可读，不可解。何也？公诗如溟渤，无流不纳；如日月，无幽不烛；如大圆镜，无物不现，如何可解？”刘熙载《艺概》也同样认为：“杜诗高、大、深俱不可及。吐弃到人所不能吐弃，为高；涵茹到人所不能涵茹，为大；曲折到人所不能曲折，为深。”

杜诗的天地境界首先体现在内容上的包罗万象，“无意不可入，无事不可言”（刘熙载《艺概》）。在他笔下，从乾坤之大到虫蚁之微皆可入诗，如“吴楚东南坼，乾坤日夜浮”（《登岳阳楼》）；“乾坤万里眼，时序百年心”（《春日江村》）；“星垂平野阔，月涌大江流”（《旅夜书怀》）；“五更鼓角声悲壮，三峡星河影动摇”（《阁夜》）；“巫峡千山暗，终南万里春”（《喜观即到复题短篇二首》其一）……这是乾坤之大。“味苦夏虫避，丛卑春鸟疑”（《苦竹》）；“秋虫声不去，暮雀意何如”（《除架》）；“仰蜂黏落絮，行蚁上枯梨”（《独酌》）；“筑场怜穴蚁，拾穗许村童”（《暂还白帝复返东屯》）……这是虫蚁之微。从极大到极小都包罗无遗，王安石对此惊叹说："浩荡八极中，生物岂不稠？丑妍巨细千万殊，竟莫见以何雕锼？"（《杜甫画像》）只有一颗天地之心，才能承载天地万物。杜诗的天地境界当然更重要的是体现在其博大的宇宙情怀上，无论是对天下苍生还是宇宙万物都持有一颗博大的同情之心。这点在上文已有论述，此不赘述。

杜甫之所以被称为"诗圣"，最初指的就是"圣于诗者"，即是把他视为诗歌上的"集大成"者，是位无体不工、无美不备的诗人。因而杜诗的天地境界自然也体现在风格样式上的包罗万象，这一点早为人所阐发："至于子美，盖所谓上薄风骚，下该沈、宋，言夺苏、李，气吞曹、刘，掩颜、谢之孤高，杂徐、庾之流丽，尽得古今之体势，而兼人人之所独专矣。……苟以为能所不能，无可无不可，则诗人以来，未有如子美者。"（元稹《唐故工部员外郎杜君墓系铭并序》）

"杜子美之于诗，实积众流之长，适当其时而已。昔苏武李陵之诗长于高妙，曹植刘公幹之诗长于豪逸，陶潜阮籍之诗长于冲澹，谢灵运鲍照之诗长于峻洁，徐陵庾信之诗长于藻丽，于是子美者，穷高妙之格，极豪逸之气，包冲澹之趣，兼峻洁之姿，备藻丽之态，而诸家之作所不及焉。然不集诸家之长，子美亦不能独至于斯也。"（秦观《韩愈论》）

"杜甫之诗，包源流，综正变。自甫以前，如汉魏之浑朴古雅，六朝之藻丽秾纤，澹远韶秀，甫诗无一不备。”(叶燮《原诗》）应该说元稹、秦观等人所谓体势主要就是指诗歌所表现出来的抒情风格，杜诗在这方面集大成的表现，明人李东阳在《麓堂诗话》中有很多例证：清绝如“胡骑中宵堪北走，武陵一曲想南征”；富贵如“旌旗日暖龙蛇动，宫殿风微燕雀高”；高古如“伯仲之间见伊吕，指挥若定失萧曹”；华丽如“落花游丝白日静，鸣鸠乳燕青春深”；斩绝如“返照入江翻石壁，归云拥树失山村”；奇怪如“石出倒听枫叶下，橹摇背指菊花开”；浏亮如“楚天不断四时雨，巫峡长吹万里风”；委曲如“更为后会知何地，忽漫相逢是别筵”；俊逸如“短短桃花临水岸，轻轻柳絮点人衣”；温润如“春水船如天上坐，老年花似雾中看”；感慨如“王侯第宅皆新主，文武衣冠异昔时”；激烈如“五更鼓角声悲壮，三峡星河影动摇”；萧散如“信宿渔人还汎汎，清秋燕子故飞飞”；沉着如“艰难苦恨繁霜鬓，潦倒新停浊酒杯”；精练如“客子入门月皎皎，谁家捣练风凄凄”；惨戚如“三年笛里关山月，万国兵前草木风”；忠厚如“周宣汉武今王是，孝子忠臣后代看”；神妙如“织女机丝虚夜月，石鲸鳞甲动秋风”；雄壮如“扶持自是神明力，正直元因造化功”；老辣如“安得仙人九节杖，拄到玉女洗头盆”；执此以论，杜真可谓集诗家之大成者矣。可谓百卉俱在，万色争妍。不过对于杜诗而言，其主导风格还是以沉雄博大、

悲壮瑰丽为特色的“沉郁顿挫”的艺术风格。在这一主导风格中同样显得千变万化。按照明人胡应麟的说法，即使单纯在七言诗壮美气象中，也包含了精微丰富的内涵：杜七言句壮而闳大者，“二仪清浊还高下，三伏炎蒸定有无”；壮而高拔者，“蓝水远从千涧落，玉山高并两峰寒”；壮而豪宕者，“五更鼓角声悲壮，三峡星河影动摇”；壮而沉婉者，“三年笛里关山月，万国兵前草木风”；壮而飞动者，“含风翠壁孤云细，背日丹枫万木稠”；壮而整严者，“江间波浪兼天涌，塞上风云接地阴”；壮而典硕者，“紫气关临天地阔，黄金台贮俊贤多”；壮而秾丽者，“香飘合殿春风转，花覆千宫淑景移”；壮而奇峭者，“窗含西岭千秋雪，门泊东吴万里船”；壮而精深者，“织女机丝虚夜月，石鲸鳞甲动秋风”；壮而瘦劲者，“万里悲秋常作客，百年多病独登台”；壮而古淡者，“百年地僻柴门迥，五月江深草阁寒”；壮而感怆者，“锦江春色来天地，玉垒浮云变古今”；壮而悲哀者，“雪岭独看西日落，剑门犹阻北人来”。（《诗薮》内编卷五）不但风格上如此，就诗体而言，杜诗同样体制多样，奄有众长，兼工各体，并能推陈出新，别开生面。其五言古诗，在继承前人的基础上，进一步健全了周密的法度，完善了长篇叙事诗的样式，使五言古诗发展到形式精美、大开大合、沉郁悲壮的水平。“少陵五言古，千变万化，尽有汉魏以来之长，而改其面目”“于唐以前为变体，于唐以后为大宗”（施补华《岘佣说诗》）。著名的如《奉先咏怀》《北征》等，叙事、议论、抒情、写景，错综变化，亦诗亦史，格局大开，为有诗以来奇观。七言古诗长于陈述意见，感情豪放、沉郁，风格奇崛拗峭，后人誉之为“格大体深”“老成深厚”，如《醉时歌赠郑广文》《洗兵马》《茅屋为秋风所破歌》《岁晏行》等。而其中以《兵车行》《丽人行》、“三吏”“三别”等为代表的五言、七言古体歌行体，突破汉魏乐府的惯例，“率皆即事名篇，无复倚傍”（元稹《乐府古题序》），这一创造，直接导引了中唐以元稹、白居易为首的“新乐府”运动。五、七言绝句，杜甫成就不算最高，但引入律法，别开生面，比之于同辈诸贤，亦各有千秋。如《江畔独步寻花七绝句》：“黄四娘家花满蹊，千朵万朵压枝低。留连戏蝶时时舞，自在娇莺恰恰啼。”（其五）“不是爱花即欲死，只恐花尽老相催。繁枝容易纷纷落，嫩蕊商量细细开。”（其七）

杜甫诗体中成就最高的是五、七言律诗。五言律诗，杜甫超越诸家之处在于意境鲜明、气象宏大。尤其是广阔的格局，沉雄的气象，为同侪俊贤所不及。胡应麟《诗薮》内篇卷四云：“五言律体，极盛于唐。……唯工部诸作，气象嵬峨，规模宏远，当其神来境诣，错综幻化，不可端倪。千古以还，一人而已。”如：“细草微风岸，危樯独夜舟。星垂平野阔，月涌大江流。名岂文章著，官应老病休。飘飘何所似？天地一沙鸥。”（《旅夜书怀》）“昔闻洞庭水，今上岳阳楼。吴楚东南坼，乾坤日夜浮。亲朋无一字，老病有孤舟。戎马关山北，凭轩涕泗流。”（《登岳阳楼》）两诗都以阔大浩瀚的时空，写苍凉萧瑟的孤独。以雄浑观萧瑟，以萧瑟衬雄浑，寓情于景，寓景于情。杜甫的七言律诗，更是雄视天下，独步古今。明人胡应麟以为：“近体之难，莫难于七律。”（《诗薮》内编卷五）清人刘熙载说：“律诗不难于凝重，亦不难于流动，难在又凝重又流动耳。”（《艺概》）在杜甫以前，七律多用于宫廷应制唱和，这类诗内容贫乏，其语言亦平缓无力，而在这以外，佳作也为数不多。到了杜甫，无论是声律形式还是题材内容都可谓堂庑大开，脱胎换骨。前人谓杜甫的七律“上下千百年无伦比。其意之精密，法之变化，句之沉雄，字之整练，气之浩汗，神之摇曳，非一时笔舌所能罄”（黄子云《野鸿诗的》）。杜甫自己对此也颇为自负，自谓“晚节渐于诗律细”（《遣闷呈路十九曹长》），晚年在夔州的律诗，可谓是七言律诗的顶峰。如《秋兴八首》其一：“玉露凋伤枫树林，巫山巫峡气萧森。江间波浪兼天涌，塞上风云接地阴。丛菊两开他日泪，孤舟一系故园心。寒衣处处催刀尺，白帝城高急暮砧。”全诗以壮阔阴郁的意境奠定了组诗悲秋的基调，空间腾挪，物象转换。大至峡江边塞，小至白露枫叶，远至天地风云，近至丛菊孤舟，无不弥漫感伤萧瑟气氛。丛菊两开勾起留夔两载岁

月的感慨，孤舟一叶回味系住归乡行程的辛酸；正沉浸回忆之际，忽又为白帝城的四处砧声所惊断，此时戛然而止，却又蓄思待发。全诗语言凝练，声调铿锵，高华典丽与沉郁顿挫兼具，充分显示了杜诗的特点。而《登高》一诗，更是被视为顶峰中的顶峰："风急天高猿啸哀，渚清沙白鸟飞回。无边落木萧萧下，不尽长江滚滚来。万里悲秋常作客，百年多病独登台。艰难苦恨繁霜鬓，潦倒新停浊酒杯。"风急、猿啸、鸟飞、木落，伴以滚滚而来的江水，整个境界卷入急速的流动之中，然后是一声深深的叹息。这些在动作上连贯性极强的动词，造成全诗的流动感和整体感，使人读来有一气流转之感。在声律句式上，极为考究，八句皆对，首联句中也对。严整的对仗被形象的流动感掩盖起来了，严密变得舒畅。全诗境界阔大，空间跳跃，意象密集，意蕴丰富。"万里悲秋常作客，百年多病独登台"一联，据宋人罗大经说："盖'万里'，地之远也；'秋'，时之惨凄也；'作客'，羁旅也；'常作客'，久旅也；'百年'，齿暮也；'多病'，衰疾也；'台'，高迥处也；'独登台'，无亲朋也。十四字之间含八意，而对偶又精确。"（《鹤林玉露》乙编卷十五）杨伦将此诗视作杜诗"七言律诗第一"（《杜诗镜铨》），明胡应麟更进一步，以为"通章章法、句法、字法，前无昔人，后无来学，此当为古今七言律第一，不必为唐人七言律第一也"（《诗薮》）。

杜诗的出现，的确可以称得上诗歌盛唐气象最完美的谢幕。某种意义上既是历史的机缘，也是历史的必然。盛唐帝国准备了恢宏的精神气度和文化土壤，而盛唐、中唐的历史逆转蓄积了巨大的心理势能和创作资源，一阳一阴，一高扬一沉雄，大气鼓冶，风云激荡，鸿蒙重开，乾坤已具。盛唐诗歌喷薄而出的斑斓气象也需要有人进行总结和提升，而杜甫个人无论从政治理想（“致君尧舜上”）、道德操守（“奉儒守官”）、人间情怀（“穷年忧黎元，叹息肠内热”）、家学渊源（“诗是吾家事”），还是个人天赋（“七龄思即壮”）、学识修养（“读书破万卷”）、文学传承（“转益多师是汝师”）、创作态度（“语不惊人死不休”）、意志毅力（“取笑同学翁，浩歌弥激烈”）、身世经历（“天地一沙鸥”）等各方面而言，显然已经具备了摹写乾坤和重开天地的能力。于是，大的天地，大的社会，大的气象，大的悲喜，大的兴衰，大的人物，大的胸怀，大的才华纷沓而至，猝然遇合，电闪雷鸣，圣物将出，惊天动地的突破成为可能，杜诗诞生。杜诗的出现，最终将一种天机勃发的历史气象铸就成高山仰止的人间典范，将中国文化追慕的天地精神变成一种鲜活的诗性存在，成就了闻一多先生所说的我们四千年文化中最庄严、最瑰丽、最永久的一道光彩。

唐诗转折：大历诗风

安史之乱是唐王朝由极盛走向衰落的标志，因而成为盛

唐和中唐的历史分水岭。但是诗歌上盛唐、中唐的划分却并非那么简单。尽管李白在安史之乱七年之后才去世，杜甫在安史之乱后辗转漂泊了近十五年，但他们无疑是盛唐诗歌的真正代表：李白的豪迈飘逸和杜甫的沉雄深广展示了盛唐气象一体两极。诗歌上的盛、中、晚的分野主要以气象言之，而非机械步趋历史。明人胡应麟对此颇有心得："盛唐句如'海日生残夜，江春入旧年'；中唐句如'风兼残雪起，河带断冰流'；晚唐句如'鸡声茅店月，人迹板桥霜'，皆形容景物，妙绝千古，而盛、中、晚界限斩然。故知文章关气运，非人力。"（《诗薮》内编卷四）杜甫之后，那种以理想主义为支撑的雄健阔大的盛唐气象已烟云散去，虽然偶尔还有一些余韵，但已是"君看桃李秋风后，纵有花开不是真"，诗歌进入中唐。中唐诗歌的历史一般是指从唐代宗大历元年（766）到唐文宗太和九年（835）近七十年的时间。李、杜之后，中唐前期诗坛一度沉寂。但在贞元（785）到长庆（821）年间，随着政治中兴局面的出现，诗歌又呈现了复兴的态势，人数众多，风格纷呈，形成了盛唐之后唐诗的又一个新高峰。而踽踽于两座高峰之间那段低谷的，则是以刘长卿、韦应物与"大历十才子"为主的一批诗人。

从大历到贞元年间的这一批诗人，多是从盛唐的繁华跌入战乱萧条的一批诗人。安史之乱如一股突然而起的凛冽寒风，把盛唐时期那种豪迈、自信、乐观、浪漫的精神风貌吹得七零八落。目击沧桑巨变，回首往日繁华，追昔抚今，恍如隔世。虽然偶尔也有如“丈夫当为国，破敌如摧山。何必事州府，坐使鬓毛斑”（韦应物《寄畅当》），“勤君用却龙泉剑，莫负平生国士恩”（钱起《送傅管记赴蜀军》），“千金未必能移性，一诺从来许杀身”（戎昱《上湖南崔中丞》，这样迸发的豪情，但盛唐那种昂扬奋发的精神、乐观的情绪和慷慨的气势，已成为遥远而不绝如缕的余响，取而代之的是希求在纷乱中寻求安宁、消极避世的隐逸情怀。这一迹象的重要标志就是佞佛之风兴起。正如《新唐书·五行志》所说，天宝以后，士人们多寄情于江湖僧寺。如韦应物自谓“道心淡泊对流水，生事萧疏空掩门”（《寓居沣上精舍寄于张二舍人》），顾况也想“野人本自不求名，欲向山中过一生”（《题明霞台》），耿湋表示“愿向空门里，修持比画龙”（《晚秋宿裴员外寺院》）。佛禅之风是中国士人精神面貌的一个重要的风向标，当一种对世界的无力感而导致的精神弱化情形出现时，禅悦之风就会在士人中间弥漫开来。中国历史上这种现象反复出现，中唐就是如此。这种时代风尚和人生情趣表现在诗歌中，使得大历、贞元诗坛充满了一种因人生落寞和无奈而感到孤寂、清冷和淡远的情调。

刘长卿（？—约 790）算是当时影响较大的诗人，从他的诗歌中，就可以明显地感受到那种冷落、寂寞的情调。明人胡应麟《诗薮》屡把刘与钱起相提并论，称他们的诗

“气骨顿衰”。这是能在与盛唐的比较中明显见出的。他有一篇《小鸟篇上裴尹》，正可以和李白的《大鹏赋》等相比较，诗中以小鸟自况：“藩篱小鸟何甚微，翩翩日夕空此飞。只缘六翮不自致，长似孤云无所依。……独立虽轻燕雀群，孤飞还惧鹰鹯搏。自怜天上青云路，吊影徘徊独愁暮。”这里早已没有了扶摇直上九万里的大鹏气概，剩下的只是一个满怀绝望与痛苦的弱小生灵的哀叹。虽然他的诗中常出现平和冲远、淡泊宁静的意境，但其背后掩藏着的其实仍是内心的失落与彷徨，这种人生失意的凄凉之感，融入黯淡萧瑟的景物描写中，就造成了清幽冷寂的情调。如他著名的《逢雪宿芙蓉山主人》：“日暮苍山远，天寒白屋贫。柴门闻犬吠，风雪夜归人。”刘长卿曾自许为“五言长城”（见权德舆《秦刘唱和诗序》），他的一些五言律绝善于捕捉意象，营造意境。这一点，在这一首诗歌中得到很好的体现。全诗声色一体，通过把“苍山”“白屋”“犬吠”和“风雪”交织成章，极为简练地勾勒了一幅荒村雪夜归人的图画，弥漫着一层难以言说的冷落寂寥的情思，烘托出一种苍凉索寞的意境。

与刘长卿诗风相近的，是号称“大历十才子”的一批诗人。“十才子”之名，最初见于中唐诗人姚合编的《极玄集》，即李端、卢纶、吉中孚、韩翃、钱起、司空曙、苗发、崔峒、耿湋、夏侯审。他们的生平大都不详，因大历初年在长安参加重要的唱和活动而为世人所瞩目。大体说来，十才子诗多清词雅调，抒写寂寞清冷的孤独情怀。《四库全书总目》云："大历以还，诗格初变，开、宝浑厚之气，渐远渐漓，风调相高，稍趋浮响，升降之关，十子实为之职志。"但也有一些写得较好的，格律归整，字句精工，如："春城无处不飞花，寒食东风御柳斜。日暮汉宫传蜡烛，轻烟散入五侯家。"（韩翃《寒食日即事》）"钓罢归来不系船，江村月落正堪眠。纵然一夜风吹去，只在芦花浅水边。"（司空曙《江村即事》）

在十才子中，卢纶有些特殊，他有过十几年军营生活的实际体验，诗风较为雄壮。《和张仆射塞下曲》两首最有名："林暗草惊风，将军夜引弓。平明寻白羽，没在石棱中。"（其二）"月黑雁飞高，单于夜遁逃。欲将轻骑逐，大雪满弓刀。"（其三）

在大历、贞元间的诗坛上，韦应物（约 737—约 791）也是一个重要诗人。后人多将他和陶、王、孟、柳等山水诗人并提。其实他前期也写过一些反映民生疾苦、刚健清朗的作品。如"身多疾病思田里，邑有流亡愧俸钱"（《寄李儋元锡》）之类，就表现了诗人的正义和良知。但他创作的主导倾向是向往隐逸宁静的山水诗，"高雅闲淡，自成一家之体"（白居易《与元九书》）。如："今朝郡斋冷，忽念山中客。涧底束荆薪，归来煮白石。欲持一瓢酒，远慰风雨夕。

落叶满空山，何处寻行迹?”（《寄全椒山中道士》）“独怜幽草涧边生，上有黄鹂深树鸣。春潮带雨晚来急，野渡无人舟自横。”（《滁州西涧》）这两首诗都是用简单自然却又是精细锤炼过的语言，来表述或迷惘空寂或清幽落寞的人生情怀，将盛唐山水诗的优美清空引向萧散冷淡。

大历诗风的主流之外，也还有一些不同风格的诗人，如顾况、李益等。顾况（727—815）和元结一起，是中唐前期现实主义的代表诗人。他们继承李、杜余绪，标举诗教，“感于哀乐，缘事而发”，写过一些关心民间疾苦、反映社会现实的诗歌，成为后来元、白新乐府的先导。如颇有仿古意味的《上古之什补亡训传十三章》，其中像《囝》一首就反映了闽中奴隶的苦难。但这并不是顾况诗歌的主流，他创作的诗歌更多的是抒发自己对生活的主观感受。气势开张，语言明白如话，却想象奇特，给人以奇异的印象，所以稍后的皇甫湜在《顾况诗集序》里说他的诗是“偏于逸歌长句，骏发踔厉，往往若穿天心，出月胁，意外惊人语，非寻常所能及”。如《苔藓山歌》：“野人夜梦江南山，江南山深松桂闲。野人觉后长叹息，帖藓黏苔作山色。闭门无事任盈虚，终日欹眠观四如：一如白云飞出壁，二如飞雨岩前滴，三如腾虎欲咆哮，四如懒龙遭霹雳。崄峭嵌空潭洞寒，小儿两手扶栏杆。”写黏苔藓当作山水，和小儿一起观看的那种乐趣，朴实而妙趣横生。普通的苔藓，竟被描绘为白云飞雨、腾虎

懒龙，构思离奇。顾况诗“俗”的一面影响了元、白诗派，“怪、奇”的一面影响了韩、孟诗派。

在大历诗坛，以边塞诗独树一帜且艺术成就很高的诗人是李益（748—827）。他曾北游河朔，居边塞十余年，边塞诗写得很好，尤其是七绝，常常是壮烈、慷慨之中带一点伤感和悲凉，如《夜上受降城闻笛》：“回乐烽前沙似雪，受降城外月如霜。不知何处吹芦管，一夜征人尽望乡。”据《旧唐书》本传，他的绝句一类的诗，“每作一篇，为教坊乐人以赂求取，唱为供奉歌词”。而“回乐烽前”一篇，更是“天下以为歌词”的名作。明代王世贞甚至因这首诗，把李益置于李白、王昌龄之上：“绝句李益为胜，……‘回乐烽’一章，何必王龙标、李供奉？”（《艺苑卮言》）李益不光是边塞诗写得出色，写人生离别和聚散的诗也有非常感人的，如《喜见外弟又言别》：“十年离乱后，长大一相逢。问姓惊初见，称名忆旧容。别来沧海事，语罢暮天钟。明日巴陵道，秋山又几重。”

总体说来，大历诗风宣告了唐诗的转变。在趋向秋月春风、远浦轻舟的隐逸中，将盛唐带入了中唐。那种积极进取、勇于担当的生命热情被消极退隐、无力把握的生命感伤所取代。在他们的诗歌中，自然山水成为逃避历史荒芜的个人天地，正如诗僧皎然在《诗式》中所说：“大历中，词人……窃占青山、白云、春风、芳草以为己有。”诗人在这样的世界里忘却尘嚣，忘却苦难，甚至忘却了自己。在艺术形式上，除个别诗人外，他们基本上还是沿袭盛唐创作路数，缺乏创造的热情和勇气。这样的作品虽然清丽脱俗、情思袅袅，却终究过于纤弱；而这样的诗人虽然看似敏感，却也冷漠无情。

唐诗中兴：韩孟诗派

针对大历诗风内容单一、意象重复、形式圆熟、气格狭窄的趋向，从贞元、长庆年间起，诗人们便着力开辟新的途径，打破了大历以来诗歌停滞的状态，创作出大量极富创新韵味的各体诗歌，展示了唐诗大变于中唐的蓬勃景观。而韩孟诗派就是进行这种新变的第一诗人群体。这一诗派以韩愈为首，代表诗人有孟郊、贾岛、李贺等。

韩愈（768—824），字退之，河阳（今河南孟州市）人，自言郡望昌黎，故后人多称韩昌黎。他三岁而孤，由嫂郑氏抚育成人。贞元八年（792）登进士第，先后任汴州观察推官、四门博士、监察御史等。贞元十九年（803）因上书言关中旱饥，触怒权要，被贬为阳山（今属广东）令。元和十四年（819）又因反对宪宗拜迎佛骨，被贬为潮州刺史。穆宗时，他任国子监祭酒、兵部侍郎，又转吏部侍郎。长庆四年（824）卒，终年五十七岁。谥文公，世又称韩文公。

韩诗的内容，包括整个韩孟诗派，虽然也有反映社会现实和民生疾苦的部分，但更多的是为自己穷愁潦倒的遭遇愤其不平。其诗风大都以奇崛险怪著称。这种诗风的形成既有由于愤世嫉俗的个人遭遇所形成的特定的表达诉求以及当时“力行险怪取贵仕”科举风尚的现实因素，也有诗歌本身刻意求新的内在要求。正如清人赵翼所分析的那样：“至昌黎时，李杜已在前，纵极力变化，终不能再辟一径。唯少陵奇险处，尚有可推扩，故一眼觑定，欲从此辟山开道，自成一家，此昌黎注意所在也。”（《瓯北诗话》卷三）所以他的诗大都写得力大思雄，古奥险怪，如《石鼓歌》：“张生手持石鼓文，劝我试作石鼓歌。少陵无人谪仙死，才薄将奈石鼓何！周纲陵迟四海沸，宣王愤起挥天戈。大开明堂受朝贺，诸侯剑佩鸣相磨。蒐于岐阳骋雄俊，万里禽兽皆遮罗。镌功勒成告万世，凿石作鼓隳嵯峨。……”苍劲雄浑，硬语盘空，将石鼓形成的一段远古历史鲜活地展现出来；而“愤起挥天戈”“剑佩鸣相磨”等动作性词语的嵌用，更使诗作气酣力猛，飞动纵横，有不可一世之概。由于韩愈天生有一种雄强豪放的资质，“豪侠之气未除，直率之相不掩”（钱钟书《谈艺录》），加之博学多才，发而为诗，便于奇崛险怪中富于气势，宛如江河破堤，一泻千里，“驱驾气势，若掀雷挟电，奋腾于天地之间”（司空图《题柳柳州集后》）。但这种刻意求新求怪的倾向，有时不免生涩拗口、佶屈聱牙、突兀怪诞。如《陆浑山火和皇甫湜用其韵》中一段："天跳地踔颠乾坤，赫赫上照穷崖垠，截然高周烧四垣，神焦鬼烂无逃门。三光驰隳不复暾，虎熊麋猪逮猴猿，水龙鼍龟鱼与鼋，鸦鸱雕鹰雉鹄鹍，燖炰煨爊孰飞奔，祝融告休酌卑尊。"韩愈诗歌在艺术表现上一个重要的特点是以文为诗。他把过去已经逐渐变得规范整齐、追求节奏和谐、句式工稳的诗歌的外在形式加以破坏，使之松动变形，然后把散文、骈赋的句法引进诗歌，使诗句可长可短，跌宕跳跃，变化多端。像《忽忽》采用十一、六、十一、七、三、七、七的句式，开头就是一句"忽忽乎余未知生之为乐也，愿脱去而无因"，完全是散文的句法，却又给人以一声发自肺腑的叹息似的震撼。又如《南山诗》，用汉赋排比铺张手法，描述终南山四时景色变化以及各种形态的山势。搜罗奇字，光怪陆离。押用险韵，一韵到底。而且连用带"或"字的诗句五十一个，叠字诗句十四个。虽周备详尽，琳琅满目，却又堆砌冗长，比汉赋过犹不及，以致贬斥者说它"虽健美富赡，然终不是诗"（《冷斋夜话》引沈括语）。但韩愈以文为诗也有成功之作，如《山石》："山石荦确行径微，黄昏到寺蝙蝠飞。升堂坐阶新雨足，芭蕉叶大栀子肥。僧言古壁佛画好，以火来照所见稀。铺床拂席置羹饭，疏粝亦足饱我饥。夜深静卧百虫绝，清月出岭光入扉。天明独去无道路，出入高下穷烟霏。山红涧碧纷烂漫，时见松枥皆十围。当流赤足踏涧石，

水声激激风吹衣。人生如此自可乐，岂必局束为人鞿？嗟哉吾党二三子，安得至老不更归！”全诗采用一般山水游记散文的叙述顺序，从黄昏到寺，至夜深静卧，再到天明独行，依次展示了随时间、地点推移而出现的画面，移步换形，一句一景，最后引出人生的感慨。清代方东树《昭昧詹言》说它“叙写简妙，犹是古文手笔”，但诗却在平铺直叙中显出辞奇意幽之致。其诗风格粗犷奇崛，以至于元好问以之比于秦观诗词，说这才是真正男人的诗歌。再如《听颖师弹琴》：“昵昵儿女语，恩怨相尔汝。划然变轩昂，勇士赴敌场。浮云柳絮无根蒂，天地阔远随飞扬。喧啾百鸟群，忽见孤凤凰。跻攀分寸不可上，失势一落千丈强。嗟余有两耳，未省听丝篁。自闻颖师弹，起坐在一旁。推手遽止之，湿衣泪滂滂。颖乎尔诚能，无以冰炭置我肠！”这首诗与白居易的《琵琶行》和李贺的《李凭箜篌引》同为唐诗中摹写音乐的名篇。前面摹写琴声忽而轻柔细碎，忽而高亢雄壮，忽而婉转悠扬，忽而激越洪亮，忽而失势千丈，阴开阳合腾挪变化，曲尽奇妙。所以蒋之翘赞赏说：“忽而弱骨柔情，销魂欲绝；忽而舞爪张牙，可骇可愕。其变态百出如此！”（《辑注唐韩昌黎集》）后面写听者感受突出演奏效果，以心神摇折，歌泣无常，不忍卒听来衬托演奏技艺之高超。其在诗法上也充分体现韩诗以文为诗的特色，《唐宋诗举要》引吴生曰：“无端而来，无端而止，章法奇诡极矣。”

韩愈的诗多古诗而少近体，但是他的近体诗中也不无意境浑厚的佳作。如他被贬潮州途中写的《左迁至蓝关示侄孙湘》："一封朝奏九重天，夕贬潮阳路八千。欲为圣明除弊事，肯将衰朽惜残年。云横秦岭家何在？雪拥蓝关马不前。知汝远来应有意，好收吾骨瘴江边！"抒写自己无辜放逐的悲愤，正言直谏的忠勇，将慷慨的情感与悲壮的景致相融合，赋予全篇沉郁顿挫的格调，深得杜诗意致。

当然，韩愈的诗中也有自然流畅、平易明白的，如《早春呈水部张十八员外》："天街小雨润如酥，草色遥看近却无。最是一年春好处，绝胜烟柳满皇都。"以清新之语，写早春之神，有盛唐风韵。不过这不是韩诗的主导风格。

韩愈从"少陵奇险处""辟山开道，自成一家"，对大历诗风有纠偏之功；其以文为诗，亦是唐诗一大变革，对宋诗影响至深。正如叶燮《原诗》所说："韩愈为唐诗之一大变，其力大，其思雄，崛起特为鼻祖。宋之苏（舜钦）、梅（尧臣）、欧（阳修）、苏（轼）、王（安石）、黄（庭坚），皆愈为之发其端。"但韩诗有时过分逞才炫博以及追求散文化效果，削弱了诗歌的形象性和音乐性，也产生了消极影响。

韩孟诗派中的孟郊、贾岛被苏轼称为"郊寒岛瘦"（《祭柳子玉文》），后人便常常将二人并举。其实孟郊（751—814）要比贾岛大得多，是这群诗人中较为年长的一个。他字东野，武康（今浙江德清）人，一生沉沦下僚，郁郁寡欢，饱受老病穷愁之苦。孟郊的作品中，有一些关注社会、反映下层民众生活的诗作，如《杀气不在边》《织妇词》《寒地百姓吟》等，流露出对劳动人民困苦生活和悲惨境况的深切理解和同情。但更多的是表现自我贫寒生活和怀才不遇的精神苦闷。如“食荠肠亦苦，强歌声无欢。出门即有碍，谁谓天地宽！”（《赠崔纯亮》）“太行耸巍峨，是天产不平。黄河奔浊浪，是天生不清。”（《自叹》）连山水都是天地不平之气所聚，怪不得孟郊一生都在作“不平之鸣”。孟郊的诗歌大都充满幽僻、清冷、苦涩的意象，注重造语炼字，追求构思的奇特超常。如：

孤骨夜难卧，吟虫相唧唧。老泣无涕洟，秋露为滴沥。（《秋怀十五首》其一）

冷露滴梦破，峭风梳骨寒。席上印病文，肠中转愁盘。（《秋怀十五首》其二）

冷露多瘁索，枯风饶吹嘘。秋深月清苦，虫老声粗疏。（《秋怀十五首》其九）

这里，“吟虫”“秋露”“秋月”“秋草”“冷露”“峭风”等意象，组合成一幅幅幽冷的图画，渲染出浓郁的凄冷寒寂、幽僻萧索的氛围，充满一种瘦硬的风格，表现出诗人凄怆苦寒的生活，苏轼所谓“郊寒岛瘦”之“郊寒”一语盖指这类作品而言。这些诗歌都流传不广，但孟郊在四十六岁中进士那年写下的“昔日龌龊不足夸，今朝放荡思无涯。春风得意马蹄疾，一日看尽长安花”（《登科后》）则比他那些古怪风格的诗要出名得多，而他另外一首歌颂母爱的《游子吟》更是脍炙人口，成为传诵千古的名篇：

慈母手中线，游子身上衣。

临行密密缝，意恐迟迟归。

谁言寸草心，报得三春晖。

孟郊是以充满幽僻、清冷、苦涩的诗歌而知名于中国诗歌史，但他为人们所熟知赞誉的诗作，并不是他自己力求的风格。

贾岛（779—843）与孟郊并称，但成就不及孟郊，也以苦吟著称。孟郊“一生空吟诗，不觉成白头”（《送卢郎中汀》）；贾岛“一日不作诗，心源如废井”（《戏赠友人》）。孟郊曾以诗废官务被罚半俸；贾岛则因走路吟哦，神游象外，冲撞了当时任京兆尹的韩愈，“推敲”典故即源于此。在《送无可上人》诗中“独行潭底影，数息树边身”二句下，他特意作注说：“二句三年得，一吟双泪流。知音如不赏，归卧故山秋。”贾岛出身贫寒，早年曾做过和尚，后还俗应进士考，但却屡试不第，据说他因屡试不中，故而写了几首愤激的讽刺诗，如《病蝉》说病蝉“折翼犹能薄，酸吟尚极清”，但“黄雀并鸢鸟，俱怀害尔情”，对怀才不遇大发感慨并讥斥当权者不公，结果在考试时被主司指为“挠

扰贡院”而逐出，并落了个举场“十恶”的坏名声。（何光远《鉴戒录》）这也许只是后人附会，但他一辈子很不得志却是事实，所以张籍《赠贾岛》以“拄杖傍田寻野菜，封书乞米趁朝炊”这样的诗句来描绘他的潦倒。

贾岛的诗歌内容多为求仕不遇的苦闷，缺乏社会内容，专以炼字炼句求胜，这和他的生活经历是紧密相关的。贾岛曾经当过和尚，佛家的清静空寂的心灵境界对他也有所影响，因此，他的诗歌风格是清淡朴素、奇险瘦硬。其诗对北宋晚唐体、南宋江湖派有较大影响。如《题李凝幽居》：“闲居少邻并，草径入荒园。鸟宿池边树，僧敲月下门。过桥分野色，移石动云根。暂去还来此，幽期不负言。”全诗写得幽冷清寂。中间四句的动词用得尤其精巧，颔联的“宿”与“敲”在第二字，颈联的“分”与“动”在第三字，错落开来，使节奏有了变化；而一联中一动一静、一虚一实的搭配，也使感觉上有一种起伏。尤其是“敲”字的使用，不在意时会觉得平淡，但与鸟宿树上的静态相配，一静一动、一暗一明，这“敲”字就很有味道，比起“推”字来，不仅突出了夜深人静时清脆的叩门声，还暗示了前句出现的宿鸟的惊动，更增添夜的静谧感。再如《寻隐者不遇》：“松下问童子，言师采药去。只在此山中，云深不知处。”轻快的问答，写出了隐者的生活和情趣，也寄托了诗人的倾慕、向往之心。

另外，贾岛也有一些劲健之作，如《剑客》："十年磨一剑，霜刃未曾试。今日把示君，谁为不平事?"

韩孟诗派中，李贺是一位天才的短命诗人。李贺(790—816)，字长吉，河南昌谷（今宜阳）人。出身于一个没落的皇室后裔的家庭，少年时才能出众，以远大自期，但由于父名"晋肃"，与"进士"谐音，不能应进士试，只做了一个职掌祭祀的九品小官奉礼郎。死时才二十七岁。他的一生绝大部分时间都用在作诗上。据说他经常带一个书童，背一个古破锦囊，骑驴出门，想起好的诗句，马上写下来投入囊中，到了晚上，再将之整理成篇，长年如是，很少中断过。他母亲常常痛惜说："是儿要当呕出心乃已尔。"(李商隐《李长吉小传》)

李贺的诗歌是一个理想少年在黯淡现实面前苦苦挣扎的哀伤与梦幻的缩影。他背负一个宗室后裔的身世，虽一再以"皇孙""宗孙""唐诸王孙"自诩，却早已是明日黄花，名存实亡，徒然留下追抚往昔煊赫的焦虑。他天才早慧，怀抱理想，却连迈向仕途门槛的资格都被剥夺。于是他试图把眼光投向边塞，投向军功，这样就可以掠过必需的科举考试，走一条理想的捷径。他的诗歌因而一再出现戎马边塞，建功立业的梦想。据说在十八岁那年使韩愈刮目相看的就是这首《雁门太守行》："黑云压城城欲摧，甲光向日金鳞开。角声满天秋色里，塞上燕脂凝夜紫。半卷红旗临易水，霜重鼓寒

声不起。报君黄金台上意，提携玉龙为君死。”诗歌浓墨重彩，尽力渲染了战场的悲壮气象，不过这只是李贺想象的一场即将开始的战争。“报君黄金台上意，提携玉龙为君死”，才是他想象的目的。他希望有燕昭王那样求贤若渴的君王，给予他实现理想的机会，并不惜为此生死以之。这种理想让李贺萦怀不已，借此可以摆脱他无望苍白的书生生涯：“男儿何不带吴钩，收取关山五十州。请君暂上凌烟阁，若个书生万户侯?”（《南园》其五）“寻章摘句老雕虫，晓月当帘挂玉弓。不见年年辽海上，文章何处哭秋风。”（《南园》其六）李贺企图重拾盛唐诗人的旧梦，但时代早已面目全非。对于他而言，这不过是无望书生生活中一个有例可循的英雄梦想而已。更多的时候，李贺不得不面对现实，咀嚼无望人生的悲凉：“长安有男儿，二十心已朽。”（《赠陈商》）“我当二十不得意，一心愁谢如枯兰。”（《开愁歌》）本应风华正茂，却已经衰朽；刚刚盛开，就已经枯萎。因为理想之路被断绝，李贺的人生在一开始就已被宣告夭折。这种深入骨髓的绝望带来的是痛彻心扉的苦痛，如《秋来》：“桐风惊心壮士苦，衰灯络纬啼寒素。谁看青简一编书，不遣花虫粉空蠹。思牵今夜肠应直，雨冷香魂吊书客。秋坟鬼唱鲍家诗，恨血千年土中碧。”在孤灯青简中，他想起了那个同样怀才不遇写《拟行路难》的鲍照，那种因理想不能实现的痛苦千年之后仍然不会消泯。面对生命的黯淡，他一腔激愤，心有不甘，不断激励自己不要彷徨在荒芜之中，要执着于高远的理想："我有迷魂招不得，雄鸡一声天下白。少年心事当拏云，谁念幽寒坐呜呃？"（《致酒行》）无望和坚持，李贺的一生就在这种心态中行走。

李贺自幼体质羸弱，对生命的有限性有更多思考的可能。多病的身体催逼他时常直面死亡的阴影，这反过来促使他对有限的人生有一种更强烈的体认。而现实的潦倒落魄、无奈在一点一点地虚耗着有限的人生，故而生命的长度对于还未完成的理想而言就形成一种巨大的焦虑。一方面是由于现实的黯淡，一方面是对于生命的焦虑，使得李贺在诗歌中有一种对于时间深深的恐惧。这表现在他的诗歌总是不断地进入人间之外的世界去反思时间和死亡问题。如《梦天》："老兔寒蟾泣天色，云楼半开壁斜白。玉轮轧露湿团光，鸾佩相逢桂香陌。黄尘清水三山下，更变千年如走马。遥望齐州九点烟，一泓海水杯中泻。"当诗人从人间飞到月宫，从天上俯视尘世，所看到的是尘世渺小以及沧海桑田迅速变幻的情景。在李贺的诗歌中，中国传统游仙诗中那个能够抗拒时间的存在消逝了，无论天上人间，都会在时间的流逝中苍老和死亡。"衰兰送客咸阳道，天若有情天亦老"（《金铜仙人辞汉歌》），"王母桃花千遍红，彭祖巫咸几回死"（《浩歌》），"几回天上葬神仙，漏声相将无断绝"（《官街鼓》），这里所传达的正是对时间消逝的恐惧意识。而抗拒这种恐惧

意识的，就是坦然面对死亡。穿越于生死幽冥之间，打破生死之间的壁垒，将死亡作为生命的另一种形式来表达。这就是为什么李贺的诗歌会醉心于死亡的凝视：“石脉水流泉滴沙，鬼灯如漆点松花。”（《南山田中行》）“离宫散萤天似水，竹黄池冷芙蓉死。”（《河南府试十二月乐词》）“漆炬迎新人，幽圹萤扰扰。”（《感讽五首》其三）“呼星召鬼歆杯盘，山魅食时人森寒。”（《神弦》）他的诗歌反复出现一些衰老残败荒凉的意象：衰兰、衰蕙、堕红、残红、残丝、瘦蛟、老鱼、老马、老兔、落花、荒沟、古水、鬼雨、漆炬、鬼灯、愁肺、枯兰、颓绿、病身、病骨、病客、病容、残蕙、弊马、苦风、败草、死草、干蓬、枯蓬、老桂、老树、老鸦、老柏、老夫、老鹗、老莎、老桐、破月、破花、古龙、衰灯、鬼母、断梗、残露、残梦、残萼、老梢、折莲、残蛾、瘦鹄、蠹木、死灰、残虹、碎蚁、秃襟、落蒂、枯香、枯塘……但是，李贺是在荒凉中追寻斑斓的色彩，在死寂中表现生命的律动。于是，浓暗与艳丽、衰残与惊耸、幽冷与华美，共同构成了李贺诗歌意象的特殊美感。如“百年老鸮成木魅，笑声碧火巢中起”（《神弦曲》），“白狐向月号山风，秋寒扫云留碧空”（《溪晚凉》），这样的句子在李贺诗中比比皆是。再如《苏小小墓》：“幽兰露，如啼眼。无物结同心，烟花不堪剪。草如茵，松如盖，风为裳，水为佩。油壁车，夕相待。冷翠烛，劳光彩。西陵下，风吹雨。”

诗歌表现的是这样一个世界：兰露易晞，烟花易散，水佩风裳自可见而不可捉摸，磷火荧荧，更恍然如梦。这短暂的一切转瞬即逝，却有一油壁车相待于西陵松柏下，自晨徂夕，没于暗风冷雨。以此世之油壁车待彼世之女鬼，终归是车弊人殇的命运，却仍不改其志，成就的是一种沉痛的反抗。在虚与实的穿插，短暂与永恒的相生中，表现的不是对美人逝去的惋惜而是对信念的执着。他让人世最美的东西在鬼界得到了永恒，不为超脱，而为眷恋人间。

李贺诗歌中将不同世界的物象和意象衔接起来的，就是这种以人间的方式对幽冥世界的执着幻想。这正是其诗歌最大的特点。由于他栖身于已经打破壁垒的人世以及幽冥世界，在他那里这不同的世界就成为一个世界，所以他的想象超越常态，才有这近乎某种病态的天才幻想。正如杜牧所说，“鲸吸鳌掷，牛鬼蛇神，不足为其虚荒诞幻也”（《李长吉歌诗叙》）。如《金铜仙人辞汉歌》：“茂陵刘郎秋风客，夜闻马嘶晓无迹。画栏桂树悬秋香，三十六宫土花碧。魏官牵车走千里，东关酸风射眸子。空将汉月出宫门，忆君清泪如铅水。衰兰送客咸阳道，天若有情天亦老。携盘独出月荒凉，渭城已远波声小。”铜人下泪，泪如铅水。无情之物如此，天若有情，想必也会衰老。没有一种强烈的对生命消逝的恐惧和迷恋，这种想象是出不来的。这种幻想性质的想象，带有很大的跳跃性，因为时间和空间的界限，不同感觉

之间的界限本来就已被打破。如《李凭箜篌引》："吴丝蜀桐张高秋，空山凝云颓不流。江娥啼竹素女愁，李凭中国弹箜篌。昆山玉碎凤凰叫，芙蓉泣露香兰笑。十二门前融冷光，二十三丝动紫皇。女娲炼石补天处，石破天惊逗秋雨。梦入神山教神妪，老鱼跳波瘦蛟舞。吴质不眠倚桂树，露脚斜飞湿寒兔。"宋代周紫芝认为"李长吉语奇而人怪"（《古今诸家乐府序》）。这种超越常态的想象造就了一种迷离恍惚的效果，如闻一多先生所云："你读这种诗仿佛是在月光底下看山水似的。一切的都幂在一层银雾里面，只有隐约的形体，没有鲜明的轮廓；你的眼睛看不准一种什么东西，但是你的想象可以告诉你无数的形体。"（《唐诗杂论》）

李贺只活了二十七岁。据说他死的时候，看见了一个穿红衣服的人来叫他，说是天帝造了一座白玉楼，召他去写一篇纪念文章。李贺的生和死都像是黯淡的神话，他有着上苍都为之倾倒的才华却不为世用。这是一生落魄的李贺对世间最后的无言的控诉吧。

唐诗中兴：元白诗派

在中唐与韩孟诗派形成双峰对峙的，是以白居易、元稹为代表的元白诗派。元白诗派继承了杜甫"即事名篇"的创作方法和现实主义精神，大量创作新题乐府来反映社会现实。与韩孟诗派奇崛诗风不同，元白诗风以平易见长。虽风格迥异，却在反拨大历诗风促进中唐诗歌的新变上殊途同归。

元白诗派中成就最高的是白居易。白居易（772—846），字乐天，原籍太原，后迁下邽（陕西渭南县）。他自幼聪敏，五六岁时就开始学诗，到九岁的时候便能熟练分清声韵，十一岁时离开家乡到浙江一带避难，饱尝了“衣食不充，冻馁并至”的贫困生活，十六岁后从江南北归以诗文干谒当时的文坛名流。一次去长安拜见当时盛享诗名的顾况，顾况跟白居易开玩笑说：“长安米贵，居不大易。”当他看到“野火烧不尽，春风吹又生”时，惊奇地说：“吾谓斯文遂绝，今复得子矣！”贞元十六年（800）进士及第，三年后中书判拔萃科，授秘书省校书郎。元和三年（808）至五年（810），授左拾遗，充翰林学士。在这一时期，白居易以极高的参政热情，“有阙必规，有违必谏”（《初授拾遗献书》），屡次上书，指陈时政；还创作了包括《秦中吟》《新乐府》五十首在内的大量政治讽喻诗。这一时期成为其人生昂扬期。元和十年（815），发生盗杀宰相武元衡案。白居易认为这是有史以来未有的“国辱”，首先上书请捕贼，权贵们怒其越职奏事，造谣中伤，遂被贬为江州司马。这次被贬，对白居易内心的震动是不可言喻的。他以切肤之痛去重新审视险恶至极的政治斗争，决计避祸远害，走“独善其身”的道路。这一年，他写下了著名的《与元九书》，明

确、系统地表述了他的人生哲学和诗歌主张。此后，他又任过忠州、杭州、苏州刺史，秘书监、河南尹、太子少傅。越到晚年，他心中受佛教的浸染就越深，最后他闲居洛阳，与香山寺僧人结社，捐钱修寺，自号香山居士。七十五岁时卒于洛阳。

白居易一生的思想以元和十年被贬为江州司马为界，明显地可以分为两个不同的阶段。前期积极进取的精神占主导地位，后期则以消极独善的思想为主流。与白居易思想前、后期的巨大转变相一致，白居易的诗歌创作也在不同时期表现出不同的特色。总体上前期以讽喻诗为主，后期以感伤诗、闲适诗为主。正如《与元九书》中所说："仆志在兼济，行在独善，奉而始终之则为道，言而发明之则为诗。谓之讽喻诗，兼济之志也；谓之闲适诗，独善之义也。"而真正显示中唐诗歌"大变"成就的，是白居易前期的讽喻诗。

白居易早期的创作秉承强烈的现实关怀，提出"文章合为时而著，歌诗合为事而作"（《与元九书》），显然是结合自己特定的言官身份（左拾遗），将诗歌作为一种谏言的方式，通过"导泄人情"以期"补察时政"。这种鲜明政治取向的诗歌理念使得他的讽喻诗往往将"救济人病"和"裨补时阙"（《与元九书》）结合在一起，通过劳动人民在现实中遭遇的苦难来反映当时的政治问题，以期引起最高统治者的注意，"唯歌生民病，愿得天子知"（《寄唐生》），借此帮

助国君实现良善的政治秩序与良善的社会风俗。因而，白居易的讽喻诗通过多层面、多角度展示下层劳动人民的不幸遭遇来传达他对当时社会问题的思考。如《赠友》诗对中唐弊政之一的不收实物而收现钱的“两税法”进行了揭露，诗人愤然质问道：“私家无钱炉，平地无铜山。胡为秋夏税，岁岁输铜钱?”在《重赋》中通过下层民众“幼者形不蔽，老者体无温。悲喘与寒气，并入鼻中辛”的现实，直斥统治者对百姓的残酷剥夺：“夺我身上暖，买尔眼前恩!”如《轻肥》中以宦官集团的骄奢淫逸与下层劳动人民的悲惨境遇互相映照：“意气骄满路，鞍马光照尘。借问何为者，人称是内臣。朱绂皆大夫，紫绶或将军。夸赴军中宴，走马去如云。樽罍溢九酝，水陆罗八珍。果擘洞庭橘，鲙切天池鳞。食饱心自若，酒酣气益振。是岁江南旱，衢州人食人。”诗歌在那些内臣酒足饭饱、气势煊赫之际，笔锋一转，点出此时江南正有人吃人的惨剧，便戛然而止。寥寥十个字和前面的反复铺陈形成强烈反差，显得触目惊心，以之揭示中唐宦官弊政便特别具有攻击力。《新丰折臂翁》通过写一个老人为了逃避兵役之苦而折断自己手臂的故事，“此臂折来六十年，一肢虽废一身全”，来反映征兵制度给百姓带来的苦难。在《卖炭翁》中通过“一车炭，千余斤”和“半匹红纱一丈绫”反衬出“宫市”掠夺的残酷。《红线毯》对中唐弊政“进奉”进行了揭露。所谓进奉，即地方官把额外榨

取的财物美其名曰“羡余”拿去讨好皇帝，以谋求高官。这首诗中的宣州太守就是这样一个人物。诗人愤怒地责问：“宣州太守知不知？一丈毯，千两丝。地不知寒人要暖，少夺人衣作地衣！”

同情妇女的命运也是白居易讽喻诗的一个主要内容。除对一些“始乱终弃”的社会问题发出“止淫奔”的劝诫外，如《井底引银瓶》中“寄言痴小人家女，慎勿将身轻许人”，更重要的是，白诗将被迫断送自己青春和幸福的宫女作为一个社会问题、政治问题来认识，认为“上则虚给衣食，有供亿縻费之烦。下则离隔亲族，有幽闭怨旷之苦”（《请拣放后宫内人》），提请统治者引起重视。因此在《七德舞》中他歌颂了太宗的“怨女三千放出宫”，而在《过昭君村》一诗中反映了人民对选宫女的抵抗情绪：“至今村女面，烧灼成瘢痕。”基于这样的认识和同情，诗人写出了那首著名的《上阳白发人》：“上阳人！上阳人！红颜暗老白发新。绿衣监使守宫门，一闭上阳多少春？玄宗末岁初选入，入时十六今六十。同时采择百余人，零落年深残此身。忆昔吞悲别亲族，扶入车中不教哭。皆云入内便承恩，脸似芙蓉胸似玉。未容君王得见面，已被杨妃遥侧目。妒令潜配上阳宫，一生遂向空房宿。宿空房，秋夜长。夜长无寐天不明。耿耿残灯背壁影，萧萧暗雨打窗声。春日迟，日迟独坐天难暮。宫莺百啭愁厌闻，梁燕双栖老休妒。莺归燕去长悄

然，春往秋来不记年。唯向深宫望明月，东西四五百回圆。今日宫中年最老，大家遥赐尚书号。小头鞋履窄衣裳，青黛点眉眉细长。外人不见见应笑，天宝末年时世妆。上阳人，苦最多。少亦苦，老亦苦，少苦老苦两如何？君不见昔时吕向《美人赋》，又不见今日《上阳宫人白发歌》！”诗中没有一般化地罗列所谓宫女的各种遭遇，而是选取了一个终生禁锢的宫女作为典型，不写她的青年和中年，而是写她的垂暮之年，不写她的希望，而是写她的绝望之情。通过这位老宫女一生的悲惨遭遇，作品极形象而又富有概括力地显示了所谓“后宫佳丽三千人”的悲惨命运。语言通俗浅易，具有民歌的风调。采用“三三七”的句式和“顶真”等句法，音韵转换灵活，长短句式错落有致。诗中熔叙事、抒情、写景、议论于一炉，描述生动形象，很有感染力，在唐代以宫女为题材的诗歌中，堪称少有的佳作。

白居易的讽喻诗由于过于追求明确的政治功用目的，所以尽可能以通俗平易明白为尚。传说他作诗甚至要求“老妪能解”（释惠洪《冷斋夜话》），可见他是在自觉走通俗化的诗歌道路的。但这种诗风有时也不免有太尽太露之弊，如张戒《岁寒堂诗话》卷上云：“元微之云：‘道得人心中事。’此固白乐天长处。然情意失于太详，景物失于太露，遂成浅切，略无余蕴，此其所短处。”翁方纲《石州诗话》卷二说：“诗至元白，针线钩贯，无乎不到。所以不及前人者，太露太尽耳。”

白居易的讽喻诗在当时并不为时人所重，当时广为传布并能代表白居易诗歌最高艺术成就的是《长恨歌》和《琵琶行》。《长恨歌》作于元和元年（806）。据陈鸿的《长恨歌传》，白居易写《长恨歌》的本意是要“惩尤物，窒乱阶，垂于将来”。在诗歌的开始部分，通过叙述唐明皇对杨贵妃的专宠导致的荒政传达了作者这一意图。但自“黄埃散漫风萧索”、玄宗逃蜀、杨妃身亡之后，诗情即为沉重哀伤的悲剧氛围所笼罩，周详的叙事一变而为宛曲的抒情，劝诫的超然变为理解的同情。诗歌以大部分篇幅细腻地刻画了玄宗在蜀中的寂寞悲伤，还都路上的追怀忆旧，回宫以后的睹物思人、触景生情，并借四季景物的变换和孤寂的环境衬托他苍凉伤感的情怀：“归来池苑皆依旧，太液芙蓉未央柳。芙蓉如面柳如眉，对此如何不泪垂。春风桃李花开日，秋雨梧桐叶落时。西宫南内多秋草，落叶满阶红不扫。梨园弟子白发新，椒房阿监青娥老。夕殿萤飞思悄然，孤灯挑尽未成眠。迟迟钟漏初长夜，耿耿星河欲曙天。鸳鸯瓦冷霜华重，翡翠衾寒谁与共？悠悠生死别经年，魂魄不曾来入梦。”在低回不已的思念和悔恨中一步步将生死的恋情推向难以排解的极致。诗的最后一段，笔锋再转，写临邛道士鸿都客为玄宗上天入地寻觅贵妃，让她以“玉容寂寞泪阑干，梨花一枝春带雨”的形象在缥缈虚无的仙境中再现，使得那个“回

眸一笑百媚生”“侍儿扶起娇无力”的尤物变成忠于爱情理想的精魂。在令人期盼的重逢中，却又写杨贵妃的魂魄不能回去，“昭阳殿里恩爱绝，蓬莱宫中日月长”，让人顿生咫尺之隔的绝望。此时笔锋再转，让杨贵妃请道士带去当年的定情信物给玄宗，并重温旧日盟誓：“但令心似金钿坚，天上人间会相见。临别殷勤重寄词，词中有誓两心知。七月七日长生殿，夜半无人私语时。在天愿为比翼鸟，在地愿为连理枝。”在感动于这种生死幽冥的恋情时，又不得不让人有一种此生已已的绵绵伤痛。于是诗歌的末尾，用“天长地久有时尽，此恨绵绵无绝期”结笔，点明题旨，回应开头，深情绵邈，余音袅袅，将一个劝谕惩戒的主题变成一个婉转动人、缠绵悱恻的爱情故事。

《琵琶行》作于元和十一年（816）江州贬所。与《长恨歌》有所不同的是，这首诗由历史题材转到了现实题材，通过亲身见闻，叙写了“老大嫁作商人妇”的琵琶女的沦落命运，并由此关合到自己的被贬遭际，发出“同是天涯沦落人”的深沉感慨。诗歌一开始就以“枫叶荻花秋瑟瑟”“别时茫茫江浸月”萧瑟孤寂的意象，营造怅惘伤感的氛围，在听完琵琶以后，又以“东船西舫悄无言，唯见江心秋月白”这样静谧、萧瑟的意象再次呼应，烘托出凄凉寂寞的心境，非常善于通过意象和氛围的设置来营造意境。至于其中对琵琶乐声的一段描写，更是精彩之至，诗人连续使用急

雨、私语、珠落玉盘、花下莺鸣、冰下流泉、银瓶乍破水浆迸、铁骑突出刀枪鸣等一系列精妙的比喻，把乐声从急骤到轻微，从流利、清脆到幽咽、滞涩，再到突然激扬的过程极形象地摹写出来，而随着乐声的抑扬起伏，弹奏者动荡变化的感情也溢出行墨之外。在这里，白居易既写乐声和弹奏技艺，又写音乐旋律中所包蕴的心理内涵，而且将这三者融汇在一起，构成整个演奏过程声情变化的完美表现，达到了情景交融，浑融无间的高妙境界。《长恨歌》和《琵琶行》不但在白氏诗歌集中是绝作，即使在中国诗歌史上也“自是千古绝作”（赵翼《瓯北诗话》）。这两首诗在当时就广为流传，有“童子解吟长恨曲，胡儿能唱琵琶篇”（李忱《吊白居易》）之说，可见它们巨大的艺术魅力。

此外，白居易还写了大量的闲适诗、杂律诗，其中像《钱塘春湖行》《赋得古原草送别》《暮江吟》《问刘十九》等千百年来一直受到人民的喜爱。值得注意的是，白居易在晚年开辟出一条独特的处世之道——“中隐”之路：“大隐住朝市，小隐入丘樊。丘樊太冷落，朝市太嚣喧。不如作中隐，隐在留司官。似出复似处，非忙亦非闲。不劳心与力，又免饥与寒。终岁无公事，随月有俸钱。君若好登临，城南有秋山。君若爱游荡，城东有春园。君若欲一醉，时出赴宾筵。洛中多君子，可以恣欢言。君若欲高卧，但自深掩关。亦无车马客，造次到门前。人生处一世，其道难两全。贱即

苦冻馁，贵则多忧患。唯此中隐士，致身吉且安。穷通与丰约，正在四者间。”（《中隐》）这种既远离权力中心，又不退隐山林，既没有身居朝廷要职烦劳，又没有身居荒山僻壤的饥寒的中间道路的确是从白居易的诗歌中第一次明确传达出来的。他晚年对此津津乐道，似乎庆幸自己找到这种两全其美的生存之道。白居易《中隐》诗的出现，是中国士大夫精神世俗化的标志，既不崇高，也谈不上卑微，而是在恶劣政治环境下，在对权力既依附又疏离的游移中，中国诗人所能寻找到的最安全、最舒服的生存方式。这一观念对后来的士大夫精神产生了深远影响。宋代的苏轼在反复遭受打击之后，对此深有体会，在《六月二十七日望湖楼醉书》诗中写道：“未成小隐聊中隐，可得长闲胜暂闲”，羡慕之情溢于言表。

白居易是唐代留存诗作最多的诗人，这种情形已经表明白居易诗歌的意义。那就是由他为代表所致力于的诗歌通俗化运动取得的实际效应。元稹说：“自篇章以来，未有如是流传之广者。”（《白氏长庆集序》）白居易自己也说：“自长安抵江西三四千里，凡乡校、佛寺、逆旅、行舟之中，往往有题仆诗者，士庶、僧徒、孀妇、处女之口，每每有咏仆诗者。”（《与元九书》）尽管白诗功利化通俗化的实践也招致后来诗人的非议，但对于中唐或停滞或僻涩的诗风而言，无疑有拓展之功。白居易后期浸淫于佛禅，在闲适诗中所开拓

出来的“中隐”和“中人”观念，已经表明了士大夫精神俗世化的倾向。这使得诗人在朝市与丘樊之间有了更多栖身的空间，这一思想为后来的苏轼所继承，预示了一个精神回落之后和光同尘的诗人历程。

元白诗派中，比白居易更早致力于乐府诗写作的还有张籍（约766—约830）、王建（768—835），和白居易同时的还有元稹（779—831）、李绅（701—846）等。张、王乐府对扭转大历诗风，开启元白新乐府运动方面有转折之功。明人高棅指出：“大历以还，古声愈下。独张籍、王建二家体制相似，稍复古意。或旧曲新声，或新题古意，词旨通畅，悲欢穷泰，慨然有古歌谣之遗风。”（《唐音品汇》）乐府诗外，他们也有一些脍炙人口的小诗，如：“洛阳城里见秋风，欲作家书意万重。复恐匆匆说不尽，行人临发又开封。”（张籍《秋思》）“三日入厨下，洗手作羹汤。未谙姑食性，先遣小姑尝。”（王建《新嫁娘词》）两诗都以描写细腻的心理见长。

元稹的乐府讽喻诗代表作是《连昌宫词》，与《长恨歌》并称长篇叙事诗，通过连昌宫的兴废变迁，探索安史之乱前后唐代朝政治乱的因由。而元稹最为人称道的是悼亡诗。其《遣悲怀三首》是对亡妻生前身后琐事的追忆，却寄寓着一种人生的至情，其中一些诗句如“昔日戏言身后意，今朝都到眼前来”“诚知此恨人人有，贫贱夫妻百事哀”“唯将终夜长开眼，报答平生未展眉”写得情深思远、哀婉动人。清人蘅塘退士指出：“古今悼亡诗充栋，终无能出此三首范围者，勿以浅近忽之。”（《唐诗三百首》）可谓至评。其《离思五首》据说也是思念亡妻而作，其中第四首广为流传：“曾经沧海难为水，除却巫山不是云。取次花丛懒回顾，半缘修道半缘君。”元稹小诗《行宫》亦写得含蓄隽永：“寥落古行宫，宫花寂寞红。白头宫女在，闲坐说玄宗。”真可谓语少意足，有无穷之味。明人评曰：“乐天《长恨歌》凡一百二十句，读者不厌其长；元微之《行宫》诗才四句，读者不觉其短，文章之妙也。”（瞿佑《归田诗话》）

李绅据说是第一个有意识写作“新题乐府”的倡导者，曾经一口气创作了二十首《新题乐府》，可惜今天已完全失传，但其《悯农二首》却千古传诵：“春种一粒粟，秋收万颗子。四海无闲田，农夫犹饿死！”“锄禾日当午，汗滴禾下土。谁知盘中餐，粒粒皆辛苦！”

唐诗中兴：刘禹锡与柳宗元

中唐诗歌，元白、韩孟之外，刘禹锡和柳宗元也都是独树一帜、富有成就的诗人。

刘禹锡（772—842），字梦得，洛阳（今河南洛阳）人，一说彭城（今江苏徐州）人。贞元九年（793）进士，后又中博学宏词科。永贞元年（805），参加了王叔文集团的政治革新运动，失败后被贬为朗州司马，后迁连州、夔州、和州刺史。晚年官至检校礼部尚书，兼太子宾客，故后世又称刘宾客。

刘禹锡性格刚毅豪迈，诗风雄健爽朗。在贬谪期间始终不忘旧志，写下大量政治讽刺诗，寓意鲜明，锋芒毕露，具有很强的倾向性。元和十年（815），他经历了十年贬谪生活，刚刚从朗州（常德）召回京师，抚今追昔，心怀愤激，便以游玄都观看花为题，借题发挥，写下了表面记游而又别有含义的政治讽刺诗——《游玄都观》："紫陌红尘拂面来，无人不道看花回。玄都观里桃千树，尽是刘郎去后栽。"诗中以"紫陌红尘"热闹异常的看花场面隐指京城新贵的猖狂骄纵，以李唐王朝所崇奉的道教庙宇"玄都观"隐指保守势力控制的朝廷，以千树桃花隐指暂时得宠的当朝执政，不可一世的满朝新贵，只不过是革新派贬逐外地，惨遭迫害后发生的现象。鄙视之情，溢于言表。由于诗中带刺，遭罪权贵，因而他再度被贬。但十四年后，他再回京师时，又写了《再游玄都观》："百亩庭中半是苔，桃花净尽菜花开。种桃道士归何处？前度刘郎今又来！"当年红极一时的新贵也转眼凋落，而遭贬斥的诗人最终还是回到舞台。旧事重提，既有辛辣的嘲讽，又有斗争的喜悦，充分显示了诗人顽强不屈的精神气概。

刘禹锡的这种乐观豪迈的个性，在他的写景诗中也有鲜明的表现。如他的《秋词二首》之一：“自古逢秋悲寂寥，我言秋日胜春朝。晴空一鹤排云上，便引诗情到碧霄。”作为一个有抱负、有理想的政治家，刘禹锡的诗歌在内容上是比较广泛的。《贾客词》一诗，反映了中唐时期“贾雄伤农”的不合理现实；《畬田行》描述了夔州一带山乡农民刀耕火种的畬田劳动情景；《连州腊日观莫徭猎西山》，叙写了莫徭人的大规模狩猎场面。他的一些咏史怀古之作，在低回唱叹中寄寓了自己对历史兴亡变化的沉思，写得尤为出色，如：“王濬楼船下益州，金陵王气黯然收。千寻铁锁沉江底，一片降幡出石头。人世几回伤往事，山形依旧枕寒流。今逢四海为家日，故垒萧萧芦荻秋。”（《西塞山怀古》）“山围故国周遭在，潮打空城寂寞回。淮水东边旧时月，夜深还过女墙来。”（《石头城》）“朱雀桥边野草花，乌衣巷口夕阳斜。旧时王谢堂前燕，飞入寻常百姓家。”（《乌衣巷》）将历史沉思融于精心剪辑的自然兴象中，通过那些穿透时间的自然兴象，传达出阅尽人世沧桑的历史感喟。

他的《酬乐天扬州初逢席上见赠》，浅而能深，沉郁中见豪放，是酬赠诗中的佳作：“巴山楚水凄凉地，二十三年弃置身。怀旧空吟闻笛赋，到乡翻似烂柯人。沉舟侧畔千帆过，病树前头万木春。今日听君歌一曲，暂凭杯酒长精神。”刘禹锡还善于向民歌学习，一些仿照民歌的作品写得朴素自然、清新可爱，如《竹枝词》：“山桃红花满上头，蜀江春水拍山流。花红易衰似郎意，水流无限似侬愁。”“杨柳青青江水平，闻郎江上唱歌声。东边日出西边雨，道是无情还有情？”

柳宗元（773—819），字子厚，河东郡（今山西运城）人。他与刘禹锡同年中进士，又一起参加永贞革新，失败后先贬永州，十年后，被诏回京，旋又贬为柳州刺史，在柳州四年，元和十四年（819）卒于任上，时年四十七岁。后世又称柳柳州。柳宗元是杰出的思想家、古文家和诗人。他和韩愈一样，也是古文运动的倡导者。诗歌数量虽比不上古文，但成就很高，有人誉之“万世不能磨灭”（宋魏庆之《诗人玉屑》）。山水诗尤为受人称道，与韦应物并称“韦柳”，是王孟山水诗的后继。

柳宗元的大部分诗歌作于贬谪时期。他的诗歌创作的重要内容之一，就是抒写被贬谪的抑郁悲伤和思乡之情，忧愤深广，风格清冷峭拔。如《登柳州城楼寄漳汀封连四州》：“城上高楼接大荒，海天愁思正茫茫。惊风乱飐芙蓉水，密雨斜侵薜荔墙。岭树重遮千里目，江流曲似九回肠。共来百越文身地，犹自音书滞一乡！”屡遭政治迫害的悲愤抑郁，“惊风”“密雨”的险恶政治环境，离乡去国的孤愁寂寞，对患难之友的深情思念，共同交织成了“海天愁思”。诗中景物处处渗透着诗人的生活感受和思想情怀，情景交融，抒

发了诗人复杂的思想感情。再如《与浩初上人同看山寄京华亲故》："海畔尖山似剑铓，秋来处处割愁肠。若为化得身千亿，散上峰头望故乡。"将去国离乡的抑郁情思与岭南独特的山水景物结合在一起，想象新奇，感情诚挚。

柳诗的主导风格，是由他贬谪后独特的境遇与他的气质个性相结合而形成的。从性格上说，柳宗元是一个执着峻切而不善于自我排遣的人，而为了从遭贬谪的悲愤中解脱出来，又试图以清静幽寂的自然境界净化心灵，消除现实的困扰，但在解脱中仍有一种僻居的清冷寂寞情怀萦绕心头，这种个性和境遇之间的矛盾使得他的诗歌有一种清幽孤寂、忧郁哀怨的情致。如他的山水名作《南涧中题》："秋气集南涧，独游亭午时。回风一萧瑟，林影久参差。始至若有得，稍深遂忘疲。羁禽响幽谷，寒藻舞沦漪。去国魂已游，怀人泪空垂。孤生易为感，失路少所宜。索寞竟何事，徘徊只自知。谁为后来者，当与此心期。"在羁旅的落寞中，诗人在风声林影中漫步独行，静思身世，山水的幽情给予他短暂的自适的欣慰。但随之而来的是无法排遣的身世飘零的凄怆感受，形成了苏轼所说的"柳仪曹诗，忧中有乐，乐中有忧"（胡仔《苕溪渔隐丛话》前集卷十九引）的特殊风致。一方面深沉的情思在孤寂的生活中难以排遣；另一方面在诗学上又有"激而发之欲其清，固而存之欲其重"（《答韦中立论师道书》）的审美要求，诉之于诗，便有表现形式的简淡峻

洁与内在感情的深沉强烈的特点。这种特征，在那首被誉为唐人五言绝句最佳者的《江雪》中，得到了集中表现："千山鸟飞绝，万径人踪灭。孤舟蓑笠翁，独钓寒江雪。"通过漫天冰雪和"绝""灭"所显示的清冷寂寥营造出一幅地老天荒的空旷孤寂境界，突出了渔翁的孤独和高洁的情怀，意境幽冷奇峭。当然，柳宗元的诗风还有淡泊纡徐的一面，如《渔翁》："渔翁夜傍西岩宿，晓汲清湘燃楚竹。烟消日出不见人，欸乃一声山水绿。回看天际下中流，岩上无心云相逐。"全诗表现的也是一种空旷悠远的感受，主人公独来独往，突现出一种孤芳自赏的情绪，"不见人""回看天际"等语，又都流露出几分孤寂情怀，而在艺术上，此诗尤为后人注目。苏东坡赞叹说："诗以奇趣为宗，反常合道为趣。熟味此诗有奇趣。"（《全唐诗话续编》卷上引惠洪《冷斋夜话》）这"奇趣"也就是他所谓的"外枯而中膏，似淡而实美"（《东坡题跋》卷二），能做到"寄至味于淡泊"（《书黄子思诗集后》）。柳宗元的山水诗，尽管情景各有不同，但处处都显示出他清峻高洁的性格，同时也流露出被贬远荒的幽愤，所以前人说："柳州诗长于哀怨，得骚之余意。"（沈德潜《唐诗别裁》）姚莹《后湖诗集》中《论诗绝句》也说："史洁骚幽并有神，柳州高咏绝嶙峋。"这些评语都说明了柳宗元诗歌的这个特色。

晚唐夕照：杜牧与李商隐

唐文宗太和年（827—835）以后，唐王朝无可挽回地走向衰落。在历史悠长的挽歌中，中国诗歌史上最辉煌的演出也行将落幕。和盛唐、中唐相比，晚唐的光亮要黯淡得多，既缺乏盛唐时代那种自由奔放的朝气，也没有元和时代那种满怀激烈的勇气，虽然间或也有“平生五色线，愿补舜衣裳”（杜牧《郡斋独酌》）的英雄梦想，但更多的是“夕阳无限好，只是近黄昏”（李商隐《登乐游原》）的感伤喟叹，面对日奄西山、千疮百孔的唐王朝，哀婉和衰飒的气氛笼罩着这个时代的诗歌。尽管如此，在晚唐苍凉的落日背后，依然有几道绚丽的晚霞辉映着唐诗最后的天空。杜牧和李商隐无疑是其间最炫目的余晖。

杜牧（803—853），字牧之，京兆万年（今陕西长安）人。宰相杜佑之孙。太和二年（828）举进士。曾在江西、淮南诸镇任幕僚，后又任黄州、池州等地刺史、司勋员外郎，故又称杜司勋，官终中书舍人。世称杜樊川。杜牧当时就颇负诗名，与李商隐并称“小李杜”，以别于李白、杜甫。

杜牧门第既高，神颖复隽，尝以“平生五色线，愿补舜衣裳”（《郡斋独酌》）的经世之才自期，注意研究“治乱兴亡之迹，财赋兵甲之事，地形之险易远近，古人之长短得

失”（《上李中丞书》），幻想唐王朝否极泰来，衰而复兴的政治局面，多次向朝廷上书献策，谈政论兵。这种积极进取意识给暮霭沉沉的晚唐诗坛多少投下一抹理想的光辉。在诗歌创作上，他不满当时诗坛形式化倾向，主张“文以意为主，气为辅，以辞采章句为之兵卫”（《答庄充书》），自称“苦心为诗，本求高绝。不务奇丽，不涉习俗。不今不古，处于中间”（《献诗启》），在强调内容对形式的主导地位基础上，试图融汇古今，在韩孟、元白两派之间另辟新路，创造自己的风格。在其今存的五百余首诗中，有不少写现实政治和社会生活题材的。《感怀诗一首》针对藩镇割据而发；《郡斋独酌》有感国家的内忧外患，抒发了自己报国的愿望；《河湟》诗对河西、陇右之地被吐蕃侵占久久不能恢复表示愤慨；《早雁》诗写因遭受回纥侵扰而流亡的民生哀怨：“金河秋半虏弦开，云外惊飞四散哀。仙掌月明孤影过，长门灯暗数声来。须知胡骑纷纷在，岂逐春风一一回。莫厌潇湘少人处，水多菰米岸莓苔。”惊飞四散的哀鸿，象征在回纥侵略蹂躏下流离失所的边民。“仙掌”“长门”，分别用汉代长安的典故，暗示了统治者对他们的漠不关心，惊飞的“孤影过”也好，哀鸣的“数声来”也好，朝廷视而不见，听而不闻。后面四句，写诗人对百姓的悲悯和安抚，潇湘一带还有“菰米”“莓苔”可食，堪供居留。全诗情调凄清，语意双关，句句写雁，字字喻人，表达了对人民的深刻

同情。

杜牧秉承祖父杜佑以《通典》为代表的经世致用之学，虽高自期许，但一生沉沦下僚，并没有机会像他祖父那样施展于实际政务，因而往往通过对历史的阐发，以古喻今，借题发挥，在对历史兴亡成败的独特的见解中，显示出其过人的才识和用世之心。如："折戟沉沙铁未销，自将磨洗认前朝。东风不与周郎便，铜雀春深锁二乔。"（《赤壁》）"胜败兵家事不期，包羞忍耻是男儿。江东子弟多才俊，卷土重来未可知。"（《乌江亭》）在对赤壁之战和项羽自刎的历史事件的解读中，杜牧将之归于某些偶然的历史机缘。在不同历史结局的设想中，传达出其扭转乾坤、力挽狂澜的政治企图和用世之志。这种历史假定毕竟只是杜牧的借题发挥，在他的诗歌中更多的是那种对盛衰兴亡难以抗拒的感伤和惆怅：

长空澹澹孤鸟没，万古消沉向此中。看取汉家何事业，五陵无树起秋风。（《登乐游原》）

千里莺啼绿映红，水村山郭酒旗风。南朝四百八十寺，多少楼台烟雨中。（《江南春》）

六朝文物草连空，天澹云闲今古同。鸟去鸟来山色里，人歌人哭水声中。深秋帘幕千家雨，落日楼台一笛风。惆怅无因见范蠡，参差烟树五湖东。（《题宣州开元寺水阁》）

也往往通过历史借古讽今，针砭时弊：

长安回望绣成堆，山顶千门次第开。一骑红尘妃子笑，

无人知是荔枝来。（《过华清宫》其一）

烟笼寒水月笼沙，夜泊秦淮近酒家。商女不知亡国恨，隔江犹唱后庭花。（《泊秦淮》）

前一首诗，依唐明皇杨贵妃的故事，将历史还原成现实生活的真实情景，骊山千重宫门依次打开的隆重场面只是为了迎接进贡荔枝的一骑红尘以博取妃子一笑，具有强烈的视觉效果和反讽意味。后一首诗，借歌女唱《玉树后庭花》事，对醉生梦死、尽情享乐的权贵富豪予以嘲讽。意境迷离，用语精当，文字平易而寓意深远，被清人管世铭誉为唐诗七绝的压轴之作。（《读雪山房唐诗钞凡例》）

然而，当时代的衰颓和自身的怀才不遇使他感到无可奈何时，杜牧也曾经长期侧身青楼酒肆，留下很多男女风情之作，这些诗歌大都造语新颖，风神婉约。如《赠别》二首，“娉娉袅袅十三余，豆蔻梢头二月初”，比喻精妙；“蜡烛有心还惜别，替人垂泪到天明”，构思新颖。虽然“十年一觉扬州梦，赢得青楼薄幸名”（《遣怀》），行为不乏轻佻颓废，但杜诗却能以诗性消泯质料，给人以清亮的美感，如《寄扬州韩绰判官》：“青山隐隐水迢迢，秋尽江南草未凋。二十四桥明月夜，玉人何处教吹箫？”诗人本是与韩绰调侃，问他当此秋尽之时，月明之夜在何处教妓女吹箫取乐。由于诗歌巧妙地把二十四桥的美丽传说与江南秋景的特点融合在一起，令人如见月光笼罩的二十四桥上，吹箫的美人披着银

辉，宛若洁白光润的玉人，仿佛听到呜咽悠扬的箫声飘散在已凉未寒的江南秋夜，回荡在青山绿水之间。这样优美的境界早已远远超出了与朋友调笑的本意，它所唤起的联想不是风流才子的放荡生活，而是对江南风光的无限向往。

杜牧抒情写景的七绝，词采绮丽，诗风俊朗。清词丽句之中时透英俊之气，拗折峭健之中时见风华掩映之美。如他脍炙人口的两首绝句："远上寒山石径斜，白云深处有人家。停车坐爱枫林晚，霜叶红于二月花。"（《山行》）"清明时节雨纷纷，路上行人欲断魂。借问酒家何处有，牧童遥指杏花村。"（《清明》）清人刘熙载说："杜樊川诗雄姿英发，李樊南诗深情绵邈。"（《艺概》）堪称的评。在晚唐诗坛重词采的大背景下，这种重词采的共同倾向和杜牧个人"雄姿英发"的特色相结合，便形成其风华流美而又神韵疏朗，气势豪宕而又情致婉约的俊爽风貌。清人翁方纲对杜牧极为推崇，以为"小杜之才，自王右丞以后未见其比，其笔力回斡处，亦与王龙标、李东川相视而笑。'少陵无人谪仙死'，竟不意又见此人。只如'今日鬓丝禅榻畔，茶烟轻扬落花风''自说江湖不归事，阻风中酒过年年'，直自开、宝以后百余年无人能道。而五代南北宋以后，亦更不能道矣。此真悟彻汉魏六朝之底蕴者也"（《石洲诗话》）。

如果说杜牧的诗歌在唐代末世还有试图重开天日的英俊豪迈之气，而成为盛唐气象的回光返照的话，那么真正把晚

唐衰飒苍凉、深邃迷离的风致表达得淋漓尽致的则是与之齐名的李商隐。

李商隐（812—858），字义山，号玉谿生，又号樊南子。原籍怀州河内（今河南沁阳），祖辈迁荥阳（今属河南）。初学古文。受牛党令狐楚赏识，入其幕府，并从学骈文。开成二年（837），以令狐之力中进士。次年入属李党的泾原节度使王茂元幕府，王爱其才，以女妻之。因此受牛党排挤，辗转于各藩镇幕府，终身不得志，潦倒至死。

同杜牧一样，李商隐的人生理想仍是士大夫的传统模式，相信由仕进为宦而治天下是人生首要的责任，而且真心诚意地关心社会，对政治倾注了极大的热情。在早年的《安定城楼》中，可以窥见诗人的雄心抱负："迢递高城百尺楼，绿杨枝外尽汀洲。贾生年少虚垂涕，王粲春来更远游。永忆江湖归白发，欲回天地入扁舟。不知腐鼠成滋味，猜意鹓雏竟未休。""永忆江湖归白发，欲回天地入扁舟"，让我们再次看到中国诗人理想的人生模式：在做出一番扭转乾坤的大事业之后，功成身退，一叶扁舟，归隐江湖。清代查慎行谓："王半山（安石）最赏此联，细味之，大有杜意。"（《查初白十二种诗评》）这种积极用世的雄心，使他积极关心政治，写下了大量的政治诗。他的各类政治诗不下百首，在其现存的约六百首诗中，占了六分之一。著名的长诗《行次西郊作一百韵》，真实地描写了长安西郊的荒凉、破败和

人民的苦难，提出了仁政任贤的政治主张，指出“又闻理与乱，系人不系天”的进步思想。长诗体势磅礴，既有唐王朝衰落历史过程的纵向追溯，亦有对各种社会危机的横向解剖，构成长达百余年的社会历史画面，风格接近杜甫的《北征》和《赴奉先县咏怀五百字》。

李商隐还写了许多咏史诗，借古讽今，曲折地表达对政治问题的见解。内容大都讽刺君王荒淫误国，如《隋宫》：“紫泉宫殿锁烟霞，欲取芜城作帝家。玉玺不缘归日角，锦帆应是到天涯。于今腐草无萤火，终古垂杨有暮鸦。地下若逢陈后主，岂宜重问后庭花?”写隋炀帝的逸游和荒淫，从已然推想到未然，从生前预拟死后，在含蓄委婉的抒情中，寓深刻的思考和尖锐的讽刺。再如《贾生》：“宣室求贤访逐臣，贾生才调更无伦。可怜夜半虚前席，不问苍生问鬼神。”由汉文帝急忙求访贾谊，询问有关鬼神的事件，来讽刺当时不重求贤重求仙，希企长生的帝王。诗歌的创新之处在于把刺时主之昏愦弃贤，与伤贤士之怀才不遇统一起来，把伤贾生不遇与伤已结合起来，构思巧妙，对比鲜明，取材新颖，立意高远。

虽然李商隐有强烈的用世之志，但一生陷于牛、李党争之中，政治上郁郁不得志，正式的朝官只任秘书省校书郎（九品）补弘农县尉而已。身世坎坷凄凉，自小亲旧零落，“四海无可归之地，九族无可倚之亲”（《祭裴氏姊文》），妻

子又在李商隐四十岁时殁世，“古来才命两相妨”的无奈与鳏居幽独的凄凉以及王朝末世衰飒氛围融合在一起，造就了李商隐诗歌感伤的基调：“虚负凌云万丈才，一生襟抱未尝开。”（崔珏《哭李商隐》）这一感情基调在他的咏物诗和抒情诗中得到充分体现。如《蝉》：“本以高难饱，徒劳恨费声。五更疏欲断，一树碧无情。薄宦梗犹泛，故园芜已平。烦君最相警，我亦举家清。”栖于高树之蝉吸风饮露，饥而难饱，日夜哀鸣，然而碧树无情，仍然青翠依旧；诗人身为小宦，四处漂泊，故园荒芜，乡思难熬。蝉的处境和情态与诗人可谓神似。《夜雨寄北》在对亲人思念中流露出深深的惆怅：“君问归期未有期，巴山夜雨涨秋池。何当共剪西窗烛，却话巴山夜雨时。”前两句通过问答和典型环境描写，表现了客居异地的孤寂和深长的思念。后两句紧扣夜雨，另辟新境，将眼前景象当作他日怀想的材料，不仅写出重逢的欢愉，情思的深长，而且用美好的憧憬排遣了眼前的孤独凄凉。全篇使用白描，虚实相生，情景交融，含蓄蕴藉，情韵深婉。章法也颇独特，“期”字和“巴山夜雨”的重见叠出形成音调的回环往复，是一首广为传诵的佳作。再如《宿骆氏亭寄怀崔雍崔衮》：“竹坞无尘水槛清，相思迢递隔重城。秋阴不散霜飞晚，留得枯荷听雨声。”“无”“清”“晚”“听雨声”等用字，给人一种幽静、萧瑟之感。在如此寂寥的夜晚，思念起曾帮助他的友人，那样的相思情怀，是那么深，那么远，但却被重重无情的城墙所阻隔。而再借由风雨的意象，描绘出诗人纷杂翻腾的思绪，秋景、秋风的凄清气氛，更烘托出李商隐的无限唏嘘！而“向晚意不适，驱车登古原。夕阳无限好，只是近黄昏”（《登乐游原》）更是将个人的沉沦迟暮和大唐帝国的奄奄一息，一同融进了那一轮苍凉而感伤的落日中。

李商隐诗歌中最有创造性、艺术上最完美、对后世影响最大的一类，是他爱情诗中的无题诗。关于这类诗他自己曾经解释说：“为芳草以怨王孙，借美人以喻君子。”（《谢河东公和诗启》）又说“楚雨含情俱有托”（《梓州罢吟寄同舍》），似乎是政治的寄托与爱情的象征兼而有之。但至于所寄托是何主旨，爱情所写又是何事，则莫衷一是。在这类诗歌中，他将汉魏古诗的比兴手法和齐梁诗歌的细腻绮靡结合起来，创造了“设彩繁艳，吐韵铿锵，结体森密，而旨趣之遥深者未窥焉”（冯浩《玉谿生诗集笺注序》）的独特风格。钱钟书引海涅诗形容说是：“如大理石之美好洁白，亦如大理石之寒冷。”（《谈艺录》）这些语言华美、音韵和谐、用典工巧并且意境迷离的诗歌到底所指何事，已无法深究，也不重要，重要的是我们能感受到其中交织着的希望、失望以至绝望的种种微妙复杂的心绪，有效地传达出人类某种共通的情感体验。如以下两首不同时间作的《无题》：“昨夜星辰昨夜风，画楼西畔桂堂东。身无彩凤双飞翼，心有灵犀

一点通。隔座送钩春酒暖，分曹射覆蜡灯红。嗟余听鼓应官去，走马兰台类转蓬。”“相见时难别亦难，东风无力百花残。春蚕到死丝方尽，蜡炬成灰泪始干。晓镜但愁云鬓改，夜吟应觉月光寒。蓬山此去无多路，青鸟殷勤为探看。”前一首诗细腻地传达了重重礼教帷幕下男女相悦引发的内心的悸动和默契，后一首诗将爱情的铭心刻骨写得凄婉缠绵之至。“身无彩凤双飞翼，心有灵犀一点通”是青涩朦胧爱情的经典，“春蚕到死丝方尽，蜡炬成灰泪始干”则是忠贞执着爱情的绝唱。《锦瑟》诗是无题诗中最扑朔迷离的名作：“锦瑟无端五十弦，一弦一柱思华年。庄生晓梦迷蝴蝶，望帝春心托杜鹃。沧海月明珠有泪，蓝田日暖玉生烟。此情可待成追忆，只是当时已惘然！”这首诗到底讲什么，历代众说纷纭，以至于元好问说：“诗家总爱西昆好，独恨无人作郑笺。”（《论诗绝句》）清代诗人王士祯也承认：“獭祭曾惊博奥殚，一篇《锦瑟》解人难。”（《渔洋集》）梁启超说：“义山的《锦瑟》《碧城》《圣女祠》等诗，讲的什么事，我理会不着。拆开一句一句叫我解释，我连文义也解不出来。但我觉得它美，读起来令我精神上得到一种新鲜的愉快。”（《中国韵文内所表现的情感》）唯其如此，我们也无须诠释它，只要能感受到它摇曳多姿的美就够了。

以李商隐为代表的晚唐诗歌创作，在盛唐诗、中唐诗的高峰之后，开创了唐诗的第三重境界。同前面两重境界不同

的是，它将诗人由外在世界的驰骋转向内在世界的逡巡，诗人的心理由宏放开朗转为沉潜细腻，诗歌情感由清晰转为隐晦，气势由张扬转为收敛，极大地开掘了人的内在世界，对中国诗歌的情感世界做了前所未有的细腻、传神的展示。尤其是它通过精致邃密的语言，纡徐含蓄的表达方式，敛约回环的结构布局，精心剪裁的意象组合，营造一种恍惚迷离、深邃朦胧的意境，将中国诗歌变得更为虚化空灵，拓展了中国诗歌语言的表现力与艺术容量，给情思以更大的驰骋空间。尽管这第三重境界在气概上不免有衰飒式微之感，但从诗歌发展角度看，它毕竟峰回路转，通过向内心世界的深入，别开了一个新的诗歌天地。所以清代吴乔以为："唐人能自辟宇宙者，唯李、杜、昌黎、义山。"（《西昆发微序》）这一宇宙，更多的就是指深邃的情感天地的开辟。对于以抒情为天职的诗歌，李商隐对内在情感的深刻传神的表现更能引起人们情感上的流连与共鸣。今人叶嘉莹曾将李商隐与王维、王国维的诗加以比较，感慨地说："摩诘居士有着一份得道之心，静安先生有着一份哲人之想，而义山所有的则只是与生俱来的一份深情锐感。所以我对静安称先生，表示我的一份尊敬之意；对摩诘称居士，表示我的一份疏远之感；而独于义山不加称谓，就因为义山给我们的感觉最为亲切。义山没有得道之心，也没有哲人之想；义山的寂寞心，只是因为他的感情较我们更为深厚，他的感觉较我们更为敏锐，因此而造成一份纯粹诗人气质的寂寞。我们从义山诗中，处处可以看出他的多情、善感，不但对人多情，对一切生物莫不多情；不但对一切生物多情，对一切无生之物亦莫不多情。”（《迦陵论诗》）日本诗人大沼枕山对此颇有体会，吟出“一种风流吾最爱，南朝人物晚唐诗”。

唐五代词

诗歌在唐代走向辉煌的同时，也使其自身的发展面临某种程度的困境。从唐诗演变的轨迹即可以看出，面对着盛唐诗歌的巅峰，中唐和晚唐诗人不得不另辟蹊径，重开天地，在极力腾挪跌宕之后，才使得唐诗峰回路转、柳暗花明。虽不乏高潮迭起，别有洞天，但也不免有“渭城已远波声小”“一日秋风一日疏”的窘迫和萧瑟。越是往后，这种开掘的难度也会越来越大，这也许就是后来宋人不得已铤而走险，以理入诗，勉力再造乾坤的一个原因。因而，在唐诗高峰之后，诗歌一方面在极力寻求内部突破的同时，另一方面，也在积极寻求外部突破的可能。王国维先生在谈到中国文体演变时指出：“四言敝而有楚辞，楚辞敝而有五言，五言敝而有七言，古诗敝而有律绝，律绝敝而有词。盖文体通行既

久，染指遂多，自成习套。豪杰之士，亦难于其中自出新意，故遁而作他体，以自解脱。一切文体所以始盛终衰者，皆由于此。”（《人间词话》）诚哉斯言！对于诗乐同源的文化语境而言，能够提供中国古典诗歌新变最重要的契机就是新的音乐形式的出现，这一点，从词到曲概莫能外。

南北朝时期，随着少数民族政权不断入主中原，少数民族音乐也随之传入，并逐渐与中原地区原有的音乐融合，最终产生了新的音乐形式——燕乐（宴乐）。“燕乐”的名目，虽在隋代就已经出现，而真正在唐代才大兴于世。伴随着唐代社会经济繁荣，人们的生活丰富多彩，音乐成为唐人生活中不可缺少的娱乐享受。特别是在开元、天宝年间，燕乐经过唐明皇设置的教坊音乐机构的收集、整理和改造，以更为通俗、简洁的形式广泛流行于公私宴会和娱乐场所。于是渐渐产生了专门配合燕乐进行演唱的歌辞，最终导致了新的诗体——词的出现。

尽管在唐以前，隋朝就已经有零星的词产生，但词真正崛起于文学史并产生相当影响只能等到唐以后。只有在诗歌走过其黄金时期，开始寻求新的突破的语境，词的兴起才有可能。而燕乐这种新的音乐形式的出现提供了这种契机。宋代陆游谈到词的兴起，即作如是观：“唐自大中后，诗家日趋浅薄。其间杰出者，亦不复有前辈闳妙浑厚之作，久而自厌，然梏于流淌，不能拔出。会有倚声作词者，本欲酒间易晓，颇摆落故态，适与六朝跌宕意气差近，……故历唐季五代，诗愈卑，而倚声者辄简古可爱。盖天宝以后，诗人常恨文不逮，大中以后，诗衰而倚声作。”（《陆游集·渭南文集》）由于词是倚声而作，是“排比声谱填词，其入乐之辞，截然与诗两途”（胡震亨《唐音癸签》卷十五），所以它在体制上，与近体诗最明显的区别是：有词调；多数分片；句式基本上为长短不齐的杂言。而在内容表达上，由于它最初是作为歌女演唱的歌辞，这一性质决定了其内容主要以儿女风情见长。正如缪钺所指出的：“抑词之所以别于诗者，不仅在外形之句调韵律，而尤在内质之情味意境。……诗之所言，固人生情思之精者矣，然精之中复有更细美幽约者焉，诗体又不足以达，或勉强达之，而不能曲尽其妙，于是不得别创新体，词遂肇兴。”（《诗词散论》）对个人内在情感的开掘正是晚唐诗歌的一种走向。这也表明晚唐之后，词能够勃然以出，乃是因为在内容情调和音乐形式以及句式和韵律上都已经为词准备了充分的条件。词的女性特征以及由之而来的对私人化情感的表达，使得后来诗、文、词几乎拥有不同的文化身份，判然有别地表达着中国文人不同的情感需要：所谓“文以载道，诗以言志，词以言情”。“诗庄词媚”便是这种观念的另一种表达形式。从这个意义上讲，词的出现也可以视作中国文人在诗文以外寻求私人化情感表达的需要。当然，随着词的发展，尤其是苏辛词的出现，词的这种庭园闺阁相对狭隘的格局被打破，其实质，正是苏轼开始以诗为词，将词从原来的边缘状态进一步中心化和文人化的结果。

词的演化发展轨迹，就总体而言，大致如有的学者所概括的："勾萌于隋，发育于唐，敷舒于五代，茂盛于北宋，煊灿于南宋，剪伐于金，散漫于元，摇落于明，灌溉于清初，收获于乾嘉之际。"（刘毓盘《词史》）而词之所以能够大盛于宋，除了宋代特殊的语境之外，还与词自身在唐五代的充分孕育和发展密切相关。

敦煌曲子词和唐代文人词

正如其他文体的产生发展规律一样，词也是起于民间而成于文人。唐代产生的民间词应该有相当的数量，但在敦煌曲子词发现之前，已经很难见到。1900 年，一个偶然的机会，在敦煌鸣沙山藏经洞里发现了几百首抄写的民间词，为研究词曲的发展提供了极其珍贵的资料。目前敦煌曲子词已整理成集的有王重民的《敦煌曲子词集》，辑词一百六十四首；饶宗颐的《敦煌曲》，辑词三百一十八首；任二北编定《敦煌歌辞集》，扩大到凡入乐者概采录，计一千二百余首。但一般论敦煌曲子词者，仍以具有调名、合乎词体的为主，即以王重民收集的曲子词为研究对象，以便与乐府歌辞及其他俗曲歌辞区别开来。

敦煌曲子词中除五首文人词外，其余均为民间词，写作时间大抵起自武则天末年，迄于五代。其内容十分庞杂，“有边客游子之呻吟，忠臣义士之壮语，隐君子之怡情悦志，少年学子之热望与失望，以及佛子之赞颂，医生之歌诀，莫不入调。其言闺情与花柳者，尚不及半”（见王重民《敦煌曲子词集·叙录》）。这说明曲子词在创制之初，还非“艳科”所能笼络，和后来文人的取径尚存差异。敦煌词在体制上亦属粗备型体，未臻完全成熟。吴熊和先生在《唐宋词通论》将其特征归纳为六点：有衬字、字数不定、平仄不拘、叶韵不定、咏调名本意者多、曲体曲式丰富多样。同时在艺术表现上，许多作品还过于俚俗粗糙，但也有不少自然朴实、生活气息很浓的作品，例如《浣溪沙》：“五里竿头风欲平。长风举棹觉船轻。柔橹不施停却棹，是船行。满眼风波多闪灼，看山恰似走来迎。仔细看山山不动，是船行。”用朴实通俗的语言，写船夫行船时观看两岸景色的感觉，真实细腻。

值得注意的是，敦煌词中言闺情花柳的虽不及半，但从题材类型而言，仍然是表现得最为频繁也是写得最好的作品。如《菩萨蛮》：“枕前发尽千般愿，要休且待青山烂。水面上秤锤浮，直待黄河彻底枯。白日参辰现，北斗回南面，休即未能休，且待三更见日头。”一口气举出不可能发生的六种自然现象为喻，写出了男女相爱“至死靡他”的坚贞不渝的心情，很容易让人联想起汉乐府《上邪》的誓言，作品充分显示了大胆热烈而又拙朴自然的民歌本色。再如：“莫攀我，攀我太心偏。我是曲江临池柳，者人折了那人攀，恩爱一时间。”（《望江南》）“天上月，遥望似一团银。夜久更阑风渐紧，为奴吹散月边云，照见负心人。”（《望江南》）前者以杨柳喻青楼女子，形象而沉痛，迸发出不甘凌辱的怨怼愤激的情绪。后者写夜阑更深中触景伤怀的闺中少妇对负心人的谴责，设喻新颖，自然贴切。

词在民间兴起之后，以其生动活泼的形式，吸引了文人的注意。现存最早的文人词是传为李白的两首词：“平林漠漠烟如织，寒山一带伤心碧。暝色入高楼，有人楼上愁。玉阶空伫立，宿鸟归飞急。何处是归程，长亭更短亭。”（《菩萨蛮》）“箫声咽，秦娥梦断秦楼月。秦楼月，年年柳色，灞陵伤别。乐游原上清秋节，咸阳古道音尘绝。音尘绝，西风残照，汉家陵阙。”（《忆秦娥》）这两首词意境阔大，感情深沉。“西风残照，汉家陵阙”两句，苍凉浑茫，王国维《人间词话》中赞叹说：“寥寥八字，遂关天下登临之口。”宋代黄昇在《唐宋诸贤绝妙词选》中认为这两首词是“百代词曲之祖”。但多数人认为这两首词是伪作，迄今尚无定论。

虽然早期文人染指词的创作尚为罕见，但至少迟至中唐以后，文人中出现了倚声填词的风气。其中著名的有张志

和、韦应物、刘禹锡、白居易等。

张志和的《渔歌子》五首，描绘水乡风光，在理想化的渔人生活中，寄托了自己热爱自然、追慕自由的隐逸情怀。其中最被人传诵的是第一首：“西塞山前白鹭飞，桃花流水鳜鱼肥。青箬笠，绿蓑衣，斜风细雨不须归。”白色的鸥鹭，红色的桃花，映衬着青山绿水，组成了一幅色彩鲜明的江南春景图。连同在斜风细雨中身着青笠绿蓑的渔翁，画面优美闲适，意境旷达悠远，被誉为“风流千古”的名作。这组词一时和者甚众，影响深远，不仅后来唐宪宗闻名而“写真求访”（李德裕《玄真子渔歌记》），就连日本的嵯峨天皇、智子内亲王及滋野贞主也写了和词若干首。

韦应物和戴叔伦的《调笑令》描写了边塞景象：“胡马，胡马，远放燕支山下。跑沙跑雪独嘶，东望西望路迷。迷路，迷路，边草无穷日暮。”（韦应物作）“边草，边草，边草尽来兵老。山南山北雪晴，千里万里月明。明月，明月，胡笳一声愁绝。”（戴叔伦作）韦词里的胡马实际是一个远戍绝塞、无家可归的战士的象征。戴词更通过雪月交加的场景，衬托出久戍边疆的兵士的愁恨。就韵位的富有变化、声律要求的严格，以及句调的更为长短参差看，韦、戴二词继承了近体诗讲究声律的精神，而摆脱了近体诗句读整齐的形式，从而在更大程度上表现词调的特点。

白居易、刘禹锡是中唐时期写词较多的作家。白居易的

词，传诵较广的是《忆江南》，其中二首云："江南好，风景旧曾谙。日出江花红胜火，春来江水绿如蓝。能不忆江南？""江南忆，最忆是杭州。山寺月中寻桂子，郡亭枕上看潮头。何日更重游？"前一首写杭州春色，后一首写杭州秋景，截取记忆深刻的几个片段，勾画出江南旖旎风光。刘禹锡在洛阳时也以《忆江南》词调相唱和，并自注云："和乐天春词，依《忆江南》曲拍为句。""依曲拍为句"的提出，总结了唐代配乐填词的经验，表明文人开始进入词创作的自觉时期。他的《忆江南》云："春去也，多谢洛城人。弱柳从风疑举袂，丛兰浥露似沾巾。独坐亦含颦。"况周颐《蕙风词话》评价说："流丽之笔，下开北宋子野（张先）、少游（秦观）一派。唯其出自唐音，故能流而不靡。所谓风流高格调，其在斯乎？"这首词已不再咏调名本意。女性和闺阁的气质突出了，比白居易的词在意境上更加词化，透露了词在文人手中自觉而迅速演进的痕迹。

总的来说，这一时期文人词的创作，还局限在有限的几个诗人那里，只能说是注意到了民间的这种新的艺术形式，远没有形成普遍关注的风气。词创作局面还比较沉寂。造成这种状况的原因，是因为诗歌的高峰还没过去，没有给词的发展留下多少空间。但是，也应该看到在有限的一些文人词的创作中，已经渗透了文人诗的语言和情感表达方式，使得词逐渐脱离原来朴素生动但又粗糙简陋的原始状态，逐渐演变成文人的表达形式。

花间词

在晚唐，随着唐诗步入黄昏，词却逐渐迎来了其黎明。晚唐五代出现了第一个词的创作高潮。五代时期，在西蜀和南唐形成了词的两个中心。后蜀赵崇祚，于广政三年（940）编成《花间集》十卷，收录了晚唐温庭筠、皇甫松以及韦庄、薛昭蕴、牛峤、毛文锡等十六位由唐入五代在蜀地做官或与蜀有关的词人的五百首词，称为“花间词派”。欧阳炯在《花间集序》中记述了他们创作这些词的情形：“绮筵公子，绣幌佳人，递叶叶之花笺，文抽丽锦；举纤纤之玉指，拍按香檀。不无清绝之辞，用助娇娆之态。自南朝之宫体，扇北里之娼风，何止言之不文，所谓秀而不实。”表明其共同特点是用华丽的辞藻和婉约的构思集中描写女性的容貌、服饰以及她们的离愁别恨。当然，不同作家由于境遇和艺术能力不一样，反映在他们创作中也就形成不同的风貌。在“花间词人”当中，影响最大的是温庭筠和韦庄。

温庭筠（812—866）是晚唐著名的诗人和词人，本不属西蜀“花间”范围，但却被后人称为“花间鼻祖”，《花间集》选录他的词有 66 首之多。他是第一个努力作词的人，长期出入秦楼楚馆，“能逐弦吹之音，为侧艳之词”（《旧唐书·温庭筠传》），完成了从民间词到文人词的转变。温词以丽著称，最著名的是下面这首《菩萨蛮》：“小山重叠金明灭，鬓云欲度香腮雪。懒起画娥眉，弄妆梳洗迟。照花前后镜，花面交相映。新贴绣罗襦，双双金鹧鸪。”这首词以艳丽细腻的笔调描画了一个慵懒娇媚的女子晨起梳妆的情景，从弄妆着手，写到簪花、照镜、穿衣，层层推进，针缕绵密。“簪花”为饰，愈见艳丽。“襦”由“罗”制，兼之以“绣”，复加“新贴”“金鹧鸪”，光彩照人，炫人眼目。温词用浓丽的色调，意在给人强烈的感官刺激。结句“双双金鹧鸪”，则暗示女子的孤独和寂寞，含蓄曲折，充分体现了温词色彩华丽绮艳，表情隐约细腻的特点。

温词虽以丽见长，但风格并不单一，有些词也以流丽取胜。如：“梳洗罢，独倚望江楼。过尽千帆皆不是，斜晖脉脉水悠悠，肠断白蘋洲。”（《梦江南》）“玉炉香，红蜡泪，偏照画堂秋思。眉翠薄，鬓云残，夜长衾枕寒。梧桐树，三更雨，不道离情正苦。一叶叶，一声声，空阶滴到明。”（《更漏子》）

前一首结构疏朗连贯，情思幽渺悠长。后一首语浅情深，凄清感人。

温词在题材内容上相对狭窄，并无多少可取之处，其意义主要在于将词从民间自发形态提升为文人自觉创作，扩大了词的影响，提高了词的文学地位，使词开始成为新的诗体形式之一；在词的形式上，他加速了词体律化的过程，温以前之词，格律上大多与诗体相近。温66首词，用了二十多个词牌，句式极尽参差错落，平仄极多变化，与近体诗律相去甚远；在词的风格上，他将晚唐诗歌中那种层次丰富，含意深婉，善于表现细腻的官能感受，色彩明丽，意脉曲折回环的特色移植到词里来，使词艺术风格由原始的质朴转为绮丽，形成词主艳情、香而软媚的“艳科”格局。

花间派词人中，地位和影响仅次于温庭筠的是韦庄(836—910)，词史上常以“温韦”并称。《花间集》收其词48首。韦词虽也以写女性、相思为主，如“红楼别夜堪惆怅，香灯半卷流苏帐。残月出门时，美人和泪辞”（《菩萨蛮》其一），“朱唇未动，先觉口脂香”（《江城子》），体现出花间词婉媚、柔丽、轻艳的共同特征。但韦庄却又能在此风格之外独树一帜，具有一种与温词不同的率直平易与清疏淡远的风格，为文人词另开境界。如《女冠子》二首：“四月十七，正是去年今日。别君时，忍泪佯低面，含羞半敛眉。不知魂已断，空有梦相随。除却天边月，没有知。”“昨夜夜半，枕上分明梦见，语多时。依旧桃花面，频低柳叶眉。半羞还半喜，欲去又依依。觉来知是梦，不胜悲。”这里没有艳丽的辞藻，没有晦涩的象征，也不是那么断续曲折；它的语言明白，色彩清淡，全篇意脉流畅，通过一个连贯的心理过程描述，呈现了女子思念情人的浓烈感情，既不失词原有的细腻深婉的抒情风格，又把笔调改造得疏朗明晰。

在表情达意方面，韦庄也以主观热烈见长，“尤能运密入疏，寓浓于淡”（况周颐《历代词人考略》），受民歌影响比温词显露。如《思帝乡》：“春日游，杏花吹满头。陌上谁家年少，足风流。妾拟将身嫁与，一生休。纵被无情弃，不能羞。”写一个少女对一见倾心的男子大胆的表白，感情热烈，语气直率。通篇不假比兴，纯用赋体，一气贯注，笔墨酣畅。韦词的抒情，同时又具有深婉低回之致，“似直而纡，似达而郁”（陈廷焯《白雨斋词话》），取得相反相成的效果。如名作《菩萨蛮》其二：“人人尽说江南好，游人只合江南老。春水碧于天，画船听雨眠。垆边人似月，皓腕凝霜雪。未老莫还乡，还乡须断肠。”上片写江南水乡景色的纤丽，下片写江南女子的秀丽，末句意思陡转，在对江南美景的留恋中写出人生的惆怅。韦庄变温庭筠代闺中女子婉转言情而为直抒胸臆，与温词的朦胧深隐判然有别，对李煜、苏轼、辛弃疾有较大影响。

韦庄外，花间词人中牛希济的《生查子》也颇为人传诵：“春山烟欲收，天淡稀星小。残月脸边明，别泪临清晓。语已多，情未了。回首犹重道：记得绿罗裙，处处怜芳草。”写拂晓时分情人依依惜别的情景，缠绵悱恻，柔婉真挚。“记得绿罗裙，处处怜芳草”两句，触物取情，移情及物，匠心独运，回味隽永。

《花间集》作为中国第一部文人词集，对后来词的发展影响很大。如果对比一下敦煌民间词就会发现，词作为“艳科”的传统首先是由《花间集》构建的，其绿窗红粉、秋千院落式的闺阁内容和浓丽婉媚的风格在很长时间内规约了中国词的发展路径。

南唐词

在五代，与西蜀词派并峙而在时间上稍晚的是南唐词派。南唐词也是在宫廷和豪门享乐的基础上发展起来的，北宋陈世修为冯延巳《阳春集》作序，描述了当时的创作环境：“公以金陵盛时，内外无事，朋僚亲旧，或当宴集，多运藻思为乐府新词，俾歌者倚丝竹而歌之，所以娱宾而遣兴也。”但与西蜀词人多为清客文人相比，南唐词人都是帝王权臣，文化修养较高，艺术趣味也较雅正，词风表现上有明显的差异。南唐词人主要以冯延巳、李璟和李煜为代表。

冯延巳（903—960），字正中，词作数量居五代词人之首。其词内容多不出闺怨春愁，但不再侧重于女子容貌服饰的描绘，而是着力表现人物的心境、意绪的细微变化。如《谒金门》：“风乍起，吹皱一池春水。闲引鸳鸯香径里，手挼红杏蕊。斗鸭阑干独倚，碧玉搔头斜坠。终日望君君不至，举头闻鹊喜。”写贵族女子在深闺中孤独无聊和等待心上人的情景。清新流丽，情致缠绵。“风乍起，吹皱一池春水”，破空而来，由景入情，既传神写出了微波涟漪的景象，又微妙传达出思妇的春情荡漾，情景交融贴切自然，一时广为传诵。据传中宗李璟曾问他：“‘吹皱一池春水’，干卿底事？”冯延巳回答：“未若陛下‘小楼吹彻玉笙寒’。”（见马令《南唐书·党与传》）成为一则词坛佳话。冯延巳有些词融入了悲凉的人生感喟，形成了惆怅空阔的意境，如《鹊踏枝》：“谁道闲情抛掷久，每到春来，惆怅还依旧。日日花前常病酒，不辞镜里朱颜瘦。河畔青芜堤上柳，为问新愁，何事年年有？独立小桥风满袖，平林新月人归后。”写景抒怀，突兀跌宕，通篇有一种怅然自失、抑郁惝恍的忧愁挥之不去。冯延巳在词的闺思别绪中引入身世之感，表现出浓郁深挚的忧患意识，较之温、韦词更能深入地触及文人士大夫特有的精神世界，词境因而更见空茫阔大，对宋代的晏殊、欧阳修等词人有较大影响。故王国维谓之：“冯正中不失五代风格，而堂庑特大，开北宋一代风气。”（《人间词话》）

南唐中主李璟（916—961），字伯玉，仅存词四首，尤以二首《摊破浣溪沙》著名，词中蕴含的忧患意识比冯延巳更深。其二云：“菡萏香销翠叶残，西风愁起绿波间。还与韶光共憔悴，不堪看！细雨梦回鸡塞远，小楼吹彻玉笙寒。多少泪珠无限恨，倚阑干。”将秋日的萧瑟、凋零与闺中的思远念别联系起来，感慨万端，蕴意深沉，王国维称其“大有众芳芜秽、美人迟暮之感”（《人间词话》）。

李璟的儿子李煜（937—978），即李后主，字重光。公元961年嗣位，十四年后（975年），宋兵攻破金陵，出降为俘囚居汴京三年，后被宋太宗赐药毒死。李煜疏于治国，长于艺术，是五代最有成就的词人，也是整个词史上一流的大家。可谓“亡国君主，词中圣手”。今存词三十余首，以亡国为界，明显分为前后两期。前期词主要描写宫廷生活和男女艳情，比较清丽自然。如《清平乐》：“别来春半，触目愁肠断。砌下落梅如雪乱，拂了一身还满。雁来音信无凭，路遥归梦难成。离恨恰如春草，更行更远还生。”上阕写相思之情犹如雪花般飞舞的梅瓣，令人烦乱惆怅，这烦乱惆怅又如落花拂了又满似的绵绵不绝。末两句以春草无际来形容离恨不绝如缕而难以排解，以“更行更远还生”与上阕“拂了一身还满”相呼应，烘托出一腔绵绵愁绪。感情缱绻婉转，语言明净自然。

真正代表李煜成就的是他后期的作品。他亡国北上之后，境遇凄凉，“日夕只以眼泪洗面”（王铚《默记》），词风发生重大变化，充满亡国之痛、故国之思及今昔对比的凄凉与哀痛。这在《破阵子》中有坦率的自白：“四十年来家国，三千里地山河。凤阁龙楼连霄汉，玉树琼枝作烟萝，几曾识干戈？一旦归为臣虏，沈腰潘鬓消磨，最是仓皇辞庙日，教坊犹奏别离歌，垂泪对宫娥。”南唐在灭国前，偏安江南，据长江之险，隐然大邦，一时人物繁盛，君臣宴乐风雅。李煜“生于深宫之中，长于妇人之手”（王国维《人间词话》)，少有经历，对一国之君一下子变为阶下囚的巨大落差，自然难以忘怀，尤其被俘一刻更是铭心刻骨，故写得真挚深切。亡国成就了他千古词坛的“南面王”（清沈雄《古今词话》语）地位。正因为阅世较浅，所以李煜不失其赤子之心，在后期繁华落尽，不复藻饰之后，情感便天然如洗，纯以本色出之。如《相见欢》两首：“林花谢了春红，太匆匆，无奈朝来寒雨晚来风。胭脂泪，留人醉，几时重?自是人生长恨水长东。”“无言独上西楼，月如钩，寂寞梧桐深院锁清秋。剪不断，理还乱，是离愁。别是一般滋味在心头。”前首上阕写景，下阕写人，以春残花谢的自然景象表达人生失意的无限怅恨。后首上阕以景语写情语，抑郁沉痛，一个“锁”字，既见出环境封闭的严酷，又写出内心的高度压抑；下阕直抒愁情，以具象写抽象，而又欲说还休，锥心之痛，痛不可言。两词都是不假比兴，纯用白描，后人誉之为“粗服乱头，不掩国色”（周济《介存斋论词杂著》)。

李煜历经沧桑巨变，痛苦自然极为深沉，他在亡国后并不曾以理性精神排遣和节制，而是长久沉溺于亡国前后的落差体验中，把个人痛苦与国破家亡的惨痛遭遇联系在一起，赋予自身一种普遍的历史无常悲感，进而升华为宇宙人生悲剧性的感悟与审视。这使得他的词从春怨闺愁进入人世沧桑，极大地提升了词的抒情境界，所以王国维说：“词至后

主而眼界始大，感慨遂深，遂变伶工之词而为士大夫之词。”（《人间词话》）正是由于李煜以其纯真，感受到了“人生长恨”“往事已成空”那种深刻而又广泛的人世之悲，所以其言情的深广超过其他南唐词人。如《浪淘沙》：“帘外雨潺潺，春意阑珊。罗衾不耐五更寒。梦里不知身是客，一晌贪欢。独自莫凭栏，无限江山。别时容易见时难。流水落花春去也，天上人间。”此词以倒叙的手法先写梦醒后的环境和感受，然后写梦境。潺潺春雨和阵阵春寒，惊醒残梦，复归囚徒的凄凉现实。梦中梦后，犹是今昔之别。词末以流水、落花、春去三个流逝不复返的意象，进一步凸现对人生的绝望。天上人间，便是天堂与地狱、欢乐与痛苦对立的两极世界，也是李煜过去与现在不同的生活境况、心态情感的写照。全词以春雨开篇，以春雨中落花结束，首尾照应，结构完整，意境浑成。当代词学大师唐圭璋先生说此词“一片血肉模糊之词，惨淡已极。深更三夜的啼鹃，巫峡两岸的猿啸，怕没有这样哀吧”（《李后主评传》），真是“肝肠断绝，遗恨千古”（《唐宋词简释》）。再如著名的《虞美人》：“春花秋月何时了，往事知多少？小楼昨夜又东风，故国不堪回首月明中。雕阑玉砌应犹在，只是朱颜改。问君能有几多愁，恰似一江春水向东流。”全词以问起，以答结。问得出人意表，答得思出天外。词人由问天、问人而到自问，托出“故国不堪回首月明中”物是人非之感。此词将人事无常的悲慨和亡国之痛融合在一起，把“往事”“故国”“朱颜”等长逝不返的悲哀，扩展得极深极广，滔滔无尽，一任沛然莫御的愁情奔涌，自然汇成“一江春水向东流”那样的景象气势，形成强大的感染力。其哀怨深广正如王国维所谓在“以血书者也”（《人间词话》）。据宋代王铚《默记》卷上载：“后主在赐第，因七夕，命故妓作乐，声闻于外。太宗闻之，大怒。又传‘小楼昨夜又东风’及‘一江春水向东流’之句，并坐之，遂被祸云。”如此说来，那么这首词就是李煜的绝命词了，一代帝王，生于词，死于词，悲耶？幸耶？

宋诗理趣

在词兴起之际，作为主流文学的诗歌也从未停止过自身的发展。唐代之后，结束五代纷争的宋人，又一次在诗歌内部寻求突破。面对唐诗的辉煌，“是宋人的大幸，也是宋人的大不幸”（钱钟书《宋诗选注》）。幸运的是，有唐诗这个好榜样，他们可以有一个法乎其上的模仿对象。宋人自始至终都在唐诗中寻求立身的资源，一如严羽在《沧浪诗话》中所指出的“国初之诗尚沿袭唐人，王黄州（禹偁）学白乐天，杨文公（亿）、刘中山（筠）学李商隐，盛文肃（度）学韦苏州，欧阳公（修）学韩退之古诗，梅圣俞（尧臣）学唐人平澹处”，至于宋末，亦复如是，“近世赵紫芝（师秀）、翁灵舒（卷）辈独喜贾岛姚合之诗，稍稍复就清苦之风，江湖诗人多效其体，一时自谓之唐宗”。不幸的是，“宋人生唐后，开辟真难为”（蒋士铨《忠雅堂诗集·辨诗》），在发展已尽的诗体里“讨生活”，不免有种盛极难继的尴尬。为了勉力再造乾坤，他们“以文字为诗，以才学为诗，以议论为诗”（《沧浪诗话·诗辨》），表现出与唐诗不同的风貌，最终成就了中国古典诗歌的又一座高峰。

“唐宋皆伟人，各成一代诗。”（蒋士铨《忠雅堂诗集·辨诗》）宋诗的再度辉煌，除了文学自身演进的规律之外，当然和宋代特定的文化土壤息息相关。有别于晚唐五代的日薄西山、风雨飘摇的政治形势，宋代有一个较为长期的和平环境，此间封建经济和文化重新获得高度繁荣，处于中国封建社会发展史的兴盛阶段。陈寅恪先生甚至将宋代看作是中国古典文化的巅峰期：“华夏民族之文化，历数千年之演变，造极于赵宋之世。”（《金明馆丛稿二编》）在这个时代，商业和手工业的发展、城市经济的繁盛、庶族地主的全面崛起、先进的文化传播手段、宽松优裕的文官制度、互渗互补的儒道释思想，共同构成了那个时代特有的文化土壤，造就了一批融合艺术家的敏感和细腻、历史学家的渊博和忧患意

识、政治家的气度和责任感、哲学家的理性与旷达于一身的新型知识群体，也形成了一种兼具社会责任与个性自由、士大夫精神与市民意识，和光同尘、与俗俯仰的新型人格。这样一种时代土壤和文化人格造就了宋诗与唐诗不同的风貌。而如何看待二者之间的优劣，成为中国诗学史上长期聚讼纷纭的公案。二者明显的区别应该是明人杨慎所概括的“唐人主情，去《三百篇》近；宋人主理，去《三百篇》却远”(《升庵诗话》)。今人缪钺有更形象的说法：“唐诗以韵胜，故浑雅，而贵蕴藉空灵；宋诗以意胜，故精能，而贵深折透辟。唐诗之美在情辞，故丰腴；宋诗之美在气骨，故瘦劲。唐诗如芍药海棠，秾华繁采；宋诗如寒梅秋菊，幽韵冷香。唐诗如啖荔枝，一颗入口，则甘芳盈颊；宋诗如食橄榄，初觉生涩，而回味隽永。”(《论宋诗》)而钱钟书则以为：“唐诗、宋诗，亦非仅朝代之别，乃体态性分之殊。天下有两种人，斯分两种诗。唐诗多以丰神情韵擅长，宋诗多以筋骨思理见胜。……一生之中，少年才气发扬，遂为唐体；晚节思虑深沉，乃染宋调。”(《谈艺录》)他们都相当精辟地指出了唐宋诗歌不同的特色。不过，平心而论，宋诗的成就不如唐诗，但应该说是中国诗歌史上仅次于唐代巅峰的又一座高峰，“整个来说，宋诗的成就在元诗、明诗之上，也超过了清诗”(钱钟书《宋诗选注》)。

宋诗在对唐诗的因袭中逐渐具备自己的面目，经历了一

个长期发展的过程。其演进历程大略如清人全祖望在《序宋诗纪事》中所指出的那样："宋诗之始也，杨、刘诸公最著，所谓西昆体者也。说者多有贬辞。然一洗西昆之习者欧公，而欧公未尝不雅服杨、刘，犹之草堂之推服王、骆。始知前辈之虚心也。庆历以后，欧、梅、苏、王数公出，而宋诗一变。坡公之雄放，荆公之工练，并起有声。而涪翁以崛奇之调，力追草堂，所谓江西诗派者，和之最盛，而宋诗又一变。建炎以后，东夫之瘦硬，诚斋之生涩，放翁之轻圆，石湖之精致，四壁并开。及永嘉徐、赵诸公，以清虚便利之调行之，见赏于水心，则四灵派也，而宋诗又一变。嘉定以后，江湖小集盛行，多四灵之徒也。及宋亡，而方、谢之徒，相率为急迫危苦之音，而宋诗又一变。"在这一历程中，首先开风气的关键人物是当时的文坛宗主欧阳修。

欧阳修与宋诗初变

北宋前六十多年，诗歌几乎全是中晚唐诗歌的回响，前后接踵的"白体""西昆体""晚唐体"三派诗人，分别师法中晚唐的白居易、李商隐、贾岛和姚合。宋末的方回说："宋铲五代旧习，诗有白体、昆体、晚唐体。"（《送罗寿可诗序》）说宋初诗坛已经铲除"五代旧习"，稍嫌夸张，但把宋初诗风归为三体，则颇为准确。在三派诗人中，能卓然自立，有所成就的是王禹偁（954—1001）。他诗学白居易，为“白体”诗人的代表人物之一，在效法白居易时并不囿于闲适诗，却更重视白居易的讽喻诗，“虽学乐天，然得其清，不堕其俗”（贺裳《载酒园诗话》）。后期进而以杜甫为典范，借鉴杜诗的艺术境界，这使得他在宋初白体诗中独树一帜。诗风平易流畅，简雅古淡。如《村行》：“马穿山径菊初黄，信马悠悠野兴长。万壑有声含晚籁，数峰无语立斜阳。棠梨叶落胭脂色，荞麦花开白雪香。何事吟余忽惆怅？村桥原树似吾乡。”在写法上很有白诗的特点，语言明白晓畅，叙述从容连贯；而情感抒发却含蓄深沉，体现出杜诗风格因素向白体诗风的渗透。王禹偁的长篇诗歌叙事简洁，议论畅达，已开宋诗散文化、议论化的风气。清人吴之振说：“是时西昆之体方盛，元之独开有宋风气。于是欧阳文忠得以承流接响。”（《宋诗钞》）表明他是宋人迈向宋诗之先声。

王禹偁之外，“晚唐体”代表诗人之一的林逋（968—1028）也颇引人注目。他终身不娶不仕，隐居在西湖的孤山上，二十年没有进过城，喜种梅养鹤，自称“以梅为妻，以鹤为子”。他流传下来的最为人称道的就是《山园小梅》这首咏梅诗：“众芳摇落独暄妍，占尽风情向小园。疏影横斜水清浅，暗香浮动月黄昏。霜禽欲下先偷眼，粉蝶如知合断魂。幸有微吟可相狎，不须檀板共金樽。”此首咏梅之作，写了梅花摄骨销魂之美和玉洁冰清的品格，寄托着诗人高雅幽逸、超然物外的理想化人格情趣。“疏影”两句，历代为

人所激赏。欧阳修说："前世咏梅者多矣，未有此句也。"司马光称其"曲尽梅之神态"（《温公诗话》）。姜夔后来还专门以"疏影""暗香"为名创作咏梅词调。《四库全书总目提要》曰："其诗澄淡高远，如其为人。"

宋初诗坛上声势最盛的一派是西昆体。该派得名于杨亿编的《西昆酬唱集》，代表诗人是杨亿、刘筠、钱惟演，三人的唱和诗占了酬唱集的五分之四以上。他们主要以李商隐为学习对象，"大率效李义山之为，丰富藻丽，不作枯瘠语"（《宋诗纪事》引《丹阳集》）。西昆体虽然被人诟病甚多，但客观地说，当时也有其进步之处，能以其精致含蓄纠白体诗的俚俗滑易之弊，以丰赡开阔纠姚、贾晚唐体的细碎小巧之弊，故当时风行一时，"耸动天下"。但西昆体走向衰竭的确是由于自身存在致命的弱点，一是题材范围狭窄，缺乏社会关怀，正如杨亿自己在《西昆酬唱集序》中所说，他们的创作不过是"历览遗编，研味前作，挹其芳润，发于希慕，更迭唱和，互相切劘"。二是诗歌艺术立足于模仿，却只能遗神得形。他们学习李商隐，只得到李商隐属对工巧和敷色浓艳的外形，却缺少李诗中深沉幽怨缠绵动人的情感力量，辞藻固然华艳富丽，情感却苍白贫乏，最终容易流于文字游戏。所以当时石介就批评他们是"穷妍极态，缀风月，弄花草，淫巧侈丽，浮华纂组；刓锼圣人之经，破碎圣人之言，离析圣人之意，蠹伤圣人之道"（《怪说》）。在这

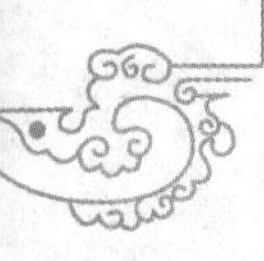

种情况下，诗歌革新势在必行。

在北宋中期，率先起来反对西昆体，在诗歌创作中独树一帜的是梅尧臣（1002—1060）。梅尧臣，字圣俞，宣州宣城（今安徽宣州）人。宣城古称宛陵，故世称“宛陵先生”。一生虽沉沦下僚，对于国家、政治却抱有强烈的关切。对当时浮艳空虚的诗风颇为不满，指责说：“迩来道颇丧，有作皆言空。烟云写形象，葩卉咏青红。人事极谀谄，引古称辩雄。经营唯切偶，荣利因被蒙。”（《答韩三子华、韩五持国、韩六玉汝见赠述诗》）主张“不书儿女书，不作风月诗。唯存先王法，好丑无使疑。安求一时誉，当期千载知”（《寄滁州欧阳永叔》）。诗歌创作是“因事激风成小篇”“未到二雅安忍捐”（《答裴送序》）。他把这些主张付诸实践，写了许多关注国事民生、充满忧患意识和责任感的诗，在艺术上远承“诗”“骚”，近法汉唐。因此，后人说“他的诗是十五国风，是大、小雅，是士大夫润色的里巷歌谣”（夏敬观《梅尧臣诗导言》）。如广为传诵的小诗《陶者》：“淘尽门前土，屋上无片瓦。十指不沾泥，鳞鳞居大厦。”深刻地揭露了不平等的阶级对立现状，触目惊心。梅尧臣的这一类创作，对于恢复诗歌的严肃性、转向重大题材，无疑起了积极的作用。

更值得注意的是，梅尧臣诗歌在题材上有着表现日常生活琐事的“以俗为雅”的倾向。譬如他写破庙，写变幻的

晚云，写怪诞的传说，写丑而老的妓女，甚至写虱子、跳蚤，写乌鸦啄食厕中的蛆……有些是根本不宜入诗、破坏诗的美感的，但从中可以看出他对凡俗内容的关注意识，也开辟了宋诗更加贴近日常生活的诗歌走向。与题材趋于平凡化相应的是，梅诗在艺术风格上也追求平淡之美，自谓："作诗无古今，唯造平淡难。"（《读邵不疑学士诗卷杜挺之忽来因出示之且伏高致辄书一时之语以奉呈》）这里所说的"平淡"，是指一种自然淡远的艺术境界，一种超越了雕饰绮丽的老成风格。如下面两首名作："适与野情惬，千山高复低。好峰随处改，幽径独行迷。霜落熊升树，林空鹿饮溪。人家在何处，云外一声鸡。"（《鲁山山行》）"行到东溪看水时，坐临孤屿发船迟。野凫眠岸有闲意，老树着花无丑枝。短短蒲茸齐似剪，平平沙石净于筛。情虽不厌住不得，薄暮归来车马疲。"（《东溪》）两诗分别作于三十九岁和五十四岁，景物有异，而平淡如一。前一首写晚秋山间萧瑟景色，"平淡"之中带有几分清丽，结尾尤为蕴藉，以情韵见长。后一首写孤屿水岸的野韵生机，"平淡"之中颇见老健，结尾意随言尽，且故作枯涩之笔，全诗以思理取胜。像"云外一声鸡""老树着花无丑枝"，句意新颖，情感内敛。梅尧臣曾说："诗家虽主意，而造语亦难。若意新语工，得前人所未道者，斯为善也。必能状难写之景，如在目前，含不尽之意，见于言外，然后至矣。"（《六一诗话》引）虽后期间涉怪巧，但这一风格的形成主要是通过引入之前诗歌中不大入诗的寻常事物、朴素字眼以及生拙句式，反倒造成“陌生化”的效果。诗意中的心境情感一般都不激烈，显得平静冲淡。欧阳修在《梅圣俞墓志铭》中对其诗歌的风格走向就概括得相当准确：“其初喜为清丽，闲肆平淡，久则涵演深远，间亦琢刻以出怪巧，然气完力余，益老以劲。”

梅诗的题材走向和风格倾向都具有得宋诗风气之先的意义。宋人龚啸称他“去浮靡之习，超然于昆体极弊之际；存古淡之道，卓然于诸大家未起之先”（《宛陵先生集·附录》）。刘克庄《后村诗话前集》卷二更推崇说：“本朝诗唯宛陵为开山祖师！宛陵出，然后桑濮之哇淫稍息，风雅之气脉复续，其功不在欧、尹下。”

与梅尧臣在诗坛相互呼应的是苏舜钦（1008—1048），字子美，开封（今属河南）人。他“少慷慨，有大志”，几次上书评论时政。他曾由范仲淹荐用，但很快被罢黜，寄寓于苏州，买木石造沧浪亭，“时发愤懑于歌诗，其体豪放，往往惊人”（《宋史》本传），写下很多针砭时事反映现实的诗篇，是两宋诗人中最早表达忧国御侮的忠诚的诗人。他虽与梅尧臣齐名，但诗风迥然有异。正如欧阳修《六一诗话》中所概括的：“圣俞、子美齐名于一时，而二家诗体特异。子美笔力豪隽，以超迈横绝为奇；圣俞覃思精微，以深远闲淡为意。各极其长，虽善论者不能优劣也。”如《对酒》：

"丈夫少也不富贵，胡颜奔走乎尘世！予年已壮志未行，案上敦敦考文字。有时愁思不可掇，峥嵘腹中失和气。侍官得来太行巅，太行美酒清如天，长歌忽发泪迸落，一饮一斗心浩然。嗟乎吾道不如酒，平褫哀乐如摧朽。读书百车人不知，地下刘伶吾与归！"抒发自己壮志蹉跎、怀才不遇的愤懑之情。情绪坦露激昂，风格雄豪奔放，略近于李白的风格。他的一些写景诗，也写得意境开阔，语言更为凝练。如《淮中晚泊犊头》："春阴垂野草青青，时有幽花一树明。晚泊孤舟古祠下，满川风雨看潮生。"此诗与韦应物《滁州西涧》相类，但气势过之。

真正在宋代诗文革新运动中起中枢作用的是一代文宗欧阳修。欧阳修（1007—1072），字永叔，号醉翁，晚年自号六一居士，庐陵（今属江西吉安）人。宋仁宗天圣八年（1030）中进士，官至翰林学士、枢密副使、参知政事。为人正直敢言，早年支持范仲淹主持的"庆历新政"，受到政敌打击，两次遭贬。他博学多才，在位期间竭力奖掖后进，当时的著名文学家多出自他的门下。尹洙、梅尧臣、苏舜钦是他的密友；苏洵、王安石受到他的引荐；而苏轼、苏辙、曾巩更是他一手识拔的后起之秀。"居三朝数十年间，以文章道德为一世学者宗师。"（吴充《欧阳文忠公行状》）晚年退居颍州，卒谥文忠。

欧阳修是宋代散文革新运动的主将，将古文运动的精神

贯穿到诗歌革新之中，重视韩愈诗歌“资谈笑，助谐谑，叙人情，状物态，一寓于诗而曲尽其妙”（《六一诗话》）的特点，并提出了“诗穷而后工”的诗歌理论。他的诗吸收了韩愈的议论化、散文化的特点，而又避免了韩诗的造语险怪和生僻，因此他的诗语言自然流畅，无韩诗艰涩拗口之弊，风格清新而不流于柔靡。如《去思堂手植双柳今已成阴因而有感》：曲栏高柳拂层檐，却忆初栽映碧潭。人昔共游今孰在？树犹如此我何堪！壮心无复身从老，世事都销酒半酣。后日更来知有几？攀条莫惜驻征骖。将眼前景色和深沉的感慨结合在一起，边叙边议，而惜别忧伤之情正是从议论中传出。又如《春日西湖寄谢法曹歌》：西湖春色归，春水绿于染。群芳烂不收，东风落如糁。参军春思乱如云，白发题诗愁送春。遥知湖上一樽酒，能忆天涯万里人。万里春思尚有情，忽逢春至客心惊。雪消门外千山绿，花发江边二月晴。少年把酒逢春色，今日逢春头已白。异乡物态与人殊，惟有东风旧相识。用流动回荡的古体、清新丰润的笔调、委婉平易的章法，叙写了西湖暮春景象、好友万里相思、岁月流逝的感慨以及贬居山城的孤寂，感情自然真挚，文气流丽婉转，娓娓如诉家常。再如著名的《戏答元珍》：“春风疑不到天涯，二月山城未见花。残雪压枝犹有橘，冻雷惊笋欲抽芽。夜闻归雁生乡思，病入新年感物华。曾是洛阳花下客，野芳虽晚不须嗟。”此诗开头二句起得超妙，欧阳修自己也

颇为自得，他曾说："若无下句，则上句不见佳处。并读之，便觉精神顿出。"（蔡絛《西清诗话》）而"欲""犹""曾是""虽""不须"大量虚词入诗，突破了唐人律诗多用平列的意象、断续或跳跃的衔接方式，使得诗歌的意象变得疏朗，诗的意脉也因而变得绵密通畅，一联紧接一联，环环相扣。故方回《瀛奎律髓》说："以后句句有味。"

欧阳修等人以文为诗、以议论为诗的倾向扭转了宋初盛行的晚唐五代诗风。鉴于他在文坛上的宗师地位，他在理论上的阐发和创作实践，以及对梅尧臣、苏舜钦等人的声气鼓应，对文坛风气转换产生很大影响，使得宋诗无论在内容和形式上都具备了自身的路径趋向。当然，以文为诗，能够自由地抒发作者的思想感情，有平易的优点，但往往"失于快直，倾囷倒廪，无复余地"（《苕溪渔隐丛话》卷二十二引《石林诗话》），有时不免缺乏艺术感染力。《扪虱新话》评论说："欧阳公诗犹有国初庙人风气。公能变国朝文格，而不能变诗格。及荆公、苏、黄辈出，然后诗格极于高古。"所以真正完成宋诗革新的要等到苏轼、黄庭坚等人的出现。

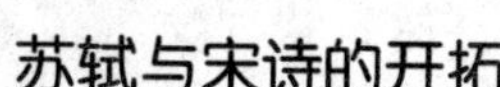

苏轼与宋诗的开拓

比欧阳修稍晚，以苏轼为代表的一大批优秀诗人崛起于文坛，继续推进宋诗的革新。至元丰前后，达到宋诗的全盛期，标志着一代宋诗风格的成熟。

王安石（1021—1086），字介甫，晚号半山，临川（今属江西）人，是北宋著名的政治家，主持了历史上著名的熙宁变法。但他的一套激烈变革的政策措施，既触犯了士大夫集团以及富商豪绅的利益，又与封建官僚制度不相适应，造成很多流弊，招致强有力的反对，几起几落。后期退居江宁。在司马光全面废除新法后不久，忧愤而卒。

王安石在政治上主张变革的同时，在文学方面也是欧阳修诗文精神的积极追随者。他强调文章应“有补于世用”“要以适用为本”“巧且华不必适用”“适用亦不必巧且华”（《上人书》）。秉承这种文学观念，他在诗歌创作上特别推崇杜甫，在《杜甫画像》中写道：“吾观少陵诗，谓与元气侔，力能排天斡九地，壮颜毅色不可求。”宋人尊崇杜甫，可以说是从王安石开始的。他的诗歌创作，以熙宁二次罢相、退居江宁为界，分为前后两个时期。在这两个时期中，诗歌的内容与风格有很大的差异。前期主要内容是反映社会现实，表达他对时政的批评和他的政治理想。还有一部分作品，则借古喻今，或借题发挥，抒发作者的政治观念或人生观念。王安石喜欢用散文句式铺张议论，有时选用奇险硬挺的韵脚和词汇，诗风瘦劲而又雄直。《明妃曲》是其中传诵一时的名作：“明妃初出汉宫时，泪湿春风鬓角垂。低回顾影无颜色，尚得君王不自持。归来却怪丹青手，入眼平生几曾有？意态由来画不成，当时枉杀毛延寿。一去心知更不归，可怜着尽汉宫衣。寄声欲问塞南事，只有年年鸿雁飞。家人万里传消息，好在毡城莫相忆。君不见咫尺长门闭阿娇，人生失意无南北！”这首诗一扫历代同类题材将昭君出塞归罪于毛延寿、昭君留恋君恩的传统见解，而认为王之美貌本非画像所能传达，王昭君流落异域的命运未必比终老汉宫更为不幸，这体现了他在唐诗之外求新求变的精神。而结尾指出王昭君的悲剧乃是古今宫嫔的共同命运，议论精警深刻。黄庭坚以为“可与李翰林、王右丞并驱争先矣”（李壁《王荆文公诗笺注》引）。

王安石后期退出政治舞台后，流连山水、参禅学佛，生活和心境大为改变，从而引起了作品内容和风格的变化。后期作品多描写湖光山色，讲究艺术技巧、炼字炼句，早期诗歌中警世惊俗的议论明显减少了，抒情味则越来越浓，诗风深婉而简淡，含蓄且有韵致，尤其是那些短小的绝句，意与言合，言随意远，浑然天成。黄庭坚说：“荆公暮年作小诗，雅丽精绝，脱去流俗，每讽味之，便觉沆瀣生牙颊间。”（见《苕溪渔隐丛话前集》卷三十五）如：

北山输绿涨横陂，直堑回塘滟滟时。细数落花因坐久，缓寻芳草得归迟。（《北山》）

江北秋阴一半开，晓云含雨却低回。青山缭绕疑无路，忽见千帆隐映来。（《江上》）

茅檐长扫净无苔，花木成畦手自栽。一水护田将绿绕，

两山排闼送青来。(《书湖阴先生壁》)

京口瓜洲一水间，钟山只隔数重山。春风又绿江南岸，明月何时照我还。(《泊船瓜洲》)

这些小诗千锤百炼却又不露痕迹。据说《泊船瓜洲》中“春风又绿江南岸”一句中的“绿”字，改了十几次才确定下来，但锤炼之后，却不见雕琢，自然妥帖。正如他自己所说：“看似寻常最奇崛，成如容易却艰辛。”叶梦得《石林诗话》就看到了这一点，指出王诗“见舒闲容与之态”，但“字字细考之，若经檃括权衡者，其用意亦深刻矣”。所以这些诗表面上冲淡宁静，实际上却含蕴着“烈士暮年”不能自已的“壮心”。“尧桀是非时入梦”“每逢车马便惊猜”，所表明的正是一种表面平静所难以掩饰的激情。王安石以其广博的学识、圆熟的语言技巧、自然含蓄而又精巧凝练的风格，建立了宋诗的一体。对后来江西诗派、杨万里等都有影响，对宋诗独特风格的形成和发展起了较大的推动作用。

为王安石所大力揄扬的青年诗人王令（1032—1059），才高命蹇，英年早逝。其诗主要透露其远大的抱负和对现实的不满与悲愤，风格雄伟奔放，语言奇崛有力。如其名作《暑旱苦热》：“清风无力屠得热，落日着翅飞上山。人固已惧江海竭，天岂不惜河汉干？昆仑之高有积雪，蓬莱之远常遗寒。不能手提天下往，何忍身去游其间！”表达了诗人与天下共甘苦的高尚情操，而丰富的想象力和雄伟的气魄都是宋诗中所罕见的。但是此诗语句粗豪生硬，意蕴发露无余，也正是宋诗缺点的典型表现。

宋代诗文词的高峰是苏轼铸就的。如果说，在北宋的文学变革中欧阳修是一个中枢式的人物，那么苏轼则代表着这场文学变革的最高成就。苏轼（1037—1101），字子瞻，号东坡，眉山（今属四川）人。仁宗嘉祐二年（1057）二十一岁时，受到欧阳修的赏识，考取进士，累官翰林学士。他在新旧党争中既不为新党所容，也不为旧党所用，在不断受到攻击与诬陷的情况下，屡遭贬谪，辗转于不同的地方官任所。最后贬至偏远的惠州、儋州。元符三年（1100）宋徽宗即位，奉召内迁，于次年病逝于常州，卒谥文忠。苏轼是继欧阳修之后的文坛领袖，也是中国文化史上罕见的通才。

苏轼今存诗二千七百多首，题材广阔，几乎无所不包。同大多数曾步入宦途的宋代诗人一样，苏轼诗中也有若干反映民生疾苦和揭露官吏横暴的作品。在这些作品中，苏轼秉承其一贯“尽言无隐”（《杭州召还乞郡状》）、“不顾身害”（宋孝宗《御制文集序》）的刚直个性，对不合理的社会现象进行深刻的揭露和批判，锋芒所指，不避禁忌。如《荔枝叹》：“十里一置飞尘灰，五里一堠兵火催。颠坑仆谷相枕藉，知是荔枝龙眼来。飞车跨山鹘横海，风枝露叶如新采。宫中美人一破颜，惊尘溅血流千载。永元荔枝来交州，天宝

岁贡取之涪。至今欲食林甫肉，无人举觞酹伯游。我愿天公怜赤子，莫生尤物为疮痏。雨顺风调百谷登，民不饥寒为上瑞。君不见武夷溪边粟粒芽，前丁后蔡相笼加。争新买宠各出意，今年斗品充官茶。吾君所乏岂此物？致养口体何陋耶！洛阳相君忠孝家，可怜亦进姚黄花！”这首诗写了从汉和帝、唐玄宗时从交州、涪州进贡新鲜荔枝，到宋代各地官吏为讨皇帝的欢心，不惜耗费民膏民脂，劳民伤财，贡花献茶的史实。诗中直接点到的“前丁”是宋代真宗时的宰相丁渭，“后蔡”指北宋著名书法家蔡襄，“洛阳相君”指曾任同中书门下平章事的钱惟演。“今年”一句，则是直面当朝皇帝。苏轼对封建社会长期沿袭的这种陋风，给予了不留情面的批判，对以皇帝为代表的统治集团穷奢极欲的生活做了毫不客气的揭露，在屡遭贬谪的晚年仍然如此敢怒敢骂，可见他的批判精神是何等执着！

苏轼一生宦海浮沉，奔走四方，“身行万里半天下”（《龟山》），“行遍天涯意未阑”（《赠惠山僧惠表》），积累了丰富的人生阅历。在苏轼的诗歌中，数量最大也最为人们喜好的是那些通过描绘日常生活经历和自然景物来抒发人生情怀的作品。如：

人生到处知何似？应似飞鸿踏雪泥。泥上偶然留指爪，鸿飞那复计东西。老僧已死成新塔，坏壁无由见旧题。往日崎岖还记否？路长人困蹇驴嘶。（《和子由渑池怀旧》）

横看成岭侧成峰，远近高低各不同。不识庐山真面目，只缘身在此山中。(《题西林壁》)

前一首寄寓了诗人对人生无常、转眼人事已非的感喟。后一首通过客观事物揭示了某种普遍的哲理。这些诗中，深刻的思想通过文学形象自然地生发出来，自然现象已上升为普遍规律，人生的感受也已转化为理性的反思。苏轼的人生感悟中，最为鲜明的是对苦难的超越意识。经历多年宦海风波和人生挫折，他清楚地看到政治斗争中不可避免的阴暗、卑琐和险恶，感受到了人生的无奈。因此从老庄哲学、佛禅玄理中追求超越的解脱，把老庄哲学从无限的时间与空间的立场看待人生的苦难与欢乐及世间是是非非的观照方法，与禅宗以“平常心”对待一切变故、顺乎自然的生活态度结合起来，求得个人心灵的平静。当种种不幸袭来之时，他都以一种旷达的超然心理来对待，把这一切视为世间万物流转变化中的短暂现象；他不愿以此自苦，而更多地在“如寄”的人生中寻求美好的、可以令人自慰的东西。如远贬儋州遇赦后，他所写的《六月二十日夜渡海》：“参横斗转欲三更，苦雨终风也解晴。云散月明谁点缀？天容海色本澄清。空余鲁叟乘桴意，粗识轩辕奏乐声。九死南荒吾不恨，兹游奇绝冠平生！”在被人视为畏途的荒远偏僻的岭南生活了三年后，苏轼却把这段经历当作“兹游奇绝冠平生”，表明了他阔大的胸襟和气度！对生活乐观与豁达的态度，也使得他随时能

够发现生活中生机盎然、富有情趣的事物。由此写出的诗作，即便不带有哲理的成分，我们也能看到他对人生的感悟。像《新城道中》："东风知我欲山行，吹断檐间积雨声。岭上晴云披絮帽，树头初日挂铜钲。野桃含笑竹篱短，溪柳自摇沙水清。西崦人家应最乐，煮葵烧笋饷春耕。"这里所写的都是寻常景象，寥寥数笔便勾勒出一幅情景交融、充满生活气息的江南农村图画，但染上诗人主观上的愉悦心情，一切都变得善解人意，谐趣而快乐。

在诗歌艺术特色方面，苏轼各体兼备，尤擅七言古体和律、绝，风格富于变化。他的七言长诗无不放笔快意，气势纵横驰骤，意境雄奇壮阔，既一气倾泻又婉转曲折，既恣意挥洒又舒卷自如，诚如自己所谓"出新意于法度之中，寄妙理于豪放之外"（《书吴道子画后》）。沈德潜称誉他"胸有洪炉，金银铅锡，皆归熔铸。其笔之超旷，等于天马脱羁，飞仙游戏，穷极变幻，而适如意中所欲出"（《说诗晬语》）。如著名的《游金山寺》："我家江水初发源，宦游直送江入海。闻道潮头一丈高，天寒尚有沙痕在。中泠南畔石盘陀，古来出没随涛波。试登绝顶望乡国，江南江北青山多。羁愁畏晚寻归楫，山僧苦留看落日。微风万顷靴文细，断霞半空鱼尾赤。是时江月初生魄，二更月落天深黑。江心似有炬火明，飞焰照山栖鸟惊。怅然归卧心莫识，非鬼非人竟何物？江山如此不归山，江神见怪警我顽。我谢江神岂得已，有田

不归如江水！”全诗一气呵成，极尽纵横驰骋之妙。开头两句起笔雄健；“试登绝顶”二句萦环迂绕，连接首尾，为“篇中筋节”；“微风万顷”四句，写景气势开阔，色彩瑰丽，“靴文细”和“鱼尾赤”的比喻新颖、形象、生动。然诗人不是纯写景，而是因景生情，要归结到“江山如此不归山”的感慨。接下来的四句写江心炬火似真似幻，非鬼非人，诗人则想落天外，假设为是江神对自己的警戒，归结到“江神见怪警我顽”。最后四句承上两层搭为一片作结，圆通巧妙。施补华《岘佣说诗》道：“收处‘江山如此’四句两转，尤见跌宕。”《纪昀评苏文忠公诗集》卷七云：“首尾谨严，笔笔矫健。节短而波澜甚阔。”

苏轼豪放驰骤的才情也表现为奇特的想象，新颖的比喻，纵意所如，妙趣横生。《汲江煎茶》中“大瓢贮月归春瓮，小杓分江入夜瓶”。天上有月，水里也映着月，人们舀水，似乎连月亮也舀进水缸了；水是江水，人们舀水，同样也就分得了江的一部分。想象出人意表！苏诗长于比喻，生动新奇，如《饮湖上初晴后雨》：“水光潋滟晴方好，山色空蒙雨亦奇。欲把西湖比西子，淡妆浓抹总相宜。”以西子比西湖，虽远譬而神似。他还喜欢用一连串五颜六色的形象来比喻同一对象，如《百步洪》写水势的迅疾汹涌：“长洪斗落生跳波，轻舟南下如投梭。水师绝叫凫雁起，乱石一线争蹉磨。有如兔走鹰隼落，骏马下注千丈坡。断弦离柱箭脱

手，飞电过隙珠翻荷。”连用七种形象来比喻奔流的急湍，令人眼花缭乱、惊心动魄。诚如施补华《岘佣说诗》所称赞的“人所不能比喻者，东坡能比喻；人所不能形容者，东坡能形容；比喻之后，再用比喻；形容之后，再加形容”。

苏轼诗歌中的散文化、议论化的倾向更是比比皆是。《孙莘老求墨妙亭诗》中“短长肥瘦各有态，玉环飞燕谁敢憎”强调多元化的审美情趣，《石苍舒醉墨堂》中“人生识字忧患始，姓名粗记可以休”的牢骚，都使议论成为诗歌的一个有机组成部分，使诗的感情更加浓烈。所以清人赵翼《瓯北诗话》说：“以文为诗，自昌黎始，至东坡益大放厥词，别开生面，成一代之大观。”

苏轼的诗歌代表了宋诗的最高成就，无论在题材还是艺术表现上，都达到了随心所欲、纵横任意的自由境界。正如清人赵翼所指出的：“今试平心读之，大概才思横溢，触处生春，胸中书卷繁富，又足以供其左旋右抽，无不如志；其尤不可及者，天生健笔一枝，爽如哀梨，快如并剪，有必达之隐，无难显之情。此所以继李、杜后为一大家也。”苏轼也是宋诗的灵魂，在他的身上，典型体现了宋代士大夫浪漫的气质、自由的个性与强烈的忧患意识、社会责任感的矛盾统一。而在一生辗转不断的宦海浮沉中，苏轼充分地体会到了社会对人生的压抑与人生的不自由。为消解执世的苦痛，他转而走向对一切既定价值准则的怀疑、厌倦与舍弃，以庄禅随缘任运的态度与世仰俯、和光同尘，“寓意于物，而不可留意于物”（《王君宝绘堂记》），努力从精神上寻找一条可以彻底解脱的出世的途径。因而在他的诗文中，贯穿着一种人生如寄（梦）的思绪，最早在中国文学中传达出对人生的寂寞之感，“对整个存在、宇宙、人生、社会的怀疑、厌倦、无所希冀、无所寄托的深沉感喟”（李泽厚《美的历程》）。这是中国诗歌乃至中国文化进入老境的表现。正如洪迈所发现的那样，苏轼常自觉不自觉间多以“老”字入诗：东坡赋诗，用人姓名，多以老字足成句。如《寿州龙潭》云“观鱼并记老庄周”，《病不赴会》云“空对亲春老孟光”，《看潮》云“犹似浮江老阿童”，《赠黄山人》云“说禅长笑老浮屠”，《元长老衲裙》云“乞与佯狂老万回”，据《东轩》记载“挂冠知有老萧郎”……（《容斋随笔》卷六）在苏轼频频以“老”入诗的迟暮中，我们看到中国诗歌也在慢慢老去，体会到诗人在思想控制愈来愈严密的封建时代无可奈何的颓唐心境。

黄庭坚与江西诗派

在北宋诗坛，与苏轼并称的是苏门弟子黄庭坚。他的创作成就虽不如苏轼，但在苏诗的基础上继续求新求变，取得了独特的成就，成为宋诗特征的典型代表。由于黄庭坚作诗讲究法度，相对于苏轼天才放逸而言更容易效仿，而其偏重于书斋生活的题材取向，也吻合当时因党争加剧而导致现实热情消退的士人心态，这使其成为两宋之际追随学习的典范，并因此形成宋代最重要的诗歌流派——江西诗派，对宋诗的发展产生了巨大的影响。

黄庭坚（1045—1105），字鲁直，自号山谷道人，又号涪翁，分宁（今江西修水）人。神宗时教授北京（河北大名）国子监，以诗为苏轼所称赏，成为“苏门四学士”之一，仕途生涯也因而与苏轼相浮沉。哲宗时旧党执政，擢为国史编修官。后来新党复用，他一再被贬，死于宜州（广西宜山）。

虽然黄庭坚与苏轼亦师亦友，相互推重，但在诗歌理念上，却与苏轼诸多相左，“山谷诗每与东坡相抗”（王若虚《滹南诗话》）。他不赞同苏轼相对纵恣的表现，主张“温柔敦厚”的诗风，反对将诗歌作为讽谏工具。在《书王知载＜朐山杂咏＞后》中他提出：“诗者，人之情性也，非强谏争于廷，怨忿诟于道，怒邻骂坐之为也。……其发为讪谤侵陵，引颈以承戈，披襟而受矢，以快一朝之忿者，人皆以为诗之祸，是失诗之旨，非诗之过也。”在给晚辈的书信中，谈到苏轼虽“文章妙天下”，但却批评“其短处在好骂，慎勿袭其轨也”。（《答洪驹父书》）这种观念是北宋后期渐渐加剧的文字狱在士人内心投下的惊悸阴影的折射。因而黄庭坚诗歌内容主要集中在个人的天地中，他一生大部分心血倾

注在艺术创作方面，这使得其诗歌人文意象丰富，人文意识非常浓郁，喜爱吟咏书画作品、亭台楼阁以及笔、墨、纸、砚、香、扇等物品。即便是一些寻常物品，其关注点也不在物品自身，而是物品背后蕴含的雅致的人文意趣。如《双井茶送子瞻》："人间风日不到处，天上玉堂森宝书。想见东坡旧居士，挥毫百斛泻明珠。我家江南摘云腴，落硙霏霏雪不如。为君唤起黄州梦，独载扁舟向五湖。"将茶置身于高雅的文化环境中，又与文士的文化活动及高洁志趣相关联，从而使它蕴含深厚的文化意味。

这种创作中的文化转向，不仅体现在内容上，更体现在对艺术个性的追求上。与一般人在现实生活中求诗歌不同，他是在历史文化中求诗歌，以为"诗词高胜，要从学问中来"（见《苕溪渔隐丛话前集》），又说："老杜作诗，退之作文，无一字无来处；盖后人读书少，故谓韩杜自作此语耳。古之为文章者，真能陶冶万物，虽取古人之陈言入于翰墨，如灵丹一粒，点铁成金也。"（《答洪驹父书》）所谓"点铁成金"，就是根据前人的诗意和语汇，加以陶冶点化，推陈出新。如后人根据李延年《佳人歌》，用"倾城""倾国"形容美色，已近俗滥。黄庭坚《次韵刘景文登邺王台见思》诗："公诗如美色，未嫁已倾城。"就用得耳目一新。不但语意上求新求变，在句法上复如此，黄诗常常打破律诗常规音节，多用拗句，以避免平仄和谐以至圆熟的声调。如

“石吾甚爱之”（《题竹石牧牛》），便是五言诗中少见的“一上四下”的句式；“心犹未死杯中物，春不能朱镜里颜”（《次韵柳通叟寄王文通》）中“一三三”的音步节奏也是很奇兀的。再如“故人相见自青眼，新贵即今多黑头”（《次韵盖郎中率郭郎中休官》），“自”字应平而仄，“多”字应仄而平；“舞阳去叶才百里，贱子与公皆少年”（《次韵裴仲谋同年》），“百”字应平而仄，“皆”字应仄而平。这种避常追奇，避旧求新，避熟就生，避纤弱而求峭劲的艺术追求，使得黄庭坚诗歌形成奇峭瘦硬的风格，给宋诗带来新的变化。如《寄黄几复》：“我居北海君南海，寄雁传书谢不能。桃李春风一杯酒，江湖夜雨十年灯。持家但有四立壁，治病不蕲三折肱。想得读书头已白，隔溪猿哭瘴溪藤。”此诗一、二句表面看来很平常，实际暗用了《左传》僖公四年“君处北海，寡人处南海”的典故和衡山回雁峰雁不南飞的故事。“桃李”两句完全用习见的词汇构成，但组成对句以后却很新鲜；意象密集而多变，表现岁月匆促和人生之漂泊不定，在一寒一暖的景象中写出往年相聚的快乐和别后的孤单。五、六句再转写友人的处境，先用《史记·司马相如列传》中“家徒四壁立”的典故写他的贫寒，再反用《左传》定公十三年“三折肱，知为良医”的成语，感叹他久沉下僚。这两句的声律都是“拗”的，尤其前句二平五仄，给人以逼促之感。最后再借想象描绘一幅凄凉图景，并

暗用了李贺《南园》“文章何处哭秋风”的诗意，表现自己的不平。再如《登快阁》：“痴儿了却公家事，快阁东西倚晚晴。落木千山天远大，澄江一道月分明。朱弦已为佳人绝，青眼聊因美酒横。万里归船弄长笛，此心吾与白鸥盟。”此诗分别化用《晋书·傅咸传》《礼记·乐记》《吕氏春秋·本味篇》《晋书·阮籍传》《列子·黄帝篇》典故以及李商隐、杜甫诗意。“落木”二句，意境阔大，胸次悠然，写景有动静映照，开合变化之妙；“朱弦”二句，对仗严整，丝丝入扣，中间又连缀以“已为”和“聊因”，就把上句的知音难觅与下句的借酒浇愁两层意思呼应、贯通起来，不仅显示了情致的起伏跌宕，音韵也显得抑扬流转。方东树《昭昧詹言》谓此诗：“五、六句对意流行。收尤豪放，此所谓寓单行之气于排偶之中者。姚先生（鼐）云‘能移太白歌行于律诗’。”

黄庭坚诗歌刻意求深求异，常常不免有语言过分艰奥、句法和章法过分生硬的情况，造成理解上的困难，正如钱钟书所指出的“读《山谷集》好像听异乡人讲他们的方言，听他们讲得滔滔滚滚，只是不大懂”（《宋诗选注》）。但是山谷晚年，随着阅历加深和修养的提高，逐渐达到炉火纯青、形迹尽泯的境界，他的诗歌也走向质朴自然，如《雨中登岳阳楼望君山》二首：“投荒万死鬓毛斑，生出瞿塘滟滪关。未到江南先一笑，岳阳楼上对君山。”“满川风雨独凭栏，绾结湘娥十二鬟。可惜不当湖水面，银山堆里看青山。”第一首写他被流放到荒远之地，九死一生，鬓发斑白，想不到还能活着走出三峡，返回故乡。虽然还未到家乡江南，便先一笑，在岳阳楼上欣然面对洞庭湖上的君山。第二首承前首而来。满湖风雨，凭栏远望，君山就如湘夫人盘结起的十二螺髻。可惜不能泛舟湖面，在银山般的波浪里去欣赏青翠的君山。虽然诗歌还保持着劲峭的风格，字里行间也仍有一股兀傲之气，但意境清新，语言流畅，接近他自己所谓的“平淡而山高水长”（《与王观复书》）的境界。

黄庭坚对宋诗开拓和影响很大，俨然与苏轼分庭抗礼，是宋诗开宗立派的人物。刘克庄说：“豫章稍后出，荟萃百家句律之长，穷极历代体制之变，搜猎奇书、穿穴异闻，作为古律，自成一家，虽只字半句不轻出，遂为本朝诗家宗祖。”（《后村诗话》）当时和后来追随他的诗人很多，两宋之交的吕本中在《江西诗社宗派图》中将受黄庭坚影响的诗人作为一个流派正式提出来。以黄庭坚为祖师，下列陈师道等二十四人为其宗派的成员。宋元之际的方回在此基础上，于其《瀛奎律髓》里，又提出“一祖三宗”之说，奉杜甫为江西诗派之祖，而以黄庭坚、陈师道、陈与义为宗。他们在题材和风格上都有共同的追求，成为宋代诗坛上桴鼓相应的重要诗歌流派。

陈师道（1053—1101），名无己，又字履常，号后山，

彭城（今江苏徐州）人。他对黄庭坚非常钦佩，自言“及一见黄豫章，尽焚其稿而学焉。……仆之诗，豫章之诗也”（《答秦觏书》）。作为寒士，陈师道阅世较浅，诗的内容不够广阔，但他于诗苦心孤诣，黄庭坚曾把他与秦观做了比较，说：“闭门觅句陈无己，对客挥毫秦少游。”（《病起荆江亭即事》）据马端临《文献通考》中载：“世言陈无已每登临得句，即急归，卧一榻，以被蒙首，谓之‘吟榻’。家人知之，即猫犬皆逐去，婴儿稚子，亦皆抱持寄邻家。”冥心孤往的陈师道，其创作是学黄而不似黄的境地，他的诗精深处似黄，而朴拙简淡处，却是他独特的风姿。他的一些叙写个人遭遇的诗歌，写得真挚感人，如：

夫妇死同穴，父子贫贱离。天下宁有此？昔闻今见之。母前三子后，熟视不得追。嗟乎胡不仁，使我至于斯！有女初束发，已知生离悲。枕我不肯起，畏我从此辞。大儿学语言，拜揖未胜衣。唤爷我欲去，此语那可思？小儿襁褓间，抱负有母慈。汝哭犹在耳，我怀人得知？（《别三子》）

去远即相忘，归近不可忍。儿女已在眼，眉目略不省。喜极不得语，泪尽方一哂。了知不是梦，忽忽心未稳。（《示三子》）

前一首是写因家贫无力养活家口，妻子带着三个孩子随岳父远去的情景。后一首写三个孩子远别归来时诗人喜惧交并的心理状态。写得简洁精练，质朴无华，而又饱含深情，

凄楚感人。后人称赞说："其境皆真境，其情皆真情，故能引人之情，相与流连往复，而不能自已。"（清卢文弨《后山诗注跋》）潘德舆《养一斋诗话》更是认为："此数诗（指《别三子》《示三子》及其他一些伤别诗）沛然至性中流出，而笔力沉挚，又足以副之，虽使老杜复生不能过也。"

与江西诗派颇有渊源的后期重要的诗人是陈与义与曾几。陈与义（1090—1138），字去非，号简斋，洛阳（今属河南）人。他虽受到江西诗派的影响，但不以宗派自缚。元人吴澄在《震翁诗序》中指出："简斋古体自东坡氏，近体自后山氏，而神化之妙，简斋自简斋也。"他的诗既不俚俗，也不艰涩，而是肌肉匀称，自然清丽。如《襄邑道中》："飞花两岸照船红，百里榆堤半日风。卧看满天云不动，不知云与我俱东。"陈与义身处两宋之交，在后期遭受家国巨变、颠沛流离之后，对杜甫诗歌的精神内涵，才有了比较深的体会。所以他说："但恨平生意，轻了少陵诗。"（《正月十二日自房州城遇虏至奔入南山十五日抵回谷张家》）并认识到："要必识苏、黄之所不为，然后可以涉老杜之涯涘。"（见《简斋诗外集》）自此，诗风有了变化，可以明显看出杜甫那种忧患意识和深沉感慨的风格。杨万里称赞他说，"诗风已上少陵坛"（《跋陈简斋奏草》）。如代表作《伤春》："庙堂无策可平戎，坐使甘泉照夕烽。初怪上都闻战马，岂知穷海看飞龙。孤臣霜发三千丈，每岁烟花一万重。

稍喜长沙向延阁，疲兵敢犯犬羊锋。”此诗以“伤春”为题，实际上是“忧伤国事”，写出了动荡的战局和臣子的悲哀。诗人用“战马”“飞龙”一联，写国运一再遭遇危机，又融李白、杜甫诗句于一联，表达自己的悲愤与迷惘。尾联赞扬了向延阁抗敌精神，在一褒一贬中，寄托遥深。从思想风格到句法声调，都颇得杜意。后人评价说：“及简斋出，始以老杜为师……造次不忘忧爱，以简洁扫繁缛，以雄浑代尖巧。第其品格，故当在诸家之上。”（刘克庄《后村诗话》）

曾几（1084—1166），字吉甫，自号茶山居士，赣州（今属江西）人。他推重黄庭坚，自己说曾把一部《山谷集》读得烂熟（见《寓居有招客者戏成》诗），又极佩服陈师道，还曾向韩驹和吕本中请教过作诗的方法，可见他受江西诗派影响之深。他以黄庭坚为师，却能避开黄诗的生硬，在吕本中流动圆美的风格基础上更进一步，形成了一种清新活泼的新风格，例如下面两首名作：“一夕骄阳转作霖，梦回凉冷润衣襟。不愁屋漏床床湿，且喜溪流岸岸深。千里稻花应秀色，五更桐叶最佳音。无田似我犹欣舞，何况田间望岁心！”（《苏秀道中，自七月二十五日夜大雨三日，秋苗以苏，喜而有作》）“梅子黄时日日晴，小溪泛尽却山行。绿阴不减来时路，添得黄鹂四五声。”（《三衢道中》语言明快畅达，声调委婉和谐，全诗呈轻快流动之态，而且情韵宛

然。后一首绝句尤其活泼，已开杨万里诗的先声。

陆游与中兴诗人

江西诗派在两宋之际风靡一时，在它的后期，诗歌风格也开始有所变化。南渡之后，由于面对着与北宋完全不同的创作环境，一些曾深受江西诗派影响的诗人开始从根本上摆脱了它的羁勒，以风格各异的创作占据诗坛的主流地位，开创了宋诗新的繁荣局面。这些诗人中以陆游、杨万里、范成大、尤袤四人最为著名，被称为“中兴四大诗人”。

陆游（1125—1210），字务观，中年自号放翁，山阴（今浙江绍兴）人。从小就怀抱抗金复国的理想。高宗绍兴二十三年（1153）中进士，因名列秦桧的孙子之前，又喜论恢复，被除名。秦桧死后，才得以复出。孝宗即位，赐进士出身，历任建康、隆兴、夔州通判。在仕宦生涯中，陆游多次受到政敌的攻击并被罢官免职，但他始终坚持抗战北伐的爱国主张。嘉定二年（1209）十二月，八十六岁的老诗人临终前吟出一首绝笔诗《示儿》，怀着不能亲眼看到国家统一的深深遗憾，满腔忧愤地离开了人世。

陆游现存诗作九千四百多首，涉及内容极为丰富，几乎涵盖了当时社会生活的各个方面，其中最引人注目的是那些洋溢着强烈爱国主义情感的诗篇。这些诗歌诗人一方面对当时朝廷的投降妥协派进行了强烈的谴责，对沦陷区的人民倾

注了深刻的同情和关注，表达了收复失地、统一祖国的渴望。如《关山月》：“和戎诏下十五年，将军不战空临边。朱门沉沉按歌舞，厩马肥死弓断弦！戍楼刁斗催落月，三十从军今白发。笛里谁知壮士心？沙头空照征人骨。中原干戈古亦闻，岂有逆胡传子孙？遗民忍死望恢复，几处今宵垂泪痕！”诗歌在苍凉的情调中，描绘了后方、前线、沦陷区不同阶层不同人物的不同生活画面：将军临边不战，战士切盼杀敌，权贵酣歌醉舞，遗民渴望复国。在触目惊心的对比中，表达了诗人沉郁悲愤的感情。另一方面，在这些充满爱国主义的诗歌中，更多地抒发了诗人渴望万里从戎、以身报国的豪壮理想以及他壮志难酬、无路请缨的悲愤心情：“黄金错刀白玉装，夜穿窗扉出光芒。丈夫五十功未立，提刀独立顾八荒。京华结交尽奇士，意气相期共生死。千年史册耻无名，一片丹心报天子。尔来从军天汉滨，南山晓雪玉嶙峋。呜呼！楚虽三户能亡秦，岂有堂堂中国空无人。”（《金错刀行》）“早岁哪知世事艰，中原北望气如山。楼船夜雪瓜州渡，铁马秋风大散关。塞上长城空自许，镜中衰鬓已先斑。出师一表真名世，千载谁堪伯仲间！”（《书愤》）这种悲愤激越的爱国情感贯穿了陆游长达六十多年的创作历程，即使身遭排挤、年老多病，仍然一如既往、初衷不改。正如钱钟书在《宋诗选注》中所指出的：“他看到一幅画马，碰见几朵鲜花，听了一声雁唳，喝几杯酒，写几行草书，都会

惹起报国仇、雪国耻的心事，血液沸腾起来，而且这股热潮冲出了他的白天清醒生活的边界，还泛滥到他的梦境里去。”在晚年的梦中，他还想象自己是一个以身许国的战士：“僵卧孤村不自哀，尚思为国戍轮台。夜阑卧听风吹雨，铁马冰河入梦来。”（《十一月四日风雨大作》）即使在生命的最后一刻，让他念念不忘、难以释怀的还是统一大业：“死去元知万事空，但悲不见九州同。王师北定中原日，家祭无忘告乃翁。”（《示儿》）如果说以表现民族意识为主要内容、以豪放悲壮为感情基调的这类作品构成了陆游诗歌的主旋律，那么，还应该注意到他也有不少诗歌是以细腻冲淡的笔法、闲适恬和的情调叙写自然景物和日常生活，它们构成了另一种基调。正如《唐宋诗醇》所说：“其感激悲愤、忠君爱国之诚，一寓于诗，酒酣耳热，跌宕淋漓。至于渔舟樵径，茶碗炉熏，或雨或晴，一草一木，莫不著为歌咏，以寄其意。”如：“莫笑农家腊酒浑，丰年留客足鸡豚。山重水复疑无路，柳暗花明又一村。箫鼓追随春社近，衣冠简朴古风存。从今若许闲乘月，拄杖无时夜叩门。”（《游山西村》）“世味年来薄似纱，谁令骑马客京华？小楼一夜听春雨，深巷明朝卖杏花。矮纸斜行闲作草，晴窗细乳戏分茶。素衣莫起风尘叹，犹及清明可到家。”（《临安春雨初霁》）前一首是对农家淳厚俭朴生活的礼赞，后一首抒写对京华红尘的厌倦，但对江南春雨和书斋闲适生活的描写却优美动人。这一类题材、风

格的诗歌，显示了诗人在政治理想无法实现之后，寻找到了人生安顿的另一种方式。

此外，陆游追忆他和前妻唐婉爱情的诗篇《沈园》二首，缠绵悱恻，感人肺腑，是宋诗中不可多见的爱情诗歌：“城上斜阳画角哀，沈园非复旧池台。伤心桥下春波绿，曾是惊鸿照影来。”“梦断香消四十年，沈园柳老不吹绵。此身行作稽山土，犹吊遗踪一泫然。”近代诗人陈衍在《宋诗精华录》中评论此诗说：“无此等伤心之事，亦无此等伤心之诗。就百年论，谁愿有此事？就千秋论，不可无此诗。”

陆游诗歌不但内容丰富，而且有很鲜明的艺术特色。他早年师从江西派诗人曾几，但最终摒弃江西诗派“奇险怪崛”的作风，认识到“琢雕自是文章病，奇险尤伤骨气多”（《读近人诗》）。不是像江西诗派那样将诗歌立足于书本学问，而是提倡“工夫在诗外”（《示子》），他向广阔的社会生活要诗篇：“法不孤生自古同，痴人乃欲镂虚空。君诗妙处吾能识，正在山程水驿中。”（《题庐陵萧彦毓秀才诗卷后》）他的诗在内容上面向社会现实，在艺术上博采众长，兼熔李白的飘逸奔放与杜甫的沉郁顿挫于一炉，形成了自己雄浑奔放、明快流畅、清新自然、卓尔不群的诗风。在体裁上，他各体兼工，尤擅七律。沈德潜说：“放翁七言律，对仗工整，使事熨贴，当时无与比埒。”（《说诗晬语》卷下）舒位和洪亮吉甚至认为他“专工此体而集其成”（《瓶水斋

诗话》)，“诗家之能事毕，而七律之能事亦毕”(《北江诗话》)。其七言古诗也是如此，如《长歌行》：“人生不作安期生，醉入东海骑长鲸。犹当出作李西平，手枭逆贼清旧京。金印煌煌未入手，白发种种来无情。成都古寺卧秋晚，落日偏傍僧窗明。岂其马上破贼手，哦诗长作寒蛩鸣。兴来买尽市桥酒，大车磊落堆长瓶。豪竹哀丝助剧饮，如巨野受黄河倾。平时一滴不入口，意气顿使千人惊。国仇未报壮士老，匣中宝剑空有声。何当凯旋宴将士，三更雪压飞狐城。”笔力清壮顿挫，结构波澜迭起，恢宏雄放的气势寓于明朗晓畅的语言和整饬的句式之中，体现出陆诗典型的个性风格，故被后人推为陆诗的压卷之作。清人赵翼赞其“才气豪健，议论开辟……意在笔先，力透纸背。有丽语而无险语；有艳词而无淫词；看似华藻，实则雅洁；看似奔放，实则谨严”(《瓯北诗话》)。

陆游的七绝含蓄隽永，情韵深远，被潘德舆尊为“诗之正声”(《养一斋诗话》)。

《剑门道中遇微雨》是代表作：“衣上征尘杂酒痕，远游无处不销魂。此身合是诗人未？细雨骑驴入剑门。”一直渴望做一个能“上马击狂胡，下马草军书”的英雄的陆游，却一再遭人排挤，只能做一个行吟的诗人，个中滋味，令人唏嘘。清人陈衍《石遗室诗话》评曰：“剑南七绝，宋人中最占上风，此首又其最上峰者，直摩唐贤之垒。”

陆游的诗歌一扫江西积弊，继承并发扬了中国诗歌的现实主义和浪漫主义传统，促进了宋诗的再度繁荣，卓然成一大家。刘克庄称他“记问足以贯通，力量足以驱使，才思足以发越，气魄足以陵暴。南渡而下，故当为一大宗”（《后村诗话》）。尤其是其在诗歌中表现出的深沉炽烈的爱国情怀，更是让人景仰，梁启超赞叹说：“诗界千年靡靡风，兵魂销尽国魂空。集中什九从军乐，亘古男儿一放翁。”（《读陆放翁集》）

“中兴四大诗人”中，另一个在创作上形成自己鲜明艺术风格的是杨万里。杨万里（1127—1206），字廷秀，号诚斋，吉水（今属江西）人。他一生据说写诗二万余首，今存世四千二百多首。由于创作数量和艺术风格都很突出，所以当时声名很大，时人誉为“今日诗坛谁是主，诚斋诗律正施行”（姜特立《谢杨诚斋惠长句》），“四海诚斋独霸诗”（项安世《又用韵酬潘杨二首》），连陆游也说“我不如诚斋，此评天下同”（《谢王子林判院惠诗编》）。

杨万里的诗歌创作最初也是追步江西诗派，在《荆溪集序》中，他对学诗历程有一个总结：“予之诗，始学江西诸君子，既又学后山（陈师道）五字律，既又学半山老人（王安石）七字绝句，晚乃学绝句于唐人。……戊戌三朝时节，赐告少公事，是日即作诗。忽有所悟，于是辞谢唐人及王、陈、江西诸君子，皆不敢学，而后欣如也！”他在转益

多师、博采众长之后形成了自己独特的风格，严羽在《沧浪诗话》中把他的诗风命名为“诚斋体”（《沧浪诗话·诗体》）。

杨万里之所以能够从江西诗派与前人的框架中摆脱出来，是由于他在主观上接受了理学追求心胸的“透脱”，摆脱前人束缚的观念，这就是他自己所说的：“不是胸中别，何缘句子新?”（《蜀士甘彦和寓张魏公门馆，用予见张钦夫诗韵作二诗见赠，和以谢之》）在客观上，与江西诗派立足书本的创作取经不同，杨万里自觉地从大自然吸取诗材，寻求灵感，举凡高山流水、日月星辰、蓝天白云、风雷雪雨、春光秋色、朝霞暮霭、花草树木、鸟兽虫鱼等等，莫不收拾入诗。这就是他自己所谓的“不是风烟好，何缘句子新”（《过池阳舟中望九华山》）“春花秋月冬冰雪，不听陈玄只听天”（《读张文潜诗》）。所以自然风物和日常生活情趣构成了杨诗的主要内容：“泉眼无声惜细流，树阴照水爱晴柔。小荷才露尖尖角，早有蜻蜓立上头。”（《小池》）“梅子留酸软齿牙，芭蕉分绿与窗纱。日长睡起无情思，闲看儿童捉柳花。”（《闲居初夏午睡起二绝句》之一）

诗人在热情投入自然万物与日常生活，与之打成一片而彼此交融的同时，又按照理学及禅宗观物体验方式对自然界做冷静、理智的观照和领悟，表现静观万物的体会和主观感觉，使得诗歌既有自然与生活的盎然生机，而且富于理趣，如："莫言下岭便无难，赚得行人错喜欢。正入万山圈子里，一山放出一山拦。"（《过松源晨炊漆公店六首》之五）"初疑夜雨忽朝晴，乃是山泉终夜鸣。流到溪前无半语，在山做得许多声。"（《宿灵鹫禅寺》）

诗人在以透脱的胸襟和崭新的眼光打量日常世界的时候，既会在静观中发现一些见微知著的理趣，也会因天真好奇的眼光和童心，赋予山川草木以情感和灵性，产生许多天真的奇想，使得诗歌富于情趣。如《嘲淮风》："不去扫清天北雾，只来卷起浪头山！"又如《观蚁》："微躯所馔能多少？一猎归来满后车！"显得幽默诙谐，妙趣横生，清人甚至有"不笑不足以为诚斋之诗"的说法。

除了富于理趣和风趣之外，杨万里还特别擅长发现、捕捉自然界的生机、动态，画写转瞬即逝、变化无穷的景象。正如钱钟书先生所说："诚斋擅写生。""如摄影之快镜：兔起鹘落，鸢飞鱼跃，稍纵即逝而及其未逝，转瞬即改而当其未改。眼明手捷，踪矢蹑风：此诚斋之所独也。"（《谈艺录》）如他的《晓行望云山》："霁天欲晓未明间，满目奇峰总可观。却有一峰忽然长，方知不动是真山。"雨后黎明，天色朦胧，诗人抓住云彩流动的那一瞬，动静对比，将云山氤氲的景象传神地描摹出来。

"诚斋体"的语言，句法完整而意脉连贯，采用自然的口语、俗语入诗，使诗歌像日常对话那样活泼，并求得新

颖、生动、轻快与风趣的效果。如："晴明风日雨干时，草满花堤水满溪。童子柳荫眠正着，一牛吃过柳阴西。"（《桑茶坑道中二首》其一）"篱落疏疏一径深，树头新绿未成阴。儿童急走追黄蝶，飞入菜花无处寻。"（《宿新市徐公店》）杨万里也有一些优秀的抒发国事民瘼的作品，如《初入淮河四绝句》："船离洪泽岸头沙，人到淮河意不佳。何必桑乾方是远，中流以北即天涯。""两岸舟船各背驰，波痕交涉亦难为。只余鸥鹭无拘管，北去南来自在飞。"这两首诗是绍熙元年（1190）杨万里奉命迎接金使时所作。诗人看到了本是祖国心腹之地的淮河，而今却成为金宋双方的疆界，两岸的人民也失去了来往的自由，形成敌国，所以心情异常沉痛。诗歌即景言事，悲愤沉郁。

与杨万里相比，范成大（1126—1193）反映生活的广度和深度要大得多。南宋王朝在内忧外患的情况下，人民生活更为艰难。范成大继承了白居易、张籍、王建等人的新乐府传统的现实主义精神，写下一些揭露官府残酷剥削、同情农民疾苦的诗。《催租行》和《后催租行》就是这样的代表作。《后催租行》中写道："老父田荒秋雨里，旧时高岸今江水。佣耕犹自抱长饥，的知无力输租米。自从乡官新上来，黄纸放尽白纸催。卖衣得钱都纳却，病骨虽寒聊免缚。去年衣尽到家口，大女临歧两分首。今年次女已行媒，亦复驱将换升斗。室中更有第三女，明年不怕催租苦！"诗中通

过灾荒之年一位老农被迫一次次卖儿鬻女以输租的惨状，深刻地揭露了当时残酷的社会现实。在最后一句看似安慰的语气中，反映了农民在沉重租税压迫下的艰难的生活和绝望的心境。笔墨冷峻，但批判力度丝毫不逊色于白居易的大声疾呼。

范成大最有代表性的诗歌是他出使金国时所作的七十二首绝句和晚年退职闲居时所作的《四时田园杂兴六十首》。乾道六年（1170），范成大奉命使金，置个人安危于不顾，在金国君臣面前大义凛然，抗争不屈，词气慷慨，全节而归，受到朝野一致称道。在这次使金途中，范成大写了一组七言绝句，把自己在沦陷区的见闻感触一一记之于诗，主要内容是描写沦陷区山河破碎的景象，中原人民遭受蹂躏、盼望光复的情形，凭吊古代爱国志士的遗迹以表示自己誓死报国的决心。例如："州桥南北是天街，父老年年等驾回。忍泪失声询使者，几时真有六军来？"（《州桥》）"女僮流汗逐毡軿，云在淮乡有父兄。屠婢杀奴官不问，大书黥面罚犹轻。"（《清远店》）诗人从沦陷区人民的角度着笔，描写他们备受凌辱的悲惨遭遇以及盼望收复中原的心情，感喟真切，诗风沉郁。《州桥》尤为人传诵，清人潘德舆《养一斋诗话》卷九云："此诗'沉痛不可多读'，为七绝'至高之境'，超乎东坡，可与老杜方驾。"在组诗最末一首《会同馆》中，抒发了诗人临危不惧的慷慨心志："万里孤臣致命

秋，此身何止一浮沤！提携汉节同生死，休问羝羊解乳不。”在得知金人将要扣留他的消息时，面对危险，诗人表示要效法苏武，宁可完节而死，绝不屈服投降，表现了坚贞的爱国精神和崇高的民族气节。

范成大在晚年退隐石湖的十年中，写了许多田园诗，其中以《四时田园杂兴》最为著名。这组诗共六十首七言绝句，分咏“春日”“晚春”“夏日”“秋日”和“冬日”五组，每组十二首。这些诗，描述了江南农村生活的各个方面，像一长卷生动的农村风俗画，展示了丰富多彩的宋代风土人情，富有浓郁的乡土气息。如其中几首：

梅子金黄杏子肥，麦花雪白菜花稀。日长篱落无人过，唯有蜻蜓蛱蝶飞。

昼出耘田夜绩麻，村庄儿女各当家。童孙未解供耕织，也傍桑阴学种瓜。

新筑场泥镜面平，家家打稻趁霜晴。笑歌声里轻雷动，一夜连枷响到明。

采菱辛苦废犁锄，血指流丹鬼质枯。无力买田聊种水，近来湖面亦收租。

对于中国诗歌史而言，范成大的这类田园诗是具有开拓意义的。中国古代诗歌中的田园主要是士大夫从政治生活退隐的产物，是与溷浊官场对照的清静的居所。在这种理念下，田园生活被诗意化和写意化，成为诗人心灵的外在投

射，真实的农村被遮蔽了，这正是陶渊明、王维等人笔下的田园。至于表现农村以及农民的种种疾苦的一些诗篇，如唐代王建、张籍、聂夷中等人的一些作品，虽然真实地触及农村生活原生态的层面，但这些诗歌中没有田园风光的描写，其重心主要表现封建士大夫的社会责任感和同情心，习惯上也不被视作田园诗。这两种倾向，可以说分别是道家及佛禅的人生情趣与儒家社会观念的诗化表现。范成大的上述田园诗歌，创造性地将两种传统融合在一起，比较完整地反映了乡村田园的生活面貌，也比较协调地表现了宋代士大夫儒道合一的人生情趣。一方面“使脱离现实的田园诗有了泥土和血汗的气息”（钱钟书《宋诗选注》），另一方面，也使得仅仅是苦难象征的农村也袒露出其牧歌温馨的一面，从而将中国田园诗提升到一个新的境界。

作为“中兴四大诗人”之一的尤袤（1127—1194），作品大多已经散佚，成就也相对较弱，从残存的五十多首诗来看，其诗风细润圆转，比较接近范成大。

江湖诗人与宋末诗坛

南宋后期，朝廷上下苟安成习，于是激昂悲壮的高亢呼声渐趋微弱，中期诗坛盛行的爱国诗歌潮流被四灵诗派与江湖诗派所取代。南宋倾覆前后，国破家亡的惨痛再度激发了诗人们的爱国主义感情，此时的诗坛响起了壮怀激烈的战歌和沉痛哀婉的悲歌，凝结成宋诗最后的光芒。

“江湖诗人”是个泛称，从广义上说，它不仅指被称为“江湖诗派”的一大批诗人，还包括通常被称为“四灵诗派”的成员。“四灵”是指浙江永嘉的四位诗人：徐照（字灵晖）、徐玑（号灵渊）、翁卷（字灵舒）和赵师秀（号灵秀），因各人的字号中都带有一个“灵”字，故称“永嘉四灵”。他们彼此兴趣相投，诗风大体相近，又称“四灵诗派”。

“四灵”论诗贬斥江西而取法晚唐，尤其崇尚贾岛和姚合。内容上较为单薄，多以抒发个人胸臆、吟咏田园、流连山水为主，很少有关注现实的作品。艺术上精炼细琢，极少用典，多用白描，诗风偏于野逸清瘦。与贾、姚一样，“四灵”以五律为诗作主要体裁，多咏景物，五律中尤重中间二联，苦吟推敲，翻空出奇，有些诗句确亦奇巧精致。如徐照的“众船寒渡集，高寺远山齐”（《题衢州石壁寺》）、“风顺眠听角，楼高望见船”（《永州寄翁灵舒》），徐玑的“寒烟添竹色，疏雪乱梅花”（《孤坐》）、“寒水终朝碧，霜天向晚红”（《冬日书怀》），翁卷的“数僧归似客，一佛坏成泥”（《信州草衣寺》）、“轻烟分近郭，积雪盖遥山”（《冬日登富览亭》），赵师秀的“瀑近春风湿，松多晓日青”（《桐柏观》）、“池静微泉响，天寒落日红”（《壕上》）等诗句。观察景物细致入微，从视觉、听觉和触觉等不同角度捕

捉形象，对形象加以巧妙安排、准确描绘、高低对照、色彩映衬、动静相生，有匠心独运之处，遣词用字、对偶声韵甚为讲究，收到很好的效果，此为“四灵”工五律所能达到之最高成就。但求其通篇完整者却为数甚少，毕竟才力薄弱之故。倒是他们七绝间或有意境浑融之作，如：

小船停桨逐潮还，四五人家住一湾。贪看晓光侵月色，不知云气失前山。（徐照《舟上》）

水满田畴稻叶齐，日光穿树晓烟低。黄莺也爱新凉好，飞过青山影里啼。（徐玑《新凉》）

绿遍山原白满川，子规声里雨如烟。乡村四月闲人少，才了蚕桑又插田。（翁卷《乡村四月》）

黄梅时节家家雨，青草池塘处处蛙。有约不来过夜半，闲敲棋子落灯花。（赵师秀《约客》）

江南水乡风光、人情民俗，写来清新灵巧，圆美自然，予人耳目一新之感。“四灵”以效法唐体矫江西之弊，对转变诗风有一定意义。但正如《四库全书总目提要》指出的那样，“四灵之诗，虽镂心钵肾，刻意雕琢，而取径太狭，终不免破碎尖酸之病”，所以很快为江湖诗派所取代。

南宋后期，杭州书商陈起将当时一大批诗人的诗作陆续以《江湖集》的名义刊行，其中的创作主体也大都是功名不遂而浪迹江湖的下层文人，江湖诗派由此而得名。此派是一个没有组织、比较自由松散的作家群体，只是具有大致相

似的创作倾向。较之于四灵诗派，他们师法广泛，风格多样，格局稍为开阔，题材来源比较丰富，既有歌功颂德的干谒酬唱、叹老嗟卑的个人抒怀，也有清新工丽的写景诗和豪宕磊落的爱国诗。代表诗人有刘克庄、戴复古等。

刘克庄（1187—1269），字潜夫，自号后村居士，莆田（今属福建）人。他是江湖诗派的领袖，也是创作最丰、名声最大的诗人。其诗最有价值的部分是那些感慨国事、反映民间疾苦的篇什，具有强烈的现实主义精神。如《军中乐》：“行营面面设刁斗，帐门深深万人守。将军贵重不据鞍，夜夜发兵防隘口。自言虏畏不敢犯，射麋捕鹿来行酒。更阑酒醒山月落，彩缣百段支女乐。谁知营中血战人，无钱得合金疮药！”前面八句写将军之“乐”，最后两句，突然如异峰突起，高度凝练地描写了南宋军队中的黑暗和士兵的悲惨遭遇。前后映衬，反差强烈，对比鲜明，令人触目惊心。在艺术风格上，刘克庄能广泛吸取白居易之深刻，梅尧臣之古淡，陆游之悲慨，晚唐及半山、诚斋之流转，特别是能较好地融合“四灵”与“江西”的不同风格，既保留了“四灵”多用白描、绝少用典的特色，又继承了江西“涉历老练，布置阔远”（《宋诗钞》）的特色，力图使诗歌达到既轻快灵动，又不失深沉绵密。如《西山》：“绝顶遥知有隐君，餐芝种术鹿为群。多应午灶茶烟起，山下看来是白云。”

戴复古（1167—?），字式之，号石屏，黄岩（今属浙

江）人。受陆游影响最深，写出了许多忧国伤时、反映民瘼的诗篇，风格豪健闳放，语言平实古朴。如《江阴浮远堂》："横冈下瞰大江流，浮远堂前万里愁。最苦无山遮望眼，淮南极目尽神州。"诗人作此诗时，金人已占领淮河以北地区。江阴以北，为江淮平原，因此诗人登上浮远堂一望，万里江山，尽收眼底，国土沦丧之感，油然而生。后两句以无山遮眼、使人望北国而生憾恨来表达内心的痛苦，构思巧妙。

江湖诗派中的叶绍翁的《游园不值》历来脍炙人口：

应怜屐齿印苍苔，小扣柴扉久不开。

春色满园关不住，一枝红杏出墙来。

在南宋末年的亡国前后，严酷的现实使得诗坛从低吟沉寂中惊醒过来，悲壮激越的爱国之音成为宋代诗歌最后的旋律。其中文天祥和汪元量的诗尤为突出。

文天祥（1236—1283），字宋瑞，别号文山，庐陵（今江西吉安）人，是我国历史上杰出的爱国诗人。文天祥前期受江湖派影响，作品多为应酬题咏之作，内容比较贫乏，艺术上也比较平庸。但当他投身于抗元斗争，并历经沧桑之后，诗风大有变化，"与初集格力相去殊远，志益愤而气益壮，诗不琢而日工"（吴之振《文山诗钞序》），集中表达了家国飘零之痛和高尚的民族气节，诗法杜甫，诗风激越慷慨、悲壮沉郁。如："辛苦遭逢起一经，干戈寥落四周星。

山河破碎风飘絮，身世浮沉雨打萍。惶恐滩头说惶恐，零丁洋里叹零丁。人生自古谁无死，留取丹心照汗青。”（《过零丁洋》）“草合离宫转夕晖，孤云漂泊复何依。山河风景元无异，城郭人民半已非。满地芦花和我老，旧家燕子傍谁飞？从今别却江南路，化作啼鹃带血归。”（《金陵驿》）诗歌将个人的经历和国家的命运紧紧关联在一起，表达了对家国破碎的悲痛和对故国的思念，体现了诗人大义凛然、视死如归的崇高人格，尤其是“人生自古谁无死，留取丹心照汗青”一直成为激励民族精神的千古名句。至于他囚禁中所写的长诗《正气歌》，更是笔墨淋漓，气势磅礴，熔历史、哲理于一炉，浩然正气，沛然流行，理明心净，神定志清，也使得诗歌的风格由悲凉慷慨进入旷达飘逸。《四库全书总目提要》评曰：“天祥生平大节，照耀今古，而著作亦极雄瞻，如长江大河，浩瀚无际。……观《指南前后录》，可见不独忠义贯于一时，亦斯文间气之发见也。”

汪元量，字大有，钱塘（今浙江杭州）人。他是供奉内廷的琴师，元灭宋后，跟随被掳的三宫去北方，后来当了道士。他的诗歌颇为全面地记录了南宋覆灭和王室北迁的情景，具有高度的纪实性，被称为“宋亡之诗史”（《湖山类稿跋》）。诗篇中蕴含着亡国之戚、去国之苦和故国之思，感情真切，催人泪下，诗风抑塞沉郁，悲愤凄婉。如《湖州歌》其五、六两首：“一掬吴山在眼中，楼台叠叠间青红。

锦帆后夜烟江上，手抱琵琶忆故宫。”“北望燕云不尽头，大江东去水悠悠。夕阳一片寒鸦外，目断东南四百州。”前一首写被虏北行离开临安的情形，后一首写北行途中所见景象。虽以平易之语，直书其事，而亡国之痛，凄然之情，宛然在目。

宋末的爱国诗歌使南宋后期诗坛缺乏激情、气骨衰敝的习气一扫而空，在激越慷慨、沉郁悲凉的吟唱中，抒发了深沉的爱国情感和高尚的民族气节，从而为宋代诗歌留下最后的醒目的光芒。

宋代之后，中国诗歌便开始从高峰走向衰落，尽管在元明清诗歌仍然是主流的文学样式，在数量上更是远远超越唐宋，也涌现出许多优秀的诗人和诗歌，但是终究只是在宗唐宗宋的复古中逡巡，无法再有更大的突破。闻一多先生以为：“从西周到宋，我们这大半部文学史，实质上只是一部诗史。但是诗的发展到北宋实际上也就完了。南宋的词已经是强弩之末。就本身说，连尤、杨、范、陆和稍后的元遗山似乎都是多余的，重复的，以后更不必提了。我们只觉得明、清两代关于诗的那许多运动和争论都是无谓的挣扎。每一度挣扎的失败，无非重新证实一遍那挣扎的徒劳无益而已。本来从西周唱到北宋，足足两千年的工夫也够长的了，可能的调子都已经唱完了。……从此以后，是小说、戏曲的时代。”（《文学的历史动向》）是的，明清之后，中国文学

的格局已经从诗歌转移到戏曲小说，一个散文化的时代不可遏制地来临了。

宋词风情

宋代虽然不是中国诗歌的巅峰，但是宋词对于中国词史而言，却是当仁不让的巅峰。

词作为新兴的文体，经过晚唐五代文人的努力，虽然在题材内容和艺术手法上已经突破原来的民间形态，但影响力还很有限，远没有形成足以与诗抗衡的文体格局。这株幼苗到了宋代以后，开始枝繁叶茂，蔚然大观，成为中国韵文中与唐诗、元曲鼎足而立的三座高峰。

词在宋代的繁荣，除了文学上的积淀之外，主要与宋代的文化土壤密切相关。政治经济的再度昌盛，尤其是都市发展而带来的市民阶层的壮大，形成“新声巧笑于柳陌花衢，按管调弦于茶坊酒肆”（孟元老《东京梦华录序》）的繁荣景象，为词的发展提供了新鲜的民间养分和广阔的传播途径。而宋代统治者对文人阶层相对宽松的政策和优裕的待遇，为文人士大夫在政治生活之外追求闲暇享乐的生活提供了便利，也为词的滋生繁衍提供了空间。而理学在宋代的兴起，在某种意义上，也与词的发展成为互补：“一方面是道德理性的夸张变形和思想霸权的建立；另一方面则是不可能真正被管制的世俗享乐和情欲贪求继续主导实际生活，并需要一种文学形式作为其宣泄渠道。”（谢思炜《唐宋诗学论集》）当然，在词取得广泛的社会关注之后，一些人开始突破“诗庄词媚”的传统格局，向上一路，以诗为词，将词从闺阁庭园引向更为广阔的社会生活，极大地拓展了词的境界，最终造就了宋词的辉煌。

宋词的发展与国势的变化息息相关，宋有北宋（960—1127）、南宋（1127—1279）之分，词也因而以宋室南渡为界分为两个阶段。在这两个时期，国家民族的境遇很不相同，表现在词的创作上，也呈现出不同的风貌。清人吴衡照的《莲子居词话·序》称：“王少寇述庵先生尝言：北宋多北风雨雪之感，南宋多黍离麦秀之悲。”陈廷焯的《白雨斋词话》中也有类似的看法：“北宋词，诗中之《风》也；南宋词，诗中之《雅》也。”这说明了由于两宋不同的历史背景而带来宋词内容风格的变化。从宋词本身的发展而言，正如朱彝尊在《词综发凡》中所指出的“词至北宋而大，至南宋而深”，谢章铤在《赌棋山庄词话续编》卷三引凌廷堪论词观点也认为词“具于北宋，盛于南宋”，都基本符合词史发展的实际情况。北宋一百六十多年的统治，总的来说，社会环境还比较安定，词也有了长足的发展。柳永、苏轼、

周邦彦等人的推进，基本上奠定了宋词辉煌的局面。但不同的时期，词创作的侧重点又有所差别，也呈现出不同的发展态势。

柳永与宋词初变

宋初词坛大抵沿袭五代词风，作者多为一时显宦，内容大都是樽前花下，流连光景之作，雍容娴雅，不脱花间南唐窠臼，以致南宋王灼不无感慨地说：“国初平一宇内，法度礼乐，浸复全盛，而士大夫乐章顿衰于前日。”（《碧鸡漫志》卷二）庆历以后，词人在因循中逐渐酝酿新变，在这期间，虽有晏殊、欧阳修等词人的增益，但基本上还是以小令为主，不着宋人面目。直到柳永的出现，宋词才真正地打开了局面，形成独立的艺术风貌。

北宋前期重要的词人，是被后人推为“北宋倚声家初祖”（冯煦《蒿庵论词》）的晏殊（991—1055）。晏殊一生官运亨通，富贵优游，词作多为感时伤怀、流连光景的落寞情怀，富贵气象中弥漫着淡淡的哀愁，有南唐冯延巳风致。刘攽《中山诗话》即指出：“晏元献尤喜江南冯延巳歌词。其所自作，亦不减延巳。”晏殊能于优裕闲逸中触摸到浮生有限的缺憾，从而在春愁秋怨中传达普遍的人生感慨。其名作《浣溪沙》即颇能代表这种特色：“一曲新词酒一杯，去年天气旧亭台。夕阳西下几时回？无可奈何花落去，似曾相

识燕归来。小园香径独徘徊。”在“亭台”“夕阳”“落花”“飞燕”等寻常意象中，蕴含着对时间和生命无可挽回的感伤和沉思。“无可奈何”两句被杨慎誉为“天然奇偶”(《词品》)，也是晏殊一生得意之句，直白中包含着无限情思，浅淡中融汇着浓厚的感伤，所以郑骞《成府谈词》中说：“珠玉词清刚淡雅，深情内敛，非浅识所能了解。”晏殊一些相思离情之作，也因为这种生命意识的融入而显得意境开阔：“槛菊愁烟兰泣露。罗幕轻寒，燕子双飞去。明月不谙离恨苦，斜光到晓穿朱户。昨夜西风凋碧树，独上高楼，望尽天涯路。欲寄彩笺兼尺素，山长水阔知何处。”（《蝶恋花》）上片以清丽冷寂之境，衬托孤独哀伤的情感；下片写登高望远，愁绪茫茫，“昨夜西风”三句，因其视野开阔，意境高远，被王国维用来比喻做大事业大学问的第一重境界。

晏殊的幼子晏几道（1030—1106)，虽处于北宋中后期，但词风仍属宋初，与晏殊并称“二晏”。他的小令多写爱情离合和人生聚散无常的悲欢，由于他由贵公子降为寒士，亲身经历了“华屋山丘”的人世沧桑，与乃父旷达中的淡淡闲愁和理性相比，感情转为真切深沉，显得缠绵悱恻，凄婉动人，以至于被喻为“古之伤心人”（王国维《人间词话》)。如：

彩袖殷勤捧玉钟，当年拼却醉颜红。舞低杨柳楼心月，

歌尽桃花扇底风。从别后，忆相逢，几回魂梦与君同，今宵剩把银釭照，犹恐相逢是梦中。（《鹧鸪天》）

梦后楼台高锁，酒醒帘幕低垂，去年春恨却来时。落花人独立，微雨燕双飞。记得小蘋初见，两重心字罗衣，琵琶弦上说相思，当时明月在，曾照彩云归。（《临江仙》）

前词明明写重逢的惊喜，却从当年相逢时的欢乐写起，层次分明而又多次转折，煞尾才落实到重逢时的情态；后词写别后的凄凉，通过逆挽的手法以及两相对比的手段，把过去的生活与当前的处境交织在一起，显示出感情的波动与思绪的起伏。由于作品中融注了词人自己的经历和体验，因而显得真挚动人。

欧阳修是北宋散文、诗和词的大家。同他风骨峻肃的诗文相比，词却显得轻快、侧艳。造成这种差异的原因和欧阳修对文体功能的理解有关，与载道和言志的诗文不同，他作词是“以其余力游戏”（李之仪《跋吴思道小词》），固守着词为“薄伎，聊佐清欢”（欧阳修《采桑子·西湖念语》）的创作观念，并未把它视为表现重要的人生体验的正规文学形式。由此也可以看出，诗、文、词在宋代有时判然有别地负责表达文人的不同生活和思想意识。欧词与冯延巳风格接近，正如刘熙载在《艺概·词曲概》中所说，在接受冯延巳影响方面，“晏同叔得其俊，欧阳永叔得其深”，因而词家向来以欧、晏并称。但在表达感情上，他却显得更为大胆、坦率，有“豪荡的意兴”（叶嘉莹语），因而他的词更显得浓烈动人。如《蝶恋花》：“庭院深深深几许？杨柳堆烟，帘幕无重数。玉勒雕鞍游冶处，楼高不见章台路。雨横风狂三月暮，门掩黄昏，无计留春住。泪眼问花花不语，乱红飞过秋千去。”写少妇独守空闺的苦闷与哀怨。首句叠用三个“深”字，极言庭院之幽深，也为全词抒写女主人公深深的怨恨定下了基调。接着以“三月暮”的季节，“黄昏”时刻，“雨横风狂”的气候，以及泪眼问花的痴情，点出了少妇感情上的孤寂无依与青春将逝的哀愁。此词以环境烘托人物心理，层次分明，笔触细腻。李清照以为此词深得叠字之法，并加以仿效：“予酷爱之，用其语作‘庭院深深’数阕。”（《临江仙并序》）《踏莎行》中的别后相思，也写得委婉动人：“候馆梅残，溪桥柳细。草薰风暖摇征辔。离愁渐远渐无穷，迢迢不断如春水。寸寸柔肠，盈盈粉泪。楼高莫近危栏倚。平芜尽处是春山，行人更在春山外。”上阕从旅途中游子着笔，离愁随着征程愈远愈长，仿佛迢迢春水，绵绵无尽；下阕从闺中人着笔，想象她身在楼中，心却随旅人远去，遥望中春山隐隐，而旅人渺不可见。实中寓虚，化虚为实，眼中景，心中情，相辅相生，回味悠长。有的词除直接抒发感情以外，必要时还与叙事相结合，具体感人。如《生查子》：“去年元夜时，花市灯如昼。月上柳梢头，人约黄昏后。今年元夜时，月与灯依旧。不见去年人，

泪湿春衫袖。”词以少女口吻写成。上片回忆去年的欢悦，那时是灯好月明，热恋中的约会也因元夜的欢乐而增添光彩。“月上柳梢头”两句具有典型意义。月下，树前，黄昏时的迷人景色，为初恋的情侣增添了许多诗情画意，同时也象征着爱情的美满。因此，这两句流传人口，不胫而走。下片写物是人非，与上片形成鲜明对照。依旧是灯好月明，但却不再有黄昏后的密约了。触目伤情，悲从中来，怎能不催人泪下？这一切都反映出这位少女的纯真甜美与一往情深。这首词语言通俗明快，对比强烈，具有浓厚的民歌风味。

与欧阳修同年进士的张先（990—1078），是北宋年寿最高的词人，经历了从晏、欧到柳永、苏轼这一漫长历史时期，在词的发展史上起过承前启后的作用。清人陈廷焯甚至认为他的词是“古今一大转移也”（《白雨斋词话》），虽不免夸大，但也有一些根据。这首先表现在张先是将词体广泛使用于士大夫往来酬赠的第一人，使词不再仅是“风月”场中赠妓歌唱，也可以在“风雅”的交际场合中充当文人士大夫间沟通交流的手段。正是张先词的这种“应社体”性质，标志了词体内容从艳科转向写作士大夫生活。后来苏轼等人的唱和词作日渐增多，便是受张先影响和启示。其次是率先用题序，将日常生活引入词中。他现存165首词，有七十多首用了题序。有的词序文字颇长，有一定的叙事性，如《木兰花》：“去春自湖归杭，忆南园花已开，有‘当时

犹有蕊如梅'之句。今岁还乡，南园花正盛，复为此词以寄意。”著名的“六客词”《定风波令》词序也长达33字。缘题赋词，写眼前景、身边事，使词的题材取向逐渐贴近词人的日常生活，改变了以往词作有调而无题的传统格局，也加强了词的纪实性和现实感。此后苏轼等人的词大量用题序表明创作的缘起、背景，即是直接受张先的启发。再就是在词的体式上，从五代到宋初，小令一直是词的主要体式，而张先较早、较多地写了长调的词，促进了慢词的发展。但由于张先才力不足，长调写得并不出色，较有韵味的还是一些小令，遣词造句，精工新巧，含蓄而有韵味。由于他善于写“影”，其中以“云破月来花弄影”“娇柔懒起，帘压卷花影”“柳径无人，堕轻絮无影”三句最为著名，因而被时人誉为“张三影”。《天仙子》即因其中名句而广为传诵：“水调数声持酒听，午醉醒来愁未醒。送春春去几时回？临晚镜，伤流景，往事后期空记省。沙上并禽池上暝，云破月来花弄影。重重帘幕密遮灯，风不定，人初静，明日落红应满径。”虽然这首词写的不外是伤春自伤之情，庭园楼阁之景，却反映了词人独特的艺术感受，并且通过直接抒情与客观景物的描写，把这种感情表达得细腻传神，独具特色。“云破月来花弄影”是词中名句，尤其能给人以美的享受。时人称赞“影”字传神、入目三分时，王国维却对其中“弄”字情有独钟，以为“着一‘弄’字，而境界全出矣”（《人间词话》)。

说到张先的这一名句，就有必要提及同样因一名句而为人称颂的宋祁（998—1061），其《玉楼春》云："东城渐觉风光好，縠皱波纹迎客棹。绿杨烟外晓寒轻，红杏枝头春意闹。浮生长恨欢娱少，肯爱千金轻一笑？为君持酒劝斜阳，且向花间留晚照。""闹"字不仅形容出红杏的众多和纷繁，而且，它把生机勃勃的大好春光全都点染出来了。"闹"字不仅有色，而且似乎有声，王国维在《人间词话》中说："着一'闹'字而境界全出。"宋祁也因此得了"红杏枝头春意闹尚书"的雅号。

北宋前期真正开风气的词人是柳永。柳永，字耆卿，原名三变，崇安（今属福建）人，生卒年不详，大约与晏殊、张先同时，主要生活在真宗、仁宗时代。早年屡试不第，晚年才中进士，当过睦州掾、定海晓峰场盐官，后为屯田员外郎，故世称"柳屯田"。

柳永是北宋第一个专业词人，很早就以写"淫冶讴歌之曲"即世俗喜爱的风流曲调闻名，曾写过一首《鹤冲天》，末句是"忍把浮名，换了浅斟低唱"，据说当他考进士时，"留意儒雅"的宋仁宗特予黜退，说："且去浅斟低唱，何要浮名？"弄得他很久没有中进士（吴曾《能改斋漫录》），干脆号称"奉旨填词柳三变"，专写歌辞去了。他的词在当时广为传布，受到社会各阶层的广泛欢迎，以至于"凡有井水饮处即能歌柳词”（《避暑录话》）。

柳永在词的形式和内容方面都有重大的突破，是宋词繁盛的关键人物之一。他在体制方面有两项彼此相关的突破，一是大量创制长调，二是创用了许多新曲调。整个唐五代时期，词的体式以小令为主，慢词总共不过十多首。到了宋初，情况仍然没有什么改变，慢词数量很少。柳永大力创作慢词，从根本上改变了唐五代以来词坛上小令一统天下的格局，使慢词与小令两种体式平分秋色，齐头并进。在两宋词坛上，柳永是创用词调最多的词人。他现存二百一十三首词，用了一百三十三种词调。而在宋代所用八百八十多个词调中，有一百多调是柳永首创或首次使用。词至柳永，体制始备。令、引、近、慢、单调、双调、三叠、四叠等长调短令，日益丰富。形式体制的完备，为宋词的发展和后继者在内容上的开拓提供了前提条件。李清照在《词论》中因而指出：“逮至本朝，礼乐文武大备。又涵养百余年，始有柳屯田永者，变旧声作新声，出《乐章集》，大得声称于世。”

柳永不仅从音乐体制上改变和发展了词的声腔体式，而且从创作方向上改变了词的审美内涵和审美趣味，即变“雅”为“俗”，着意运用通俗化的语言表现世俗化的市民生活情调。北宋陈师道说柳词“从俗，天下咏之”（《后山诗话》），王灼也认为柳词“浅近卑俗，自成一体，不知书者尤好之”（《碧鸡漫志》卷二），都揭示出柳词面向市民大

众的特点。这种市民内涵一方面在于倾注了词人对下层人民，尤其是女性命运的同情；另一方面还在于词作多方面地展现了北宋繁华富裕的都市生活和丰富多彩的市井风情。前者如《迷仙引》："才过笄年，初绾云鬟，便学歌舞。席上尊前，王孙随分相许。莫等闲，酬一笑，便千金慵觑。常只恐，容易蕣华偷换，光阴虚度。已受君恩顾，好与花为主。万里丹霄，何妨携手同归去，永弃却，烟花伴侣。免教人见妾，朝云暮雨。"以同情的心情写歌伎舞女渴望摆脱强颜卖笑的生涯，获得有尊严的常人的生活，这种心愿在词中如此真实地呈现出来，在当时确是难能可贵的。杨湜《古今词话》里载，柳永常与歌儿舞女交往，为她们写作歌辞，相传他死在僧舍，是一群歌伎集资葬了他的尸骨。这也许只是传说，但可以看出他与歌伎之间深厚的感情。后者以写杭州城市景象和西湖风光的《望海潮》最为著名："东南形胜，三吴都会，钱塘自古繁华。烟柳画桥，风帘翠幕，参差十万人家。云树绕堤沙，怒涛卷霜雪，天堑无涯。市列珠玑，户盈罗绮竞豪奢。重湖叠巘清嘉。有三秋桂子，十里荷花。羌管弄晴，菱歌泛夜，嬉嬉钓叟莲娃。千骑拥高牙，乘醉听箫鼓，吟赏烟霞。异日图将好景，归去凤池夸。"在柳永之前，城市生活很少进入中国诗词的视野，士大夫文人的诗词中出现最多的是山野乡村、溪涧林泉。这既是他们在都市的仕宦生活的一种补偿，更是他们所着意强调的高雅旷逸的人生情

趣的寄托，所以自然山水几乎成了士大夫文学的传统标志。而柳永则将笔触伸入当时的城市生活，表现出对城市繁华的迷恋和赞叹，传达出强烈的市民生活气息。这首《望海潮》极写杭州人物之康阜、湖山之壮美。其中“三秋桂子，十里荷花”尤为著名，传说竟使金主完颜亮闻后顿起投鞭渡江之意。（见罗大经《鹤林玉露》）

在艺术技巧方面，与慢词长调体式相适应，柳永创造了以白描见长、铺叙层次丰富、变化多端的艺术表现手法，为后人在词中融抒情、叙事、说理、写景于一体，容纳更复杂的内涵，开拓了新路。如《雨霖铃》：“寒蝉凄切，对长亭晚，骤雨初歇。都门帐饮无绪，留恋处，兰舟催发。执手相看泪眼，竟无语凝噎。念去去千里烟波，暮霭沉沉楚天阔。多情自古伤离别，更那堪冷落清秋节！今宵酒醒何处？杨柳岸晓风残月。此去经年，应是良辰好景虚设。便纵有、千种风情，更与何人说？”上阕一层写秋景，一层写送别，一层写别后之景；下阕一层写秋日离别的伤感，一层写想象中酒醉醒来时的凄凉景色，再一层收回，叹息从此天各一方，孤单寂寞。或写景，或叙事，或抒情，曲折回环、重重叠叠地渲染气氛，缠绵悱恻地表现了离愁别绪。

另外，柳词由于将内容转向市民生活，在语言上多采用通俗浅显的口语、俚语入词，开启了写通俗白话词的风气。如《定风波》：“自春来，惨绿愁红，芳心是事可可。日上

花梢，莺穿柳带，犹压香衾卧。暖酥消，腻云亸。终日厌厌倦梳裹。无那。恨薄情一去，音书无个。早知恁么。悔当初，不把雕鞍锁。向鸡窗，只与蛮笺象管，拘束教吟课。镇相随，莫抛躲。针线闲拈伴伊坐。和我。免使年少，光阴虚过。”柳词这种民间语词的特征招致了后来许多文人的批评，李清照说他“词语尘下”（《词论》），徐度说他“多杂以鄙语”（《却扫篇》）。然而，正是这种“俚俗”“尘下”和“鄙语”，才赋予柳永词以崭新的时代特征；也正是这种“俚俗”，才使得他的词在下层人民中间广泛流传，并且受到普遍的欢迎。正如宋翔凤《乐府余论》所说：“柳词曲折委婉，而中具浑沦之气。虽多俚语，而高处足冠群流，倚声家当尸而祝之。”

柳永对宋词的影响是很深远的。北宋中后期，苏轼和周邦彦各开一派，而追根溯源，都是从柳词分化而出，犹如一水中分，分流并进。而在风格上，着豪放词派先鞭的还有范仲淹（989—1052）。他是一个出身贫寒而仕兼将相、功业彪炳的朝廷重臣。他的“先天下之忧而忧，后天下之乐而乐”激励了古往今来无数仁人志士。虽然不以词名家，但有限的几首词却为宋词开拓了壮阔的意境，在宋初以樽前花下为主导的词坛上特别夺目。如《渔家傲》：“塞下秋来风景异，衡阳雁去无留意。四面边声连角起，千嶂里，长烟落日孤城闭。浊酒一杯家万里，燕然未勒归无计。羌管悠悠霜满地，人不寐，将军白发征夫泪。”广漠萧瑟的塞外景象、艰苦孤寂的边塞生活、将士们的久戍思乡之情和报国立功之志，为词世界开辟了崭新的审美境界，也开启了宋词贴近社会生活和现实人生的创作方向；而沉郁苍凉的风格，则成为后来豪放词的滥觞。此外，王安石的《桂枝香·金陵怀古》也写得慷慨苍凉：“登临送目，正故国晚秋，天气初肃。千里澄江似练，翠峰如簇。征帆去棹残阳里，背西风、酒旗斜矗。彩舟云淡，星河鹭起，画图难足。念往昔、繁华竞逐。叹门外楼头，悲恨相续。千古凭高，对此漫嗟荣辱。六朝旧事随流水，但寒烟、衰草凝绿。至今商女，时时犹唱，后庭遗曲。”该词通过对六朝历史兴亡的反思，表现了词人对现实社会危机的忧虑。写景如绘，意境高远。《历代诗余》引《古今词话》：“金陵怀古，诸公寄调于《桂枝香》者三十余家，独介甫为绝唱。东坡见之叹曰：‘此老乃野狐精也!’”足见其骨气沉郁，笔力老辣。

苏轼与苏门词人

柳永之后，对宋词发展居功至伟的是横放杰出的苏轼。作为中国文化史上一个少有的艺术全才，苏轼在诗、文、书、画等方面都有突出的贡献，代表了宋代文学的最高成就。相对诗文而言，他对词的变革的意义更大。词到苏轼，才真正完成革命性的变革，从内容、题材到境界都出现了全新的风貌。由于当时他的文坛宗主的地位，其成就也深深地影响了周围的一批词人，造成了蔚然大观的局面。

自晚唐五代以来，词一直被视为末道小技。诗人墨客多是以写诗的余力和娱乐游戏态度来填词，写成之后不过“随亦自扫其迹，曰谑浪游戏而已”（胡寅《向芗林酒边集后序》），内容不出春愁秋恨、相思离情的狭隘天地，从花间南唐到柳永，无论雅词俗词，都充斥着绮靡侧艳的女性情调。直到苏轼出现，始以豪迈的气概和雄大的才力，创造性地将诗歌理念引入词的创作中，“指出向上一路，新天下耳目，弄笔者始知自振”（王灼《碧鸡漫志》），最终突破了“词为艳科”的传统格局，提高了词的文学地位，使词从音乐的附属品转变为一种独立的抒情诗体，从根本上改变了词史的发展方向。

最能体现苏轼对词境开拓的是他一改词创作主体的女性虚拟想象而变为士大夫精神的自我表达，将传统的表现女性化的柔情之词扩展为表现男性化的豪情之词，将传统上只表现爱情之词扩展为表现性情之词，充分展示了苏轼的深沉跌宕的人生体验和豪迈旷达的精神气度。正如元好问所看到的苏词“情性之外，不知有文字”（《新轩乐府引》）。如最早的一首豪放词《江城子·密州出猎》：“老夫聊发少年狂，左牵黄，右擎苍。锦帽貂裘，千骑卷平冈。为报倾城随太守，亲射虎，看孙郎。酒酣胸胆尚开张，鬓微霜，又何妨。

持节云中，何日遣冯唐？会挽雕弓如满月，西北望，射天狼。”这也许是词有史以来产生的第一个豪迈慷慨的壮士形象。起句一个“狂”字，奠定了全词的精神基调。词中传达的驰骋疆场、报国立功的豪迈情怀，继承了汉魏以来至唐代的边塞诗发扬光大的英雄主题，将英武刚健的阳刚之气带入词中，改变了红粉佳人、绮筵公子为主要抒情主人公的词坛格局。苏词不但有英雄气息，更有一种高逸旷达的人生态度：“莫听穿林打叶声，何妨吟啸且徐行。竹杖芒鞋轻胜马，谁怕？一蓑烟雨任平生。料峭春风吹酒醒，微冷。山头斜照却相迎。回首向来萧瑟处，归去，也无风雨也无晴。”（《定风波》）一次平常的遇雨事件，苏轼却能从中领悟到一番人生道理，超然地面对荣辱得失，始终保持着顽强乐观的生活信念。苏轼一生雄才大略，却在仕途屡遭贬抑。他抗拒苦难的方式就是努力在困境中发现生活阳光的一面。被贬黄州，他看到“长江绕郭知鱼美，好竹连山觉笋香”（《初到黄州》）的美好；被贬惠州，他找到“日啖荔枝三百颗，不辞长作岭南人”（《食荔枝二首》）的乐趣；被贬海南，他发现“九死南荒吾不恨，兹游奇绝冠平生”（《六月二十日夜渡海》）的慰藉。这种对苦难的超然态度正显示了一个旷达的胸怀。如果说《定风波》是通过一次偶然的生活事件引发他对人生的感慨，那么《水调歌头·丙辰中秋》则是在对永恒的追问中传达出他旷逸的情怀：“明月几时有？把酒问青天。不知天上宫阙，今夕是何年？我欲乘风归去，又恐琼楼玉宇，高处不胜寒。起舞弄清影，何似在人间！转朱阁，低绮户，照无眠。不应有恨，何事长向别时圆？人有悲欢离合，月有阴晴圆缺，此事古难全。但愿人长久，千里共婵娟。”上阕凌空而起，下阕峰回路转。在望月怀人的寥落情怀中，词人俯仰古今变迁，感慨宇宙流转，厌恶险恶的宦海风涛，揭示睿智的人生理念，运用形象描绘的手法，勾勒出一种皓月当空、美人千里、孤高旷远的境界氛围，把自己遗世独立的意绪和往昔的神话传说融合一处，通过月亮阴晴圆缺与人世悲欢离合的交相映衬，感悟天道与人事的永恒困境，而在“古难全”的无奈中又悠然而生“人长久”的期盼，以执着的希望抗拒冰冷的缺憾，从而将深刻的哲理与浓郁的情怀交织在一起，铸就沦浃肌髓的“天仙化人之笔”（程洪《词洁》卷三）。词至如此境界，完全是“一洗绮罗香泽之态，摆脱绸缪婉转之度，使人登高望远，举首高歌，而逸怀浩气，超然乎尘垢之外。于是花间为皂隶，而柳氏为舆台矣”（胡寅《向芗林酒边集后序》）。而在《念奴娇·赤壁怀古》中，苏轼更是将豪迈的气概和旷逸的情怀完美地结合在一起，使得天风海雨扑面而来：“大江东去，浪淘尽、千古风流人物。故垒西边，人道是、三国周郎赤壁。乱石穿空，惊涛拍岸，卷起千堆雪。江山如画，一时多少豪杰！遥想公瑾当年，小乔初嫁了，雄姿英发。羽扇纶巾，谈笑间、

樯橹灰飞烟灭。故国神游，多情应笑我，早生华发。人生如梦，一樽还酹江月。”此词发端三句，气势磅礴，震铄耳目，在广阔浩渺的时空中将江山胜景和历史人物一齐推出，视野极为开阔，胸次极为高远。“乱石穿空，惊涛拍岸，卷起千堆雪”，笔力盘空，气吞山河，于眩晕中遥见当年惊心动魄的历史。下阕面对古代英雄少年的盖世功业，想到自己却老大蹉跎，不无伤怀。但再大的功名也不免烟云散去，于是人生如梦的虚幻最终消解了个人的感伤。全词将英雄的豪迈和逸士的旷达有机融合在一起，上下今古，目接神游，以虚实相生的艺术手段对词境做了最恢宏的开拓。这首词很能代表苏词“新天下耳目”的风貌，据说，苏轼官翰林学士时，其幕下士曾以“柳郎中词只合十七八女郎，执红牙板，歌‘杨柳岸晓风残月’，学士词须关西大汉，铜琵琶，铁绰板，唱‘大江东去’”来概括柳永、苏轼词作的不同风格，苏轼深为折服。（宋俞文豹《吹剑录》）

虽然豪迈旷逸是苏词的醒目之处，但作为“曲中缚不住者”（晁补之语，见《苕溪渔隐丛话》后集卷三十三）的横放杰出之士，苏轼同样也远非“豪放”二字所能笼络。苏词的题材，正如刘熙载《艺概》所说，“无意不可入，无事不可言”。举凡怀古咏史、悼亡送别、羁旅行愁、儿女私情、说理谈玄、宦情怅触、赏宴登临、山水田园等向来诗人所惯用的题材，他都可以用词来表达。其渊深博大的情怀，亦如万斛泉泻地，纵横任意，触类而感，随物赋形。其风格也如万花生春，令人目不暇接。在豪迈旷达之外，他也有离世隐遁的落寞和孤独，如其谪居黄州两首："夜饮东坡醒复醉，归来仿佛三更。家童鼻息已雷鸣。敲门都不应，倚杖听江声。长恨此身非我有，何时忘却营营！夜阑风静縠纹平。小舟从此逝，江海寄余生。"（《临江仙》）"缺月挂疏桐，漏断人初静。唯见幽人独往来，缥缈孤鸿影。惊起却回头，有恨无人省。拣尽寒枝不肯栖，寂寞沙洲冷。"（《卜算子》）前一首隐遁情怀如果多少还有一点诱因的话（"敲门都不应"），后一首幽人孤致则完全境由心生，凭虚而来。一如其诗中所谓"泥上偶然留指爪，鸿飞那复计东西"。在失意的孤独和寂寞中，苏轼也会将目光投向山水田园："簌簌衣巾落枣花，村南村北响缫车，牛衣古柳卖黄瓜。酒困路长唯欲睡，日高人渴漫思茶，敲门试问野人家。"（《浣溪沙》）这也是词中第一次出现田园风光。以清新质朴、明白如话的语言写出古朴淳实、热闹繁忙的乡村。苏轼经常在诗文中流露出隐逸田园的愿望，但终其一生，却未能归田，"敲门试问野人家"中，未尝没有怦然心动之感。

以豪放著称的苏轼的这类作品在其词作中其实所占的比例较少。在现存的苏轼词中，仍然是委婉言情、风格优美的作品占据大多数。这类作品流传至今的还有三百余首，约占传今作品的 87%。但即使是写闺情的作品，也几乎脱尽浓艳的脂粉气，显得明净洁雅，如《贺新郎》：“乳燕飞华屋。悄无人、桐阴转午，晚凉新浴。手弄生绡白团扇，扇手一时似玉。渐困倚、孤眠清熟。帘外谁来推绣户，枉教人、梦断瑶台曲。又却是，风敲竹。石榴半吐红巾蹙。待浮花浪蕊都尽，伴君幽独。秾艳一枝细看取，芳心千重似束。又恐被、秋风惊绿。若待得君来向此，花前对酒不忍触。共粉泪，两簌簌。”上片以初夏景物为衬托，写一位孤高绝尘的美丽女子，下片用浓艳独芳的榴花为美人写照。词人赋予词中的美人、榴花以孤芳高洁、自伤迟暮的品格和情感，在这两个美好的意象中渗透进自己的人格和感情。写得迂回缠绵，一往情深，丽而不艳，工而能曲，毫无刻画斧斫之痕。婉约词气质的改变及词品的提高，就使词不仅仅可以用来写歌儿舞女，还可以用来表达对妻子的挚情。夫妻之情在古人眼中是人伦的一项重要内涵，庄重而神圣。用流行小调来抒发对妻子的情感，是苏轼的一大创举，这同时也说明苏轼已经破除了“诗尊词卑”的文体等级差别观念。如《江城子》：“十年生死两茫茫，不思量，自难忘。千里孤坟，无处话凄凉。纵使相逢应不识，尘满面，鬓如霜。夜来幽梦忽还乡，小轩窗，正梳妆。相顾无言，唯有泪千行。料得年年肠断处，明月夜，短松冈。”用白描的手法，不加雕琢的语言表达对亡妻的感情，在对亡妻的哀思中又揉进了自己的身世之感，将夫妻之间的感情表达得凄婉沉痛，感人至深。

婉约词气质的改变及词品的提高，还使苏轼的咏物词看来另有寄托。著名的《水龙吟》咏杨花，写得仪态万方、柔情无限，词云：“似花还似非花，也无人惜从教坠。抛家傍路，思量却是，无情有思。萦损柔肠，困酣娇眼，欲开还闭。梦随风万里，寻郎去处，又还被、莺呼起。不恨此花飞尽，恨西园、落红难缀。晓来雨过，遗踪何在？一池萍碎。春色三分，二分尘土，一分流水。细看来，不是杨花，点点是离人泪。”上片写惜花。起句抓住杨花似花非花的特点，于不即不离中展开铺叙。因其似花而非花，所以无人珍惜任其飘坠；然其“无情”却“有思”，由神似而过渡到人化，暗寓着思妇的无限幽怨伤感。下片写惜别。全从思妇眼中写来，从“恨”与“不恨”中见其深情远思。清人沈谦《填词杂说》评此词说：“幽怨缠绵，直是言情，非复赋物。”乃言此词暗含词人身世寄托之感。全词写得不离不即，遗貌取神，把杨花、思妇、词人三种原无关联的形象，融合为一个有神无迹的艺术形象，深得神似之美。此词艺术表现之高妙，历代学者都赞叹有加。宋末张炎称它“压倒今古”（《词源》），清人谭莹《论词绝句》叹曰：“海雨天风极壮观，教坊本色复谁看？杨花点点离人泪，却恐周秦下笔难。”王国维对此词也推崇备至，他说：“咏物之词，自以东坡《水龙吟》为最工。”（《人间词话》）

苏轼以诗人词，对宋词发展的影响是非常深远的。但在

当时人们对这种注重内容，不喜剪裁以就声律的做法还多有非议，如人所谓："子瞻以诗为词，如教坊雷大使之舞，虽极天下之工，要非本色。"（陈师道《后山诗话》）甚至讥为"句读不葺之诗"（李清照《词论》）。这些显然是溺于传统观念的表现。正如清人陈廷焯于《白雨斋词话》所指出的："东坡词寓意高远，运笔空灵，措语忠厚。其独至处，美成、白石亦不能到。昔人谓东坡词非正声，此特拘于音调言之，而不究本原之所在，眼光如豆，不足与之辩也。……太白之诗，东坡之词，皆是异样出色。只是人不能学，乌得议其非正声。"而正是由于苏轼，词才达到一个崭新的境界，"词至东坡，倾荡磊落，如诗如文，如天地奇观"（刘辰翁《辛稼轩词序》），最终铸就了宋词的辉煌。

苏轼宗主文坛时，殷勤奖掖后进，在其周围聚集了一大批颇有才华的文士。最著名的有被称为"苏门四学士"的黄庭坚、秦观、张耒和晁补之。以词而论，秦观最为杰出。

秦观（1049—1100），字太虚，后改字少游，高邮（今属江苏）人。一生的命运都同苏轼联系在一起，谊兼师友，情分厚密，但词风却迥然有异，被视作婉约正宗。秦观深谙音律，长于运思，笔法细腻，体制淡雅，词作以小令居多，兼有李煜的淡雅深婉与晏几道的妍丽俊逸，薛砺若在《宋词通论》中称他们为"词中的三位美少年"。虽然也多为言情述愁之作，但却是以纯净之笔抒写真挚之情，所谓"一往而深，而怨悱不乱，悄乎得小雅之遗，后主而后，一人而已”（冯煦《宋六十一家词选例言》），如言情名作《鹊桥仙》：“纤云弄巧，飞星传恨，银汉迢迢暗度。金风玉露一相逢，便胜却人间无数。柔情似水，佳期如梦，忍顾鹊桥归路？两情若是久长时，又岂在朝朝暮暮！”借着七夕牛郎织女相会的古老传说，创造出一个美丽动人的艺术境界，写出一种人间执着深沉的爱情。真挚纯洁，情调高雅，尤其最后两句，更是异峰突起，将世俗情爱升华成一种崇高的精神境界，如空谷幽兰，芳香淡远。

不但小令如是，秦观的慢词，也能以小令的精致韵味补慢词俚俗直露之不足，从而同样达到意蕴幽婉、情韵兼胜的审美效果。正如宋人蔡伯世所谓：“苏东坡辞胜乎情，柳耆卿情胜乎辞，辞情兼称者，唯秦少游而已。”（见孙兢《竹坡老人词序》，《百家词》本《竹坡老人词》卷首）如其名作《满庭芳》：“山抹微云，天连衰草，画角声断谯门。暂停征棹，聊共引离尊。多少蓬莱旧事，空回首、烟霭纷纷。斜阳外，寒鸦数点，流水绕孤村。销魂。当此际，香囊暗解，罗带轻分。谩赢得、青楼薄幸名存。此去何时见也？襟袖上、空惹啼痕。伤情处，高城望断，灯火已黄昏。”此词与柳永的《雨霖铃》有神似之处。别时的伤感，往日的柔情，别后的思念，层层的铺叙，但情思并非一泻无余，而是情一点出，即用景物烘托渲染。刚提“旧事”，即接以“烟

霭纷纷”，欲吐还吞。词末不待情思说尽而结以景语，较之柳永《雨霖铃》结句“便纵有千种风情，更与何人说”的直露，更含蓄而有余味。起句“山抹微云，天连衰草”，用字传神，绘景贴切。一个山被云遮，便勾勒出一片暮霭苍茫的境界；一个衰草连天，便点明了暮冬景色惨淡的气象，把云山雾罩、秋草连天的景象写得出神入化，在当时被广为流传。据说苏轼因此句而戏呼其为“山抹微云君”，后改为“山抹微云秦学士，露花倒影柳屯田”（“露花倒影”是柳永《破阵乐》的首句，见叶梦得《避暑录话》），其婿范温赴宴，受人冷遇，竟以“山抹微云女婿”而自抬身价，闻者为之绝倒。（见蔡绦《铁围山丛谈》）

秦观情思细腻而遭遇坎坷，和晏几道一样都是“古之伤心人”（冯煦《宋六十一家词选例言》），内心总是被悲愁哀怨所缠绕，不能自解。因此，“愁”成为他的词中最常见的主题，如《千秋岁》“春去也，飞红万点愁如海”；《浣溪沙》“自在飞花轻似梦，无边丝雨细如愁”；如《江城子》“恨悠悠，几时休？飞絮落花时候一登楼。便做春江都是泪，流不尽，许多愁”。这些江海般深重的愁恨，都是词人历尽人生坎坷后从心底流出，即冯煦所说的“他人之词，词才也；少游，词心也”（冯煦《宋六十一家词选例言》）。故他的词境，也正如王国维《人间词话》说，“最为凄婉”，《踏莎行》即为代表：“雾失楼台，月迷津渡，桃源望断无寻

处。可堪孤馆闭春寒，杜鹃声里斜阳暮。驿寄梅花，鱼传尺素，砌成此恨无重数。郴江幸自绕郴山，为谁流下潇湘去?”绍圣四年（1097），秦观由处州贬郴州，又贬横州，此词作于离郴前，写客次旅舍的感慨。上片写人生的悲伤。起三句写所向往的美好地方渺不可寻，“可堪”两句写自己所处之地：驿馆孤单，周围是春寒日暮，杜鹃哀鸣，以自己凄凉的处境与所向往的美好地方相对比，更加深了处境的伤感，人生的悲哀。下片写客地思乡。起三句写远方亲朋寄来的礼物与书信，本来极可宝贵，却又给自己带来无限的离恨，“砌”字化抽象为具体，表现离恨的积累与坚固。最后词人发出苦闷究诘：郴江本来就该绕着郴山流转，为何却得流下潇湘去？无理的发问，深刻地表现了离愁的深重。据《冷斋夜话》载，苏轼曾将此词最后两句“自书于扇，曰：‘少游已矣，虽万人何赎!’”（胡仔《苕溪渔隐丛话》前集卷五十）而王国维以为：“少游词境最为凄婉。至‘可堪孤馆闭春寒，杜鹃声里斜阳暮’，则变而为凄厉矣。东坡赏其后二语，犹为皮相。”（《人间词话》）境遇不同，各有所感，但此词的确是“千古伤心人语”。

时人和后人对秦观的词都有很高的评价，以为他是最能体现当行本色的“词手”。晁补之以为“近世以来，作者皆不及秦少游”（《评本朝乐章》）。纪昀《四库全书总目提要》评价说：“（秦）观诗格不及苏、黄，而词则情韵兼胜，在苏、黄之上。流传虽少，要为倚声家一作手。”在词史上，他对婉约词的发展有深远的影响，清人陈廷焯甚至以为，他成就远在柳永之上：“秦少游自是作手，近开美成，导其先路，远祖温韦，取其神不袭其貌，词至是乃一变焉。然变而不失其正，遂令议者不病其变，而转觉有不得不变者。后人动称秦、柳，柳之视秦，为之奴隶而不足者，何可相提并论哉！”（《白雨斋词话》卷一）

秦观之外，苏门重要的词人还有黄庭坚和晁补之。黄庭坚以诗称于后世，为江西诗派的创始人，其词也颇负时名，与秦观并称“秦黄”，宋人陈师道说：“今代词手，唯秦七、黄九尔，唐诸人不逮也。”（《后山诗话》）他早期多学柳词，因而也善于写婉约风致，如《清平乐》：“春归何处？寂寞无行路。若有人知春去处，唤取归来同住。春无踪迹谁知，除非问取黄鹂。百啭无人能解，因风飞过蔷薇。”轻灵洒脱，意境清幽。暗寓身世，有佳人空谷，自伤幽独之感。山谷后来受东坡影响，词风转为雄健清劲，《念奴娇》代表了他词的主要风格和成就：“断虹霁雨，净秋空、山染修眉新绿。桂影扶疏，谁便道、今夕清辉不足？万里青天，姮娥何处，驾此一轮玉？寒光零乱，为谁偏照醽醁？年少随我追凉，晚城幽径，绕芳园森木。共倒金荷，家万里，难得尊前相属。老子平生，江南江北，最爱临风曲。孙郎微笑，坐来声喷霜竹。”词中以豪健的笔力，展示出词人面对人生磨难时旷达、

倔强、伟岸的襟怀，表达了荣辱不萦于怀、浮沉不系于心的人生态度。整首词笔墨酣畅淋漓，洋溢着豪迈乐观的情绪。词人自诩本篇“或可继东坡赤壁之歌”（胡仔《苕溪渔隐丛话》），确乎道出了此词的风格所在。

同为“苏门四学士”之一的晁补之（1053—1110）词作近似苏轼，爱写人生感慨，常化用典故与历史人物故事，境界较开阔，意脉较流畅，像《摸鱼儿》：“买陂塘、旋栽杨柳，依稀淮岸江浦。东皋嘉雨新痕涨，沙觜鹭来鸥聚。堪爱处，最好是、一川夜月光流渚，无人独舞。任翠幄张天，柔茵藉地，酒尽未能去。青绫被，莫忆金闺故步。儒冠曾把身误，弓刀千骑成何事，荒了邵平瓜圃。君试觑，满青镜、星星鬓影今如许！功名浪语，便似得班超，封侯万里，归计恐迟暮。”这首词在归田生活中抒发功名失意的牢骚，兼有豪放和清新的两种风格，对后来的辛弃疾颇有影响。

与苏门颇有渊源的贺铸也是一位重要的词人。贺铸（1052—1125）虽非苏门中人，但却与苏门交往密切，曾受苏轼举荐，可算是苏门词友。他是一位个性和词风都非常奇特的词人，长身耸目，面色铁青，人称“贺鬼头”。为人豪侠尚气，却谈吐渊雅。其词兼有豪杰之气与儿女柔情，秾丽与清刚并存，张耒评价说：“方回乐府妙绝一世，盛丽如游金、张之堂，妖冶如揽嫱、施之袂，幽索如屈、宋，悲壮如苏、李。”（《东山词序》）《青玉案》是他著名的词作：“凌波不过横塘路，但目送，芳尘去。锦瑟华年谁与度？月桥花院，琐窗朱户，只有春知处。碧云冉冉蘅皋暮，彩笔新题断肠句。试问闲愁都几许？一川烟草，满城飞絮，梅子黄时雨。”这首词以在横塘附近所见一女子发端，以美人迟暮的悲哀，抒发自己郁郁不得志的“闲愁”。开头三句写美人的离去，写步履轻盈，令人神往。接着遐想对方的住处，幽雅而寂寞，华年易逝，美人迟暮，而蕴含自己的沉沦下僚，不为人所知重的遭遇。下片仍从横塘写起，碧云流动，蘅皋日暮，暗用江淹“日暮碧云合，佳人殊未来”的典故，补足首句“凌波不过”的意境，词人只能归来命笔题诗，而这种断肠之思实际是由万种闲愁引起，故接写闲愁，收束前篇。前人评此词“工妙之至，无迹可寻，语句思路亦在目前，而千人万人不能凑泊”（程洪《词洁》）。尤其结尾三句，连用三种叠加的意象表现愁思的广度、密度和长度，化抽象为具体，形象传达了愁思的绵绵无尽、迷蒙纷乱、无所不在而又无时不在的特征，构思巧妙，奇警别致。贺铸因此得了“贺梅子”的雅号。黄庭坚曾亲手抄录这首词放在案头，把玩吟咏，写诗赞曰：“解道江南断肠句，只今惟有贺方回。”

如苏轼一样，贺铸也曾以词写悼亡之情，其悼念亡妻的《鹧鸪天》与苏轼的《江城子》（十年生死两茫茫）前后辉映：“重过阊门万事非，同来何事不同归？梧桐半死清霜后，头白鸳鸯失伴飞。原上草，露初晞，旧栖新垅两依依。空床卧听南窗雨，谁复挑灯夜补衣。”贺铸中年以后曾多次路过或客居苏州，前一次是与妻子赵氏一起来的，后一次却已经是孤身一人。重过苏州城时，百感交集，抑制不住对亡妻的思念。词作情感在“万事非”的痛苦回忆的基调下层层展开，连用“梧桐半死”“头白鸳鸯失伴”的比喻，写自己的孤独寂苦和对亡妻的眷恋。结尾在凄凉的夜雨声中，回想起往日挑灯补衣的温情一幕，恍如隔世，以温情写哀情，倍觉其哀。而通过这一日常生活细节的剪辑，沉痛地表达出了对亡妻患难与共、相濡以沫之情的深切怀念。

贺词不但有凄婉真挚的儿女之情，更有一腔磊落不平的豪杰之气，如《六州歌头》：“少年侠气，交结五都雄。肝胆洞，毛发耸。立谈中，死生同。一诺千金重。推翘勇，矜豪纵，轻盖拥，聊飞鞚，斗城东。轰饮酒垆，春色浮寒瓮，吸海垂虹。闲呼鹰嗾犬，白羽摘雕弓。狡穴俄空。乐匆匆。似黄粱梦，辞丹凤；明月共，漾孤篷。官冗从，怀倥偬，落尘笼，簿书丛。鹖弁如云众，供粗用，忽奇功。笳鼓动，渔阳弄，思悲翁。不请长缨，系取天骄种，剑吼西风。恨登山临水，手寄七弦桐，目送归鸿。”这是一首自叙身世的长调。上片忆少年时期豪纵之状，在京任侍卫的游侠生活与豪放性格。下片写仕途失意，才无所用，不能为国立功。在今昔生活强烈的对比中，感情由豪迈到悲愤，慷慨顿挫，淋漓尽致

地表现出词人怀凌云壮志而请缨无路的满腔愤激之情。全词熔叙事、议论和抒情于一炉，配以短小的句式，急促的音节，集苏轼之豪放与周邦彦之律吕于一身，“雄姿壮采，不可一世”（夏敬观《手批东山词》）。读来令人有神采飞扬，雄健警拔，苍凉悲壮之感。

贺铸之外，苏门词友李之仪（1038—1117）的《卜算子》也传诵一时：“我住长江头，君住长江尾。日日思君不见君，共饮长江水。此水几时休？此恨何时已？只愿君心似我心，定不负相思意。”词作具有浓郁的乐府民歌风味。语言明白如话，质朴自然，既体现了民歌的艺术特色，又更好地表达出相思情深的意味。

李清照与南渡词人

靖康之难后，北宋沦亡，南宋甫立。面对山河破碎、家国飘零的屈辱与苦难，南渡词人无复樽前花下、吟风弄月的情致，词风为之一变。以反映现实、救亡图存为主要内容的沉痛呐喊成为诗词的主旋律。南宋前期活跃在词坛上的是以李清照、朱敦儒、张元幹、陈与义等为代表的南渡词人。虽然此际尚未出现堪与苏轼、周邦彦比肩的大词人，但女词人李清照的出现，却成为中国词坛一道独特的风景。

李清照（1084—约1155），自号易安居士，山东章丘县明水镇人（旧说为山东济南人）。父亲李格非是当时著名学

者。十八岁时嫁于赵明诚，婚后夫妇唱和，共同从事书画金石的收藏研究。南渡不久，赵明诚病死，她亲历变乱，颠沛流离，在寂寞中度过晚年。李清照词的创作以靖康之难为界，分为前、后两个时期。前期的作品比较真实地反映了她的闺中生活和思想感情，题材集中描写自然风光和离别相思，意境清俊疏朗，风格轻倩绰约、自然妩媚。王灼说李清照“作长短句，能曲折尽人意，轻巧尖新，姿态百出”(《碧鸡漫志》卷二)。如《如梦令》：“昨夜雨疏风骤，浓睡不消残酒。试问卷帘人，却道海棠依旧。知否？知否？应是绿肥红瘦！”这首词化用孟浩然诗《春晓》和晚唐诗人韩偓五绝“昨夜三更雨，临明一阵寒。海棠花在否？侧卧卷帘看”的意境，却比诗显得灵巧有致。词人抓住一个生动的细节，自己和卷帘人的一问一答，用“依旧”的淡漠回答，跌出“知否？知否？应是绿肥红瘦！”无限凄凉的叹惋，却又妙在含蓄，表现出女性对花事特有的敏感、关注以及惜花、惜春的细腻心理，抒发了对自然和青春易逝的感伤心理。又如：“常记溪亭日暮，沉醉不知归路。兴尽晚回舟，误入藕花深处。争渡，争渡，惊起一滩鸥鹭。”(《如梦令》)词用白描手法，回忆在溪亭的一次尽兴的游玩，传神地写出了少女们的天真烂漫，也从一个侧面反映出李清照早期热爱自然、生性活泼的性格和相对自由宽松的家庭环境。

李清照婚后生活虽说琴瑟和谐，但随着丈夫赵明诚的出

仕，也经常要面对或短暂或绵长的分离，难以排遣的相思和离愁便化作了一首首缠绵悱恻的情歌：

红藕香残玉簟秋，轻解罗裳，独上兰舟。云中谁寄锦书来？雁字回时，月满西楼。花自飘零水自流，一种相思，两处闲愁。此情无计可消除，才下眉头，却上心头。（《一剪梅》）

薄雾浓云愁永昼，瑞脑销金兽。佳节又重阳，玉枕纱厨，半夜凉初透。东篱把酒黄昏后，有暗香盈袖。莫道不消魂，帘卷西风，人比黄花瘦。（《醉花阴》）

香冷金猊，被翻红浪，起来慵自梳头。任宝奁尘满，日上帘钩。生怕离怀别苦，多少事、欲说还休。新来瘦，非干病酒，不是悲秋。休休！这回去也，千万遍《阳关》，也则难留。念武陵人远，云锁秦楼。唯有楼前流水，应念我、终日凝眸。凝眸处，从今又添，一段新愁。（《凤凰台上忆吹箫》）

从“一种相思”到“人比黄花瘦”再到“生怕离怀别苦”，随着分别的时间越来越长，相隔的距离越来越远，相思的痛苦也越来越浓郁，在终日凝眸的无望等待之后，曾经蜜一样的清愁渐渐成了悲苦的幽怨。所以，唐圭璋先生评价《凤凰台上忆吹箫》时说：“此首述别情，哀伤殊甚。”（《唐宋词简释》）和之前男性词人模拟女性口吻写情相比，李清照以女性独特的视角写亲身感受与内心体验，便格外真挚细腻、委婉动人。据伊世珍的《琅嬛记》卷中记载："易安以重阳《醉花阴》词函致明诚。明诚叹赏，自愧弗逮，务欲胜之。一切谢客，忘食忘寝者三日夜，得五十阕，杂易安作，以示友人陆德夫。德夫玩之再三，曰：'只三句绝佳。'明诚诘之，答曰：'莫道不消魂，帘卷西风，人比黄花瘦。'正易安作也。"造成这种结果的原因也许不仅仅是两人艺术水平的高低，可能还有男性词人和女性词人情感表达方式的差异吧。而上述词中多用口语，如"半夜""莫道""起来""生怕""新来""这回"等等，"以寻常语度入音律"（宋张端义《贵耳集》），也正是易安词的一大显著特色。

靖康之难后，李清照于高宗建炎二年（1129）南下江宁，次年丈夫病逝，不得不孤身一人，颠沛流离，饱受劫难和折磨。词风也一变早年清丽、明快而为凄凉、低沉。《声声慢》是后期的代表作："寻寻觅觅，冷冷清清，凄凄惨惨戚戚。乍暖还寒时候，最难将息。三杯两盏淡酒，怎敌他、晚来风急！雁过也，正伤心，却是旧时相识。满地黄花堆积，憔悴损，如今有谁堪摘？守着窗儿，独自怎生得黑？梧桐更兼细雨，到黄昏、点点滴滴。这次第，怎一个愁字了得！"词的上片，集中写愁苦难禁之状。开头"寻寻觅觅，冷冷清清，凄凄惨惨戚戚"十四字，凌空抒怀，哀怨之气，自胸腑中喷薄而出，使得全篇愁雾顿起。三句连用七对叠字，睽诸词史，实属罕见，诚如张端义《贵耳集》所谓

“此乃公孙大娘舞剑手，本朝非无能词之士，未曾有一下十四叠字者”。“寻寻觅觅”四字蕴含了词人流亡以来的不幸遭遇，又极准确、传神地表现出她在极度孤独中那种若失若有，茫无所措，努力想抓住什么的情状。后十个叠字既写环境又写情，将难以名状的复杂感情发展过程，由表及里，由浅入深地一层层写来，多么细腻曲折，十四个字一气而下，笼罩全篇，定下了感情基调，使以后逐次出现的景物，都染上浓重的感情色彩。接着，词人集中写孤独难耐之情。“这次第，怎一个愁字了得。”词人在最后收束以上几层可伤之事，与开篇十四字呼应，终于点出一个“愁”字，感情的分量非常沉重，更妙的是，全篇写愁，末了却说，这情景，用一个愁字怎么能说得尽呢？如此一来，在结尾一句又把词意推进一层，犹如异峰突起，遥指天外，使通篇余音袅袅，不绝如缕。李清照词的叠字艺术在这篇作品中得到淋漓尽致的体现。而在声韵方面，全词九十余字，用舌齿音者达五十七字之多，将一种欲说还休，欲吐还吞，愁肠百结，低回不已的哀痛抑郁之情描摹得呼之欲出。

辗转在国破家亡的苦痛中，词人也并非没有泛舟一游以排遣忧愁的念头，只是：“风住尘香花已尽，日晚倦梳头。物是人非事事休，欲语泪先流。闻说双溪春尚好，也拟泛轻舟。只恐双溪舴艋舟，载不动许多愁！”（《武陵春》）那个往日“见客入来，袜划金钗溜。和羞走，倚门回首，却把青梅嗅”（《点绛唇》）的青春活泼的李清照不见了，那个当年“沉醉不知归路，兴尽晚回舟”（《如梦令》）的逸兴飞扬的李清照不见了。当年青涩或悱恻的离愁此时已经变成生死悬隔、家国沦亡、身世飘零深入骨髓的无尽哀愁，恐怕轻快的船儿已装不下、载不动。心境不再，游兴也不再了。在晚年流寓临安的时候，词人已经很少出门，即使在当年一定会郑重其事出门的元宵佳节，词人也完全了无心绪，宁愿独自咀嚼寂寞：“落日熔金，暮云合璧。人在何处？染柳烟浓，吹梅笛怨，春意知几许？元宵佳节，融和天气，次第岂无风雨？来相召、香车宝马，谢他酒朋诗侣。中州盛日，闺门多暇，记得偏重三五。铺翠冠儿，撚金雪柳，簇带争济楚。如今憔悴，风鬟霜鬓，怕见夜间出去。不如向、帘儿底下，听人笑语。”（《永遇乐》）起句写元宵节的天气，夕阳无限好，壮丽中含衰飒之气。“人在何处”之问，令人转入悲凉之境，油然升起去国怀土之感。“染柳”二句对仗，写出节令特点，正是柳绿而梅落的时候。以笛曲的《梅花落》象征梅落。“知几许”之问，含混中有着低沉感伤的情绪。第三韵数句揭出题面，并强调天气和暖，迅即一转，又回到忧伤的基调上来。终以谢绝朋友的邀请去郊游作结。词下片开头二韵以内转笔法写昔日汴京元宵盛况。从而与第三韵和煞拍的“如今”情景形成鲜明对照。社会上一般的人并无忧患意识，一样寻欢作乐（“听人笑语”），而破国亡家之人，只

能帝底饮恨。沈曾植称此词“跌宕昭彰”，诚如吴调公先生所云：“《永遇乐》正是以‘昭彰’浅语，抒发‘跌宕’多姿兼迂回深蕴的京华之忆、家国之愁。”刘辰翁自述其诵此词，三年后，犹为之涕下。（《须溪词·永遇乐》自序）

作为女性词人，李清照在名家辈出的两宋词坛独树一帜，成就毫不逊色于当时一流词人，正如人所谓：“盖不徒俯视巾帼，直欲压倒须眉。”（李调元《雨村词话》）她的词主要是婉约派的风格，甚至被人视作婉约派的领军人物：“仆谓婉约以易安为宗，豪放唯幼安称首。”（王士祯《花草蒙拾》）由于她重视词“别是一家”的特殊规定性，并身体力行，在语言和抒情表现上形成了自己的特色，创造了所谓的“易安体”，给词的发展带来了新的活力。

南渡之际与李清照同样经历靖康之变的词人还有很多。如有“词俊”之称的朱敦儒（1081—1159），是南渡初期存词最多的名家。他进一步发挥了词体抒情言志的功能，不仅用词来抒发自我的人生感受，而且以词表现社会现实，诗词的功能初步合一。作品比较完整地表现出自我一生行藏出处、心态情感的变化。早期以婉丽流畅为主，如《鹧鸪天》：“我是清都山水郎，天教分付与疏狂。曾批给雨支风券，累上留云借月章。诗万首，酒千觞，几曾着眼看侯王！玉楼金阙慵归去，且插梅花醉洛阳。”词中淋漓尽致地表现了他早年乐于游山玩水、饮酒作诗的闲散生活和不肯摧眉折

腰的疏狂性格。但很快靖康之难击碎了其“斜插梅花，傲视侯王”的名士风流，其词风也一变为忧愤悲凉，如《相见欢》：“金陵城上西楼，倚清秋。万里夕阳垂地，大江流。中原乱，簪缨散，几时收？试倩悲风吹泪，过扬州。”此词上阕写景，下阕叙情，以简洁的语言和苍茫的意境写仓皇逃难的悲怆和对国事的忧虑，情调沉郁感伤，一气流注，“不唯在朱词中不可多得，即千古以来也允推上乘之作”（朱庸斋《分春馆词话》）。后期逍遥山水，词风旷逸散淡，如《好事近》：“摇首出红尘，醒醉更无时节。活计绿蓑青笠，惯披霜冲雪。晚来风定钓丝闲，上下是新月。千里水天一色，看孤鸿明灭。”清疏晓畅，平淡闲远。梁启超评论说：“飘飘有出尘感，读之令人意境远。”（《饮冰室评词》）朱敦儒词作，被宋人汪莘视作是联结苏轼和辛弃疾之间的桥梁：“盖至东坡而一变，其豪妙之气隐隐然流出言外，天然绝世，不假振作。二变而为朱希真，多尘外之想，虽杂以微尘，而清气自不可没。三变而为辛稼轩，乃写其胸中事，尤好称渊明。此词之三变也。”（《方壶诗余自序》）

朱敦儒之外，陈与义（1090—1138）虽以诗名世，其《临江仙》也是词中珍品：“忆昔午桥桥上饮，座中多是豪英。长沟流月去无声。杏花疏影里，吹笛到天明。二十余年如一梦，此身虽在堪惊。闲登小阁看新晴。古今多少事，渔唱起三更。”上片追忆往昔在洛阳时良朋聚集的豪情雅兴。

下片以“二十余年如一梦”承上启下，抒发感慨，将自己青年时的豪情逸兴与流亡时的思想生活形成鲜明对照。在艺术表现上，忆旧写得意气豪爽，笔力奇放；抒情写得苍凉慷慨，思远意长。

在南渡前后的词人中，真正奠定南宋词基调的，是一批自觉地抒写国家沧桑、感怀时事的词人。他们将柔丽婉转的词体变成了具有战斗性和批判性的精神武器，表达针砭时事、收复河山、抗击胡虏的爱国豪情，形成了南宋声势浩大的爱国豪放词派。在这一词风转变中，张元幹和稍后的张孝祥可为代表。

张元幹（1091—1160），字仲宗，号芦川居士，长乐（今福建闽侯）人。早期词风绮艳婉媚。靖康之难中，他投笔从戎，曾协助李纲指挥汴京保卫战。目睹民族的灾难，他扼腕痛愤，词风也变得慷慨悲凉。他寄李纲和送胡铨的两首《贺新郎》，是其《芦川词》的压卷之作。前一首为：“曳杖危楼去。斗垂天、沧波万顷，月流烟渚。扫尽浮云风不定，未放扁舟夜渡。宿雁落、寒芦深处。怅望关河空吊影，正人间、鼻息鸣鼍鼓。谁伴我，醉中舞。十年一梦扬州路。倚高寒、愁生故国，气吞骄虏。要斩楼兰三尺剑，遗恨琵琶旧语。谩暗涩、铜华尘土。唤取谪仙平章看，过苕溪、尚许垂纶否？风浩荡，欲飞举。”此词忠愤满腔，风格豪迈。上片写景，画面宏阔，境界雄浑，格调凄冷。下片直抒胸臆，抨击朝廷投降求和，对英雄无用武之地表示义愤。后一首为："梦绕神州路。怅秋风、连营画角，故宫离黍。底事昆仑倾砥柱，九地黄流乱注？聚万落千村狐兔。天意从来高难问，况人情易老悲难诉。更南浦，送君去。凉生岸柳催残暑。耿斜河、疏星淡月，断云微度。万里江山知何处？回首对床夜语。雁不到、书成谁与？目尽青天怀今古，肯儿曹恩怨相尔汝。举大白，听金缕。"绍兴年间，胡铨上书请斩秦桧，遭到流放，当时士大夫大都畏祸钳口，张元幹因作此词为他送行并抒发不平之慨。这首词打破历来送别词的旧格调，把个人之间的友情放在了民族危亡这样一个大背景中来吟哦，因此写来境界壮阔，气势开张：既有深沉的家国之感，又有真切的朋友之情；既有悲伤的遥想，又有昂扬的劝勉。这些情绪纠结在一起，形成了悲壮激昂的情调，在通常尔汝呢喃的送别词中确实不同寻常。前人称赞这首词"慷慨悲凉，数百年后，尚想其抑塞磊落之气"（《四库全书总目提要》）。

张元幹之后，南宋初期以豪放风格著称的词人是张孝祥(1132—1170)，字安国，号于湖居士，乌江（今安徽和县）人。张孝祥词受苏轼影响很大，胸襟与笔力也近似。他感怀时事的《六州歌头》最为著名："长淮望断，关塞莽然平。征尘暗，霜风劲，悄边声。黯销凝。追想当年事，殆天数，非人力。洙泗上，弦歌地，亦膻腥。隔水毡乡，落日牛羊下，区脱纵横。看名王宵猎，骑火一川明。笳鼓悲鸣，遣人惊。念腰间箭，匣中剑，空埃蠹，竟何成？时易失，心徒壮，岁将零。渺神京。干羽方怀远，静烽燧，且休兵。冠盖使，纷驰骛，若为情？闻道中原遗老，常南望，翠葆霓旌。使行人到此，忠愤气填膺，有泪如倾。”宋孝宗隆兴元年(1163)，张浚奉命出师北伐。由于投降派阻挠及前线将帅不和，致使符离之败，北伐受挫。投降派得势，下令撤毁边备，决定与金“议和”。时张孝祥在建康（今江苏南京）任留守。相传此词是一次宴会上所作，张浚听后为之“罢席而入”（《朝野遗记》）。上片写登高眺望所见到的边备松弛，金军气焰嚣张的景象，令人气沮。下片写报国无门，壮志难酬的悲愤，强烈地谴责了统治者苟且偷安，误国误民的罪行。“隔水毡乡，落日牛羊下，区脱纵横。”“隔水毡乡”以下歇拍，写淮河对岸敌占区的红红火火。牛羊下山乃百姓生活的安定祥和，“名王宵猎”，说明金兵大规模演习，这与宋朝边境的死气沉沉、萧条、冷落形成鲜明的对比，表现出深深的忧虑、无奈而又痛心疾首的感情。陈廷焯评曰：“淋漓痛快，笔饱墨酣，读之令人起舞。”（《白雨斋词话》）全词感愤时事，即席赋词，慷慨悲壮，令千古英雄吞声。

张孝祥的《念奴娇》也是一首传诵千古的名作：“洞庭青草，近中秋，更无一点风色。玉鉴琼田三万顷，著我扁舟一叶。素月分辉，明河共影，表里俱澄澈。悠然心会，妙处难与君说。应念岭海经年，孤光自照，肝胆皆冰雪。短发萧骚襟袖冷，稳泛沧浪空阔。尽挹西江，细斟北斗，万象为宾客。扣舷独啸，不知今夕何夕。”这首词画面优美，意境开阔，秉自然流丽之笔，具豪迈凌云之气。它和任何人写中秋明月或洞庭明月的词都不同，因为这中间体现了词人自己的一种“冰雪精神”和“明月情怀”。在天人合一、物我两忘的抒写中，明月即是诗人自己，诗人自己即是明月。“通篇景中见情，笔势雄奇。”（唐圭璋《唐宋词简释》）在奸臣当道、小人肆虐的红尘俗世中，词人不愿随俗浮沉，趋炎附势，其坦荡的胸襟与壮丽的湖光山色浑然一体。后人对之赞誉有加，以为“飘飘有凌云之气，觉东坡《水调》犹有尘心”（王闿运《湘绮楼词选》）。

当然，南宋前期最有名的爱国词作莫过于岳飞（1103—1141）的《满江红》：“怒发冲冠，凭栏处、潇潇雨歇。抬望眼，仰天长啸，壮怀激烈。三十功名尘与土，八千里路云和月。莫等闲、白了少年头，空悲切。靖康耻，犹未雪。臣子恨，何时灭！驾长车，踏破贺兰山缺。壮志饥餐胡虏肉，笑谈渴饮匈奴血。待从头、收拾旧山河，朝天阙。”杀敌立功的理想抱负和重整山河的英雄豪情，凝结成一曲气吞山河的爱国主义乐章，成为中华民族千百年来，抗击外敌入侵、凝聚民族热情的一篇慷慨激昂的战斗檄文。

辛弃疾与辛派词人

“国家不幸诗家幸，赋到沧桑句便工。”经过大批南渡词人的创作实践，词基本上完成了从抒写一己怀抱到饱含政治忧患的转变，慷慨激昂的爱国情怀成为时代的最强音，表现出与北宋词坛迥然有异的词风和审美视界。而将这种精神和境界推向高潮的是以辛弃疾为代表的辛派词人。辛弃疾的出现，不仅意味着豪放词达到巅峰，也意味着词史巅峰时刻的到来。无论是在内容上还是在形式上，辛词都极大地解放了词体，最终确立了词与五七言诗歌分庭抗礼的文学地位。

辛弃疾（1140—1207），字幼安，号稼轩，历城（今山东济南）人。他生于金人占领区，因父亲多病早逝，辛弃疾为祖父辛赞抚养，受祖父爱国主义影响极深，自小就有报国立功、恢复失地的宏愿。绍兴三十一年（1161）夏，辛弃疾二十二岁，金主完颜亮迁京开封。九月，大举南侵，金后方军民“屯聚蜂起”，稼轩趁机聚众二千，参加由耿京领导的一支声势浩大的起义军，并担任掌书记。以一介书生而率众起义者，两宋以来，唯稼轩一人而已。绍兴三十二年（1162）正月，辛弃疾奉表归宋，接洽南投事宜。在他完成使命归来的途中，听到耿京被叛徒张安国所杀、义军溃散的消息，便率领五十多人袭击敌营，将叛徒缚于马背，带回建康，交给南宋朝廷处决。辛弃疾惊人的勇敢和果断，使他名重一时，“壮声英概，懦士为之兴起，圣天子一见三叹息”（洪迈《稼轩记》）。宋高宗便任命他为江阴签判，从此开始了他在南宋的仕宦生涯。渡江南下后的二十年，是稼轩理想

与现实不断冲突的二十年。一方面，其为筹措北伐、恢复统一而不遗余力，先后作分析宋金形势与军事斗争前途的《美芹十论》、北伐计划书《九议》，在湖南安抚使任上，创置“飞虎军”为抗金准备。但另一方面，作为一个“归正人”，注定处在被猜忌、防范、监督使用的地位，而其又“刚拙自信，年来不为众人所容”（《论盗贼札子》），政治地位十分孤危。在四十二岁的壮年，被弹劾落职，自此闲居达二十年之久，中间仅一度担任过福州知府兼福建安抚使。六十四岁时，再次被起用然而两年后又被去职。开禧三年（1207），稼轩忧愤成疾，赍志以殁。

在词的整个发展史上，辛弃疾的出现，彻底涤荡了词身上还残存的脂粉气息，从此使得词中不仅有红粉佳人、失意文人、苦闷志士，还有金戈铁马、气吞万里的英雄形象。辛弃疾天生是个英雄，体格魁梧、膂力过人，红颊青眼，目光有棱，人称“青兕”。不但勇武过人，胆识超群，而且忠义刚正，谋略非凡。生于弱宋之末造，负管、乐之才的辛弃疾却不能尽展其用，只得将无处发泄的一腔忠愤以及不受信任、不受重用的抑郁无聊之气寄之于词；因而以抒写抗金复国、重整河山的豪情壮志与英雄失路、志不获伸的忧愤不平的英雄主义精神成为辛词的主要内容。在抒发报国之志时，辛弃疾的词常常显示出军人的勇毅和豪迈自信的情调，像“要挽银河仙浪，西北洗胡沙”（《水调歌头》），“马革裹尸

当自誓，蛾眉伐性休重说”（《满江红》），“道男儿到死心如铁。看试手，补天裂”（《贺新郎》）等等，无不豪情飞扬，气冲斗牛。在《水龙吟》一词中，他借祝寿抒写了自己报国的雄心：“渡江天马南来，几人真是经纶手？长安父老，新亭风景，可怜依旧！夷甫诸人，神州沉陆，几曾回首？算平戎万里，功名本是，真儒事，公知否？况有文章山斗，对桐阴，满庭清昼。当年坠地，而今试看，风云奔走。绿野风烟，平泉草木，东山歌酒。待他年，整顿乾坤事了，为先生寿。”这是一首写给当时主战派吏部尚书韩南涧的祝寿词。开头用东晋的典故表达了对南宋统治集团的失望，慨然以“平戎万里”的重任勉人与自勉，尽管在被劾落职期间，仍然以“待他年，整顿乾坤事了”自许。面对山河沦陷，他的许多作品都表现了对北方故土的深切怀念和挥戈北上的恢复愿望。宋孝宗淳熙三年（1176）词人任江西提点刑狱、驻节赣州时，登上郁孤台，回想四十七年前金兵长驱直入江南、江西腹地，隆佑太后仓皇南逃的往事，感慨万千，写下著名的《菩萨蛮》：“郁孤台下清江水，中间多少行人泪。西北望长安，可怜无数山。青山遮不住，毕竟东流去。江晚正愁予，山深闻鹧鸪。”在对故国河山的怅惘中，传达出一种志在恢复的坚定志向。

但是当辛弃疾带着一腔报国的热血渡江南来，却不料从此陷落在碌碌无为的境地，理想的逐渐幻灭，使他的作品更多抒发了英雄失路的苦闷和悲愤。在他南归的第十二年重游当年南归的首站建康时，他写下了著名的《水龙吟·登建康赏心亭》：“楚天千里清秋，水随天去秋无际。遥岑远目，献愁供恨，玉簪螺髻。落日楼头，断鸿声里，江南游子。把吴钩看了，栏杆拍遍，无人会，登临意。休说鲈鱼堪脍，尽西风、季鹰归未？求田问舍，怕应羞见，刘郎才气。可惜流年，忧愁风雨，树犹如此！倩何人唤取，红巾翠袖，揾英雄泪。”起句破空而来，写出了天高水长、浩渺寥廓的无边秋色。接着用移情之法，明写山势连绵、山形各异，实写词人对中原沦陷、南宋小朝廷不思恢复的“愁”与“恨”。“落日楼头”以静态的景物写出了词人的悲凉和愁，“把吴钩看了”等句则是以动态的人物写出了词人的激愤和遗恨。落日残照是危机重重的南宋王朝的反映，那失群的孤雁也正好是词人自身的写照。下片连续运用三个典故，通过古人古事抒写词人的雄心壮志和坚持用世的决心，表现了他怀才不遇、年光虚度的愤慨和苦痛。然而即使词人在写他的孤独和悲哀，写他的痛苦和眼泪时，我们也仍然可以看到他以英雄自许、不甘沉没的心灵。直到他晚年出任镇江知府时，所作的《永遇乐·京口北固亭怀古》，仍是豪气干云：“千古江山，英雄无觅，孙仲谋处。舞榭歌台，风流总被，雨打风吹去。斜阳草树，寻常巷陌，人道寄奴曾住。想当年，金戈铁马，气吞万里如虎。元嘉草草，封狼居胥，赢得仓皇北顾。四十

三年，望中犹记，烽火扬州路。可堪回首，佛狸祠下，一片神鸦社鼓。凭谁问，廉颇老矣，尚能饭否?”在这篇被杨慎称为“辛词第一”的作品中，辛弃疾通过对咏怀地域相关英雄事迹的回顾和评说，体现了词人既坚决主张抗金而又反对冒进的正确思想，最后以廉颇自喻，流露出老当益壮，犹堪一用的壮烈情怀。

经过二十年的仕宦生涯，功名未遂，只落得“秋江上，看惊弦雁避，骇浪船回”（《沁园春》)，辛弃疾的内心是极其痛苦的。无可奈何的处境和同样无可奈何的心境，使辛弃疾也不得不在自然山水和乡居生活中寻求排遣苦闷的途径。一到带湖新居，他就与鸥鹭定下盟约：“来往莫相猜。”（《水调歌头》）因为人间相互猜忌，难寻“同盟之人”，才不得不与鸥鹭为盟。闲居期间，辛弃疾歌唱“一松一竹真朋友，山鸟山花好弟兄”（《鹧鸪天》)。歌唱“青山意气峥嵘，似为我归来妩媚生。解频教花鸟，前歌后舞，更催云水，暮送朝迎”

（《沁园春》)。表面上甚是闲适，实际上是“闲”而不“适”，深刻地体现了一代英豪的悲惨处境。他的一些田园词篇，也是继苏轼之后给词的世界增添了极富生活气息的一道清新自然的乡村风景线，如《清平乐》和《西江月·夜行黄沙道中》：“茅檐低小，溪上青青草。醉里吴音相媚好，白发谁家翁媪？大儿锄豆溪东，中儿正织鸡笼。最喜小儿无赖，溪头卧剥莲蓬。”“明月别枝惊鹊，清风半夜鸣蝉。稻花香里说丰年，听取蛙声一片。七八个星天外，两三点雨山前。旧时茅店社林边，路转溪桥忽见。”但这类词作，并不意味着辛弃疾悲愤的心境会随着年岁的增长与生活的闲适而淡化。这只是一时的忘情，也是悲愤的另一种表现形式，只要读一下著名的《丑奴儿·书博山道中壁》就可以看出：“少年不识愁滋味，爱上层楼。爱上层楼，为赋新词强说愁。而今识尽愁滋味，欲说还休。欲说还休，却道天凉好个秋。”正是因为他经历了许多世事沧桑，积蓄了太多太深的苦闷，深知人生的无奈，才“欲说还休”。他只能在恬静的田园乡村中为自己的感情寻找寄寓，抚慰饱受创伤的心灵。这是一个英雄人物在一个平庸苟且的社会中不得已的选择。

无论在题材内容的广度、情感表达的力度还是艺术表现的创新上，辛弃疾都将词推向了一个全新的境界。范开在给辛弃疾词作的序言中指出：“故其词之为体，如张乐洞庭之野，无首无尾，不主故常；又如春云浮空，卷舒起灭，随所变态，无非可观。”（范开《稼轩词序》）前人说苏词“无意不可入，无事不可言”，这个评价放在辛弃疾的身上或许更为合适。在现存的六百多首词作中，举凡政治、哲理、友情、恋情、田园、山水、民俗人情、日常生活、读书感受等等，无不入词。可以说，凡当时能写入其他任何文学样式的东西，他都写入词中，范围比苏词还要广泛得多。而随着内容、题材的变化和感情基调的变化，辛词的艺术风格也有各

种变化。雄深雅健，悲壮沉郁，俊爽流利，飘逸闲适，秾纤婉丽，都兼收并蓄，形成悲壮中有婉转，豪气中有缠绵，柔情中有刚劲的独特风格。虽然辛弃疾和苏轼都是豪放词人，但正如王国维《人间词话》中指出“东坡之词旷，稼轩之词豪”。苏轼的词在情感的力度上不如辛弃疾，“魄力之大，苏不如辛。气体之高，辛不逮苏”，苏词“极超旷而意极和平”，辛词“极豪雄而意极悲郁”（陈廷焯《白雨斋词话》）。不像苏轼的词感情变化回环空间比较大，辛弃疾情感表达往往大起大落，反差强烈，形成瀑布般的冲击力量。如《破阵子·为陈同甫赋壮词以寄之》：“醉里挑灯看剑，梦回吹角连营。八百里分麾下炙，五十弦翻塞外声。沙场秋点兵。马作的卢飞快，弓如霹雳弦惊。了却君王天下事，赢得生前身后名。可怜白发生。”从开头起，一路写想象中练兵、杀敌的场景与气氛，痛快淋漓，雄壮无比。但在“了却君王天下事，赢得生前身后名”之后，突然接上末句“可怜白发生”，点出那一切都是徒然的梦想，事实是白发无情，壮志成空，犹如一瓢冰水泼在猛火上，令人不由得惊栗震动。同样，辛弃疾的妩媚语也不同于苏。苏所作妩媚语并非完全“一洗绮罗香泽之态，摆脱绸缪婉转之度”，不过显得洁净幽远；而辛词作妩媚语，则是摧刚为柔，“肝肠如火，色貌如花”（夏承焘评辛语）。如《摸鱼儿》：“更能消、几番风雨。匆匆春又归去。惜春长怕花开早，何况落红无数！

春且住，见说道、天涯芳草无归路。怨春不语。算只有殷勤，画檐蛛网，尽日惹飞絮。长门事，准拟佳期又误。蛾眉曾有人妒。千金纵买相如赋，脉脉此情谁诉？君莫舞，君不见、玉环飞燕皆尘土！闲愁最苦！休去倚危栏，斜阳正在，烟柳断肠处。”词人在此借春意阑珊和美人遭妒来暗喻自己政治上的不得意。表面上完全是一首宫怨之词，但实际上是抒发了自己忧伤国事，忠而见谤的怨怒心情，在伤春、惜春的柔情背后，实则深含不屈不挠的刚健豪气，艺术上“姿态飞动，极沉郁顿挫之致”。起句三字，“从千回万转后倒折出来，真是有力如虎”（陈廷焯《白雨斋词话》卷一）。

作为一个曾经跃马沙场和一直梦想驰骋疆场的战士，辛弃疾在词的意象使用上，也呈现了全新的风貌。他一般很少采用传统词作中常见的兰柳花草及红粉佳人为点缀，而是密集地使用刀、枪、剑、戟、弓、箭、戈、甲、铁马、旌旗、将军和奇兵等战争和军事意象，使词的意象和语汇出现了一次大的转换。不但在频繁使用这些新的意象，就是在寻常景物中，辛弃疾也以其特有的眼光赋予其特有的色彩，如《沁园春》中：“叠嶂西驰，万马回旋，众山欲东。正惊湍直下，跳珠倒溅，小桥横截，缺月初弓。老合投闲，天教多事，检校长身十万松。吾庐小，在龙蛇影外，风雨声中。”静止的青山能变成奔腾飞驰的战马，林间的松树也幻化成等待检阅的勇武士兵。将传统士大夫眼中的闲适山水变成万马千军，抒情意象的军事化，是稼轩词所独具的艺术特色。

稼轩词不仅转换了意象群，而且更新了表现手法，在苏轼“以诗为词”的基础上，进而“以文为词”，将古文辞赋中常用的章法和议论、对话等手法移植于词。如《西江月》：“醉里且贪欢笑，要愁那得工夫。近来始觉古人书，信着全无是处。昨夜松边醉倒，问松我醉何如？只疑松动要来扶，以手推松曰去！”以文为词，还体现在词语言的开拓上。前人作词，除从现实生活中提炼语言外，主要从前代诗赋中吸取语汇，而稼轩则独创性地用经史子等散文中的语汇入词，不仅赋予古代语言以新的生命活力，而且空前地扩大和丰富了词的语汇。正如清人吴衡照在《莲子居词话》中指出：“辛稼轩别开天地，横绝古今，《论》《孟》《诗小序》《左氏春秋》《南华》《离骚》《史》《汉》《世说》《选》学、李杜诗，拉杂运用，弥见其笔力之峭。”本来这很容易造成生硬艰涩的毛病，但是以辛弃疾的才力，却大多能够运用得恰到好处、浑成自然，或是别有妙趣，“任古书中理语、瘦语，一经运用，便得风流”（刘熙载《艺概》）。如《贺新郎》：“甚矣吾衰矣。怅平生、交游零落，只今余几。白发空垂三千丈，一笑人间万事。问何物、能令公喜。我见青山多妩媚，料青山、见我应如是。情与貌，略相似。一樽搔首东窗里。想渊明、停云诗就，此时风味。江左沉酣求名者，岂识浊醪妙理。回首叫、云飞风起。不恨古人吾不

见，恨古人不见吾狂耳。知我者，二三子。”“甚矣吾衰矣”和“二三子”是用《论语·述而》与《论语·八佾》中句子；“问何物、能令公喜”是化用《世说新语·宠礼》中句子；“不恨古人吾不见，恨古人不见吾狂耳”是《南史·张融传》中的句子。这种对经史典籍的使用真可谓是“驱使庄、骚、经、史，无一点斧凿痕”（楼俨《词林纪事》）。

大量使用典故，也成为稼轩词一个重要特色。对此虽有“掉书袋”之讥，但总体上已达到“体认着题，融化不涩”（张炎《词源》）的境界，极大丰富了词的意蕴和想象的空间。如《贺新郎·别茂嘉十二弟》：“绿树听鹈鴂。更那堪、鹧鸪声住，杜鹃声切。啼到春归无寻处，苦恨芳菲都歇。算未抵、人间离别。马上琵琶关塞黑，更长门、翠辇辞金阙。看燕燕，送归妾。将军百战身名裂，向河梁、回头万里，故人长绝。易水萧萧西风冷，满座衣冠似雪。正壮士、悲歌未彻。啼鸟还知如许恨，料不啼清泪长啼血。谁共我，醉明月。”上阕用昭君出塞、陈皇后居长门、庄姜送归妾等事，借美人失意见疏寄托臣为君弃的苦闷；下阕用李陵战败和荆轲刺秦之事，借英雄功名不立寄托壮志难酬的遗恨。以赋之笔法，典故化用，自然贴切。王国维《人间词话》评为“章法绝妙。且语语有境界，此能品而几于神者。然非有意为之，故后人不能学也”。陈廷焯《白雨斋词话》卷一：“稼轩词以《贺新郎·别茂嘉十二弟》一篇为冠，沉郁悲

凉，跳跃动荡，古今无此笔力。”

某种意义上说，宋词只有发展到辛弃疾，才使得汪洋恣肆与惊涛骇浪集于一身。诚如刘克庄在《辛稼轩集序》中所说：“公所作，大声镗鞳，小声铿鍧，横绝六合，扫空万古，自有苍生以来所无。”清人周济也认为：“其才情富艳，思力果锐，南北两朝，实无其匹，无怪流传之广且久也。”并且将之与苏轼比较，以为“世以苏辛并称。苏之自在处，辛偶能到之；辛之当行处，苏必不能到。二公之词，不可同日语也”（《介存斋论词杂著》）。他的出现使得词真正从“艳科”中彻底解放出来，成为中国古典韵文中与诗歌分庭抗礼的文体。所以《四库全书总目》评价他说：“其词慷慨纵横，有不可一世之概；于倚声家为变调，而异军特起，能于剪红刻翠之外，屹然别立一宗，迄今不废。”

在南宋词坛上，受辛弃疾词风影响或与其同声相求的著名词人还有陆游、陈亮、刘过、刘克庄等。

陆游（1125—1210）是南宋最伟大的爱国诗人。其主要成就在诗而不在词，但刘克庄认为：“放翁长短句，……其激昂感慨者，稼轩不能过；飘逸高妙者，与陈简斋、朱希真相颉颃；流丽绵密者，欲出晏叔原、贺方回之上。”（《后村诗话续编》）今天看来未免过誉，但这也说明陆游词作还是有较高的艺术成就。其《诉衷情》就是一曲悲壮慷慨的著名作品：“当年万里觅封侯，匹马戍梁州。关河梦断何处，尘暗旧貂裘。胡未灭，鬓先秋，泪空流。此生谁料，心在天山，身老沧州。”此词足以与辛弃疾的《破阵子》相颉颃。两首词都着眼于今昔对比，在梦境与现实的转换中，在时间与空间的交错中，当年之豪气与今朝之落魄形成鲜明比照，情感跌宕回旋，具有催人泪下的艺术效果。不过陆游最为人传诵的倒可能是下面这两首婉约词作：

驿外断桥边，寂寞开无主。已是黄昏独自愁，更著风和雨。无意苦争春，一任群芳妒。零落成泥碾作尘，只有香如故。(《卜算子》)

红酥手，黄藤酒。满城春色宫墙柳。东风恶，欢情薄。一怀愁绪，几年离索。错！错！错！春如旧，人空瘦。泪痕红浥鲛绡透。桃花落，闲池阁。山盟虽在，锦书难托。莫！莫！莫！(《钗头凤》)

前一首将自身的遭遇与梅花高洁的品格融合在一起，成为咏梅诗词中的珍品。后一首展示了一段凄婉缠绵的真挚爱情，如泣如诉、如歌如怨，脍炙人口。

陈亮（1143—1194），字同甫，号龙川，与辛弃疾相从甚密，抱负相同，词风亦相似。故他每词写就，“辄自叹曰：‘平生经济之怀，略已陈矣。’”（叶适《书龙川集后》）《水调歌头·送章德茂大卿使虏》是他的压卷之作：“不见南师久，漫说北群空。当场只手，毕竟还我万夫雄。自笑堂堂汉使，得似洋洋河水，依旧只流东。且复穹庐拜，会向藁街逢。尧之都，舜之壤，禹之封，于中应有，一个半个耻臣戎。万里腥膻如许，千古英灵安在，磅礴几时通？胡运何须问，赫日自当中！”此词为送章森出使金国之作。开篇通过章森只身出使，显示出只手擎天的英雄气概，下片横空铺展出尧、舜、禹的壮丽河山。在“千古英灵安在”的呼喊中，激发出耻于臣戎、净扫胡虏的宏愿，弥漫着充斥天地的正气！陈廷焯说换头五句“精警奇肆，几于握拳透爪。可作中兴露布读”（《白雨斋词话》卷一）。全篇纯用散体，感情激昂，豪放恣肆庶几过于稼轩。

刘过（1154—1206），字改之，号龙洲道人，与陆游、陈亮、辛弃疾都颇有交往。如果说陈亮是本来就与稼轩词风相近，那么刘过则是有意识效仿稼轩。他的名作《沁园春》即是“有意效稼轩体者”：“斗酒彘肩，风雨渡江，岂不快哉！被香山居士，约林和靖，与东坡老，驾勒吾回。坡谓西湖，正如西子，浓抹淡妆临镜台。二公者，皆掉头不顾，只管衔杯。白云天竺飞来。图画里、峥嵘楼阁开。爱东西双涧，纵横水绕。两峰南北，高下云堆。逋曰不然，暗香浮动，争似孤山先探梅？须晴去，访稼轩未晚，且此徘徊。”全用苏东坡、白居易、林和靖三人的诗句拆开组合成对话，镶嵌在词律之中。这种散文化、引用故事、诙谐风趣的风格确实很像辛弃疾。据说辛弃疾非常高兴，“致馈数百千，竟邀之去”（《桯史》）。

南宋后期，辛派词后劲成就最大的词人是刘克庄(1187—1269)。他作词“不涉闺情春怨”（《贺新郎·席上闻歌有感》)，以关怀国运和揭露时弊为主，冯煦《蒿庵论词》云：“后村词与放翁、稼轩犹鼎三足。其生于南渡，拳拳君国，似放翁；志在有为，不欲以词人自域，似稼轩。”在艺术上，刘克庄进一步推进了词的散文化、议论化，尤其是一些长调词，不受传统格律的束缚，叙事说理，运用得非常自由。如《沁园春》：“何处相逢，登宝钗楼，访铜雀台。唤厨人斫就，东溟鲸脍，圉人呈罢，西极龙媒。天下英雄，使君与操，余子谁堪共酒杯。车千辆，载燕南赵北，剑客奇才。饮酣画鼓如雷。谁信被晨鸡轻唤回。叹年光过尽，功名未立，书生老去，机会方来，使李将军，遇高皇帝，万户侯何足道哉。披衣起，但凄凉感旧，慷慨生哀。”此篇题为“梦孚若”，“孚若”，即方孚若，刘克庄的同乡好友，很有才能，曾三次出使金国，皆不辱使命。这首词采用虚实结合的手法，以梦境写思念的友人，将那种怀才不遇的愤懑之情，淋漓尽致地表达了出来。俞平伯先生评曰：“观其通篇不用实笔，似粗豪奔放，仍细腻熨帖，正如脱羁之马，驰骤不失尺寸也。”（《唐宋词选释》)

在辛派后劲中，值得一提的还有文天祥（1236—1282）。元兵南下，他毁家起兵勤王，被俘之后，坚贞不屈，从容就义。此间诗文词作，皆以血泪凝就，慷慨悲壮，表现出凛然不可侵犯的民族气节。如《酹江月》:“乾坤能大，算蛟龙、元不是池中物。风雨牢愁无着处，那更寒虫四壁。横槊题诗，登楼作赋，万事空中雪。江流如此，方来还有英杰。堪笑一叶飘零，重来淮水，正是应凉风新发。镜里朱颜都变尽，只有丹心难灭。去去龙沙，向江山回首。青山如发。故人应念，杜鹃枝上残月。”这是一首风骨遒劲的唱和之作。上片言旧，下片言别，在生与死的矛盾冲突中，逐次深入地展示出一个爱国者的崇高心灵，国虽亡而正气犹存，身将死而雄心不灭，没有丝毫萎靡之色，确乎是南宋辛弃疾、陆游等爱国词的嗣响，为南宋词谱写了高唱入云的尾声。

元曲自然

“时运交移，质文代变”，宋亡以后，一代文学的宋词也走向衰落，中国诗歌又开始重新寻求突破契机。而对于古典诗歌而言，这个契机主要就是新的音乐形式。其实，词在经过文人改造，逐渐远离民间，越来越成为文人雅士专利之际，民间长短句也在以自身的形态继续存在，并且与其时的音乐保持天然的联系。随着金人入主中原到元人统一全国，异族的音乐也大量流入，汉族地区原有的音乐便与这种外来音乐相结合，孕育出一种新的乐曲。在原来的词已经不能适应新的乐曲的情况下，便逐渐产生一种新的与之配套的诗歌形式——散曲。明代徐渭在《南词叙录》里曾对由乐曲的变化导致“曲”的兴盛作过精辟的论断：“今之北曲，盖辽金北鄙杀伐之音，壮伟狠戾，武夫马上之歌，流入中原，遂为民间之日用。宋词既不可被管弦，世人亦遂尚此，上下风靡。”随后王世贞在《曲藻序》中也持有相同的观点：“曲者词之变。自金元入主中国，所用胡乐，嘈杂凄紧，缓急之间，词不能按，乃更为新声以媚之。”这种最开始流行于民间的新的诗歌形式，经过文人的广泛参与创造，最终成就了一种新诗体的辉煌。

从体式上看，散曲包括小令、带过曲、套数。小令是独立的支曲，名称源自唐代的酒令，由“俗谣俚曲”发展而来，“盖市井所唱小曲也”（王骥德《曲律》），形式短小，通俗灵活。带过曲由同一宫调的不同曲牌组成，曲牌最多不能超过三首。一般用“带过”两字标明，如《雁儿落带过得胜令》；也可以只用一个“带”“过”或“兼”字标示，如《雁儿落带得胜令》《雁儿落过得胜令》《雁儿落兼得胜令》；也有只把几个曲牌连写在一起，如《骂玉郎感皇恩采茶歌》等。套数又名套曲、散套或大令，是从唐宋大曲、宋金诸宫调发展而来，由同一宫调的数支曲牌连缀而成，多少不拘，各曲押同一部韵，结尾须用“尾声”以示套曲音乐

结构完整。

从形式上看，散曲和词很相近，都是采用长短句句式，不过比起词来，句式变化更大，更显得参差不齐；最重要的是与诗词定句定字不同，散曲可在规定的字数之外另加衬字，衬字不定多寡，不定平仄，一般加在句首或句中，不能加在句尾。从韵律上看，散曲韵脚较密，可平仄通押，平上去通叶，不避重韵，可以在同一散曲中出现相同的韵脚字，曲学名家任半塘先生对曲韵赞美备至，称其“十分曲合语吻，亦即十分曲达语情，此亦为他种长短句所不可及，而独让之与金元之曲者”（《散曲概论》）。从语言上看，散曲的语言与词典雅含蓄的主导风格不同，散曲会大量使用口语、俗语，“方言常语，沓而成章，着不得一毫故实”（凌濛初《谭曲杂札》），讲究句法的完整连贯，不大省略虚词、语助之类，总体倾向是通俗活泼。在情感表达上，散曲一反中国诗词含蓄蕴藉的传统而代之以豪辣直露的取向，正如前人所谓“快人情者，要毋过于曲也”（王骥德《曲律·杂论下》）。

对于元曲抒情的特点，王国维先生有一句经典的概括：“元曲之佳处何在？一言以蔽之，曰自然而已矣。”（王国维《宋元戏曲考》）和传统的抒情文学诗词的典雅相比，散曲带有更多俗文学的印痕。清新质朴，感情直露，“曲以说得急切透辟、极情尽至为尚，不但不宽弛，不含蓄，且多冲口而出，若不能待者；用意则全然暴露于辞面，用比兴者并所比所兴亦说明无隐。此其态度为迫切、为坦率，恰与词处相反地位”（任讷《词曲通义》）。散曲往往非但不“含蓄”其意，“蕴藉”其情，反而唯恐其意不显，其情不畅，直待极情尽致酣畅淋漓而后止，与温柔敦厚的诗教传统判然有别。这一特点，和元代社会的特殊语境息息相关。元代是少数民族统治的王朝，也是中国历史上疆域最辽阔的朝代，民族之间的融合进一步加强。作为在文化上落后的草原民族，其文化品格先天就具有强烈的草根性、通俗性的特点。游牧民族爱好娱乐的风尚，对民间文化的繁盛有明显的示范效应。加之元代统治者受儒家文化影响相对淡薄，传统思想、观念也比较松弛，在相对宽松的文化政策下，为知识人和民间艺人提供了自由表达天然情感的机会。尤为重要的是，元代科举考试时行时辍，儒生失去了仕进的机会，这一点对于以政治作为文化生命的古典知识分子的影响非同小可，在失去仕途脐带之后，士人地位沦落，以致当时有所谓“九儒十丐”的说法。仕途失落的知识分子，或为生计，或为抒愤，大量涌向勾栏瓦肆，以“浪子”而非雅士的身份参与元曲创作，在感情表达上更趋于民间特色，当然，随着社会的变化，文人地位的改变，反映在散曲创作上也有了相应的变化。但无论如何，元代大量知识分子自觉地参与散曲的创作，极大地促进了散曲的繁荣，也最终使得散曲从“俗谣俚

曲”转变成足以与诗词鼎足而立的新的抒情文体。

前期散曲

元人散曲作品流传至今者，小令三千八百余首，套数四百七十余套。作者名姓可考者，元人钟嗣成《录鬼簿》载有一百八十七人，近人任半塘《散曲概论》考定为二百二十七人。作者面广，身份不一。有名公巨卿、达官贵人，也有才人学士、僧俗道众；还有歌儿艺伎、市井小民等，还有不少非汉民族作家。流派风格各异。元代散曲的发展大致可分为前后两期。从金末（约 1234 年）至元大德（1307 年）以前的数十年，散曲刚从民间的“俗谣俚曲”进入诗坛，又受到外来民族音乐和艺术的影响，所以在风格上富有民间文学的通俗质朴的特点，饱含着北方民歌中直率爽朗的精神和质朴自然的情致。前期的代表作家有关汉卿、马致远、白朴和张养浩等人。

关汉卿是元代最伟大的剧作家之一。关于其生平事迹，钟嗣成《录鬼簿》有零星的记载，云（汉卿）“不知其为名或字也，号已斋叟，大都人，金末以解元贡于乡，后为太医院尹，则亦未知其在金世欤?”元人熊自得《析津志》说他“生而倜傥，博学能文，滑稽多智，蕴藉风流，为一时之冠”。在那样一个杂剧逐渐流行开来的时代，关汉卿被称为“驱梨园领袖，总编修帅首，捻杂剧班头”（贾仲明《凌波

仙》吊词)。他的成就主要集中在杂剧创作上，散曲成就虽不如杂剧，但也颇为杰出。现存小令五十七首，套数十四套，其中有一部分是抒写作者自身的人生情怀的，其中以《南吕·一枝花·不服老》套数最为著名。其〔黄钟尾〕云：我是个蒸不烂、煮不熟、捶不扁、炒不爆、响当当一粒铜豌豆。恁子弟每谁教你钻入他锄不断、斫不下、解不开、顿不脱、慢腾腾千层锦套头。我玩的是梁园月，饮的是东京酒，赏的是洛阳花，攀的是章台柳。我也会吟诗，会篆籀，会弹丝，会品竹；我也会唱鹧鸪，舞垂手，会打围，会蹴鞠，会围棋，会双陆。你便是落了我牙，歪了我口，瘸了我腿，折了我手，天赐与我这几般儿歹症候，尚兀自不肯休。则除是阎王亲令唤，神鬼自来勾，三魂归地府，七魄丧冥幽，天哪，那其间才不向烟花路儿上走！此曲重彩浓墨，层层晕染，集中而又夸张地塑造了“浪子”的形象。这也是中国韵文中，第一次出现的“浪子”形象。在元代社会前期，由于巨大的历史虚无感和仕途的“弃儿”感，士人以一种与传统文人完全不同的形象来表达他们对历史人生的理解。在这一“浪子”的形象身上所体现的对传统文人道德规范的叛逆精神、任性所为、无所顾忌的个体生命意识，以及不屈不挠、顽强抗争的意志，实际上是对市民意识、市民文化认同的新型文人人格的一种表现。此曲在艺术上也很有特色。曲中一系列短促有力的排句，节奏铿锵，具有精神抖撖、斩钉截铁的意味。全曲把衬字运用的技巧发挥到了极致。如首两句，作者在本格七、七句式之外，增加了三十九个衬字，使之成为散曲中少见的长句。而这些长句，实际上又由排列有序的一连串的三字短句组成，从而给人以长短结合、舒卷自如的感觉。这种浪漫不羁的表现形式，恰能表达浪漫不羁的内容以及风流浪子无所顾忌的品性。

关汉卿散曲中和这“浪子”全新人生形象一致的，还有一种对曾经神圣的历史的解构。在《双调·乔牌儿·无题》的最后写道：“采蕨薇洗是非，夷齐等巢由辈。这两个谁人似的：松菊晋陶潜，江湖越范蠡。”对历来尊为儒家道义气节典范的伯夷、叔齐、巢父、许由等人加以奚落，却崇尚远离政治是非的陶渊明和范蠡，这是在元代前期反复出现的重新解读历史的声音。在一种历史的幻灭、功名的虚无感和神圣的世俗化中，关汉卿走向了世俗人生的自适：

适意行，安心坐。渴时饮饥时餐醉时歌，困来时就向莎茵卧。日月长，天地阔，闲快活。

旧酒投，新醅泼，老瓦盆边笑呵呵。共山僧野叟闲吟和。他出一对鸡，我出一个鹅，闲快活。

意马收，心猿锁，跳出红尘恶风波。槐荫午梦谁惊破。离了利名声，钻入安乐窝，闲快活。

南亩耕，东山卧，世态人情经历多。闲将往事思量过，贤的是他，愚的是我，争什么！（《南吕·四块玉·闲适》

四首）

从社会历史、政治功名的否定与疏离中走向一个世俗自适的个体，这几乎是元代前期知识分子一个普遍的人生选择。“离了利名声，钻入安乐窝，闲快活”，这就是何以关汉卿执意自快于勾栏酒肆的内在心理。

作为一个“普天下郎君领袖，盖世界浪子班头”（《南吕·一枝花·不服老》），关汉卿的散曲中写得最多的还是男女情爱。这一类散曲，大多写得生动活泼，饶有情趣，尤其以刻画女子细腻、微妙的心理见长。如：

俏冤家，在天涯，偏那里绿杨堪系马。困坐南窗下，数对清风想念他。蛾眉淡了教谁画？瘦岩岩羞带石榴花。（《双调·大德歌·夏》）

碧纱窗外静无人，跪在床前忙要亲。骂了个负心回转身。虽是我话儿嗔，一半儿推辞一半儿肯。（《仙吕·一半儿·题情》）

咫尺的天南地北，霎时间月缺花飞。手执着饯行杯，眼阁着别离泪，刚道得声“保重将息”，痛煞煞教人舍不得，好去者望前程万里。（《双调·沉醉东风·别情》）

无论是恋情还是离情，都写得泼辣明快，本色自然。关汉卿的散曲无论在题材上还是风格上都充分体现了元代散曲前期的特点，豪辣烂漫的语言展示出一种浪子风流、隐逸情调与斗士襟怀融会而成的反抗意识、浪漫情绪与审美人生。

与关汉卿友情甚笃的王和卿，大名人，为人滑稽佻达。其散曲以构思奇特、手法夸张见长，如：

挣破庄周梦，两翅驾东风。三百座名园一采一个空。难道风流种，唬杀寻芳的蜜蜂。轻轻的飞动，把卖花人扇过桥东。(《仙吕·醉中天·大蝴蝶》)

胜神鳌，卷风涛，脊背上轻负着蓬莱岛。万里夕阳锦背高，翻身犹恨东洋小。太公怎钓？（《双调·拨不断·大鱼》)

曲中的荡垢去污的大蝴蝶和“太公怎钓”的大鱼可能都有所寄托，可视作元代早期突破寻常历史格局的新型士人形象。而曲中奇特纵恣的意象、轻捷有力的音乐节奏，都体现了特定时代的生活感受和美学趣尚，堪称是早期散曲中的典范性作品。

与关汉卿同为“元曲四大家”之一的白朴（1226—1306后)，字太素，一字仁甫，号兰谷。其散曲作品，今存小令三十七首，套数四篇。明代朱权《太和正音谱》评价其散曲作品“如鹏抟九霄，风骨磊，词源滂沛”，而今人罗锦堂先生以为他的散曲“多清俊飘逸、朗朗可喜”（《中国散曲史》)。豪放、清丽兼而有之。相对而言，今存的散曲中主要以后者为主。他的作品虽不同于关汉卿清新活泼的野气，却也构成自己独特的风格。

白朴“幼经离乱，仓皇失母”，之后长期漂流于大江南

北，深怀家国破灭之恨。因为饱受政治动乱带来的巨大的心灵创伤，长大后便绝意仕进，表现出对历史兴亡和功名事业的强烈的幻灭感，“糟腌两个功名字，醅渰千古兴亡事，曲埋万丈虹志”（《寄生草·劝饮》）。在对现实的失落中，走向山水隐逸、诗酒风流的自适之路。如《双调·沉醉东风·渔父》：“黄芦岸白渡口，绿杨堤红蓼滩头。虽无刎颈交，却有忘机友，点秋江白鹭沙鸥。傲煞人间万户侯，不识字烟波钓叟。”藉歌咏渔家生活之悠闲惬意以强调归隐之好，遨游天地之间，有忘机之友共乐，比起官场之虞诈、险恶，真有天壤之别，借此也反映了他厌恶政治的心态，刘大杰称此曲“萧疏豪放之至”，堪称允当。又如《中吕·阳春曲·知几》：

知荣知辱牢缄口，谁是谁非暗点头。诗书丛里且淹留。闲袖手，贫煞也风流。

今朝有酒今朝醉，且尽樽前有限杯。回头沧海又尘飞。日月疾，白发故人稀。

不因酒困因诗困，常被吟魂恼醉魂。四时风月一闲身。无用人，诗酒乐天真。

张良辞汉全身计，范蠡归湖远害机。乐山乐水总相宜。君细推，今古几人知。

曲题中所谓的“知几”，就是指预知事物的变化，这一组散曲传达了白朴的人生态度。在旷达之中，含有沉郁之气；在人生的自适之中，又包含洞穿世事的冷漠，准确地传达出时代投影于士人内心浓黑的悲凉。白朴的一些男女风情之作，倒是写得热烈奔放，如《中吕·阳春曲·题情》中两首：

从来好事天生俭，自古瓜儿苦后甜。奶娘催逼紧拘钳，甚是严，越间阻越情。

笑将红袖遮银烛，不放才郎夜看书，相偎相抱取欢娱。止不过迭应举，及第待何如？

前一首通过一个女子的口吻，塑造了一个执着追求自由爱情的女性形象，质朴刚健，一如民歌风貌。后一首，写闺中情调，通过女性娇媚言行，一如既往地表现出白朴追求自适、蔑视功名的心态。

在元代，前期散曲创作成就上最为丰富的作家是马致远（1250？—1321？），号东篱，大都（今北京）人。他长期从事元曲创作，在当时梨园名声很大，有“曲状元”之称。今存小令一百十五首，套数二十二篇。前人评价很高，朱权《太和正音谱》誉之为“朝阳鸣凤，典雅清丽”。元代传统文人积极进取与超脱放旷交织的悲剧性人格，在马致远的散曲创作中表现得最为鲜明突出。和关汉卿、白朴等人绝意仕途不同，马致远早年积极追求仕进，热衷功名，自谓“且念鲰生自年幼，写诗曾献上龙楼”（《黄钟·女冠子》），但时运蹇促，仕途并不得意，平生所任最高官职不过是从五品的江浙行省务官。长期的沉身下僚，郁不得志，使他的早期作品流露出怀才不遇、壮志难酬的愤懑和失落：

夜来西风里，九天雕鹗飞，困煞中原一布衣。悲，故人知未知？登楼意，恨无上天梯！（《南吕·金字经》）

叹寒儒，漫读书，读书须索题桥柱。题桥柱虽乘驷马车，乘车谁买长门赋！且看了长安回去。（《双调·拨不断》）

在对现实的绝望之后，马致远不免心灰意冷。时命的悖谬首先让他感到了强烈的孤独，在那首脍炙人口的《越调·天净沙·秋思》中，他就展示了一个漂泊无依的旅人形象：枯藤老树昏鸦，小桥流水人家，古道西风瘦马。夕阳西下，断肠人在天涯。此曲历来为人推崇，周德清《中原音韵》称为“秋思之祖”，王国维《人间词话》说它“寥寥数语，深得唐人绝句妙境”。全曲景中含情，情自景生，情景交融，隽永含蕴，仅二十八字就勾勒出一幅秋野夕照图，首三句纯以名词勾绘出九组剪影，而每个单字的名词前都以一个带有浓郁感情色彩的形容词作修饰，交相叠映，创造出苍凉萧瑟的意境，映衬出羁旅天涯茫然无依的孤独与彷徨。这种落魄失意、天涯孤旅、顾瞻茫然、无所依傍的形象，是那些在人生的道路上虽经跋涉苦斗，却依旧找不到前途和归宿，内心充满了悲凉和迷惘的元代士子的典型写照。

面对强烈价值乖谬以及由之而来的人生孤独彷徨，早期

元代知识分子中那种普遍的历史无常和功名的幻灭感于是也反复出现在他的作品中："布衣中，问英雄，王图霸业成何用？禾黍高低六代宫，楸梧远近千官家，一场噩梦！"（《双调·拨不断》）在理想人生与传统价值的幻灭中，他走向了神仙道教和清风明月的隐逸生活，以此作为人生安身立命的依据，这一思想典型地体现在著名的套数《双调·夜行船·秋思》中：

百岁光阴如梦蝶，重回首往事堪嗟。今日春来，明朝花谢。急罚盏夜阑灯灭。

［乔木查］想秦宫汉阙，都做了衰草牛羊野。不恁么渔樵没话说。纵荒坟横断碑，不辨龙蛇。

［庆宣和］投至狐踪与兔穴，多少豪杰。鼎足三分半腰折，知他是魏耶？晋耶？

［落梅风］天教富，莫太奢。无多时好天良夜。看钱奴硬将心似铁，空辜负锦堂风月。

［风入松］眼前红日又西斜，疾似下坡车。晓来清镜添白雪，上床与鞋履相别。莫笑鸠巢计拙，葫芦提一向装呆。

［拨不断］利名竭，是非绝。红尘不向门前惹，绿树偏宜屋角遮，青山正补墙头缺，竹篱茅舍。

［离亭宴煞］蛩吟罢一觉方宁贴，鸡鸣时万事无休歇。争名利何年是彻。看密匝匝蚁排兵，乱纷纷蜂酿蜜，急攘攘蝇争血。裴公绿野堂，陶令白莲社。爱秋来那些：和露摘黄

花，带霜烹紫蟹，煮酒烧红叶，想人生有限杯，几个登高节。嘱咐俺顽童记者：便北海探吾来，道东篱醉了也。

这套散曲题为“秋思”，风格豪放。作者面对眼前的秋色，展开想象的翅膀，纵横驰骋于悠悠历史和浩浩现实的原野，时而秦汉，时而魏晋；时而“衰草牛羊野”，时而“狐踪与兔穴”；时而朝，时而暮；时而饮，时而醉；时而睡，时而醒；时而大声疾呼，时而细语传情；时而与世无争，时而愤世嫉俗，逐次展开对帝王将相、功名富贵的解构，“密匝匝蚁排兵”等数句，活脱脱刻画出古往今来争权夺利的残酷与狰狞，凝练而形象地表达出对政治历史的憎恶感与虚幻感。在对传统功名事业否定之后，引入自己竹篱茅舍的隐逸潇洒的生活，形成强烈的对比。全曲行文如湍湍流水，哗哗有声；笔锋如峰回路转，曲折有致。正如王国维在《宋元戏曲史》中所说“高华雄浑，情深文明”。明代文学家王世贞在《曲藻》中品评此曲说“元人称为第一”，在《艺苑卮言》中称其“放逸宏丽而不离本色”。周德清在《中原音韵》中评曰：“此方是乐府，不重韵，无衬字，韵险，语俊。谚云‘百中无一’，余曰‘万中无一’。”清姚华《曲海一勺·骈史》云：“至于绚烂之余，归于平澹，牢骚之极，反为旷达。”

元代前期除了关汉卿、王和卿这类的书会才人作家和白朴、马致远这类平民胥吏作家外，还有一批曾在官场中取得

较高地位，可称之为达官显宦的作家，如卢挚、姚燧、张养浩等。他们的创作，同前者既有相通之处，又有较明显的差异。他们很少写市井风流放浪的生活，而相对的，表现传统的士大夫思想情趣的内容要多些，从艺术风格来说，他们或偏于工丽，或偏于质朴，但俚俗的语言用得比较少。如卢挚的《双调·沉醉东风·秋景》："挂绝壁枯松倒倚，落霞与孤鹜齐飞。四围不尽山，一望无穷水。散西风满天秋意。夜静云帆月影低，载我在潇湘画里。"这首小令化用李白之诗、王勃之文的句意，以清新自然之笔描绘出一幅秋日潇湘的美丽画图，蕴含着作者陶然忘机的情怀。全曲意象明朗，气韵流动，文辞俊朗清丽，不用虚词、衬字，与诗、词的表现手法更接近，体现了卢挚散曲以清雅为主的基本格调。再如姚燧的《中吕·醉高歌·感怀》："十年燕月歌声，几点吴霜鬓影。西风吹起鲈鱼兴，已在桑榆暮景。"曲写自己的宦海行踪，迟暮之感，笼罩着一股淡淡的哀愁。全曲对仗工整，语言雅洁蕴藉，颇似一首小词。姚燧的《越调·凭栏人·寄征衣》是广为传诵的男女风情之作："欲寄征衣君不还，不寄君衣君又寒，寄予不寄间，妾身千万难。"短短四句二十四个字，将思妇爱念中犹豫为难的细腻、微妙的心理，婉曲传出，颇有乐府民歌的淳厚隽永之味。

这一类作家中，比较突出的是张养浩（1270—1329），字希孟，号云庄，历城（今属山东）人。曾任监察御史、

礼部尚书等职。为人正直，因上疏言事得罪，辞官隐居多年。晚年以陕西行台中丞前往关中救灾，卒于任上。张养浩一生浮沉宦海，对世态炎凉有切身体会，在其作品中也同样有一种机关识破、意气消磨的苍凉感。如《中吕·朱履曲》："弄世界机关识破，叩天门意气消磨。人潦倒青山慢嵯峨。前面有千古远，后头有万年多。量半炊时成得什么。"他现存散曲均是作于罢官之后，回首官场中的尔诈我虞、风波惊险，他感慨万千，油然有人生黄粱一梦之叹。因而一旦脱离官场，恍如羁鸟归林，池鱼纵渊，他的喜悦之情就跃然纸上："折腰惭，迎尘拜。槐根梦觉，苦尽甘来。花也喜欢，山也相爱。万古东篱天留在，做高人轮到吾侪。山妻稚子，团栾笑语，其乐无涯。"（《中吕·普天乐》）和处处陷阱的名利场相比，山水田园才是他的归宿："对一缕绿杨烟，看一弯梨花月，卧一枕海棠风。似这般闲受用，再谁想丞相府帝王宫。"（《中吕·最高歌兼喜春来》）他的许多作品，都表现出对山水田园的久旷归来的皈依感，如《双调·雁儿落带得胜令》："云来山更佳，云去山如画，山因云晦明，云共山高下。倚仗立云沙，回首见山家，野鹿眠山草，山猿戏野花。云霞，我爱山无价，看时，行踏，云山也爱咱。"这首带过曲，即是由同属双调的《雁儿落》和《得胜令》两只小令连缀而成，比一只单纯的小令可以更充分地抒发丰富的情思。《雁儿落》四句写其远望云山变幻之景，景中见情；《得胜令》八句写其身在云山中跃动的情思，情中有景。《太和正音谱》称张养浩的散曲如“玉树临风”，《全元散曲》载艾俊谓其曲“言真理到，和而不流，依腔按歌，使人名利之心都尽”指的就是这一类作品。不过，最让人铭记的是张养浩散曲中对苍生黎民深广的忧悯情怀，其中最著名的就是这首《中吕·山坡羊·潼关怀古》：“峰峦如聚，波涛如怒，山河表里潼关路。望西都，意踌躇。伤心秦汉经行处，宫阙万间都做了土。兴，百姓苦！亡，百姓苦！”元代散曲中的咏史之作，或感慨王朝倾覆，发一通思古之幽情；或浩叹古今巨变，流露出历史无常的惶惑；或唏嘘岁月流逝，抒发个人沉沦不遇的忧伤，大都不出历史无常、功名幻灭、人生如梦等消极遁世的窠臼。而张养浩的这首作品，气魄宏大，掘意精深，发前人所未发，言前人之所未言，尤其是“兴，百姓苦！亡，百姓苦”寥寥八字，将中国古典历史令人窒息的宿命和悲凉一语道破，遂关天下咏史之口，从而将元人对历史的反思水平和思想境界提高到一个崭新的高度。

后期散曲

大德以后到元末，为元散曲的后期。这一时期散曲创作重心南移，作家主体大都是南方人或南下的北方人，创作风貌与前期相比，也有明显的变化。首先，散曲的题材内容被不断地拓展，其表现领域得到极大的扩张，从而使诗坛呈现并确立了诗、词、曲鼎足而立的新格局。其次，在思想情调方面，前期散曲中那种由于政治失意而产生的愤激和幻灭的情绪已逐渐淡化，哀婉蕴藉的感伤情调成为时代的主流。再次，在艺术风格上，由前期散曲的粗犷豪辣逐渐走向清雅典丽，讲究格律辞藻，出现了诗词化、规范化的倾向。这一时期公认成就最高的散曲作家是张可久、乔吉，此外代表作家还有睢景臣、刘时中等。

张可久（约1270—1348后），字小山，庆元路（路治今浙江宁波）人。据《录鬼簿》及其他零星记载，他曾做过负责地方税务的“首领官”、桐庐典史等吏职，据说他在至正初已七十余岁，尚为“昆山幕僚”（李祁《跋贺元忠遗墨卷后》）。大约一生在时隐时仕、辗转下僚中度过。今存小令八百五十五首，套数九首，为元人留存散曲最富者，与乔吉并称元散曲两大家，明人李开先序乔吉、张可久二家小令，谓“乐府之有乔张，犹诗家之有李杜”。

小山散曲取材广泛，举凡写景抒怀、男女恋情、叹世归隐、酬唱赠答等文人生活的各方面，几乎都有涉及。其中一部分流露出他对人生失意的不平，如《卖花声·客况》所写到的“十年落魄江滨客，几度雷轰荐福碑，男儿未遇暗伤怀”，反映出人生黯淡的一面。也有一些是对乖谬现实的愤世嫉俗，如《正宫·醉太平·叹世》：“人皆嫌命窘，谁不见钱亲？水晶环入面糊盆，才沾粘便滚。文章糊了盛钱囤，门庭改造迷魂阵，清廉贬入睡馄饨。葫芦提倒稳。”对道德沦丧、贤愚颠倒的人情世态作了辛辣的讽刺。还有一些是怀古伤今的感叹，如《中吕·卖花声·怀古》：“美人自刎乌江岸，战火曾烧赤壁山，将军空老玉门关。伤心秦汉，生民涂炭，读书人一声长叹。”但更多的，是写隐居生活的闲逸、山水风光的流连以及元曲中最常见的对男女风情的歌吟。

张可久的山水写景之作，常常以“逸笔草草”的勾勒，通过一组组简淡的意象，融化唐诗宋词的语汇和意蕴，营造出萧疏的意境，显示简淡清雅、委婉蕴藉的韵致。在苍烟古木、残阳翠微、茅店疏篱、寒鸦数点、斜阳一抹、蛩声废井等具有元人特色的意象中，昭示出中国诗歌已完成从唐宋“青绿山水”到元明“水墨山水”的转换，推进了“以词为曲”的雅致化过程，因而很受文人的推崇，明人朱权说：“其词清而且丽，华而不艳，有不吃烟火食气，真可谓不羁之材，若被太华之仙风，招蓬莱之海月，诚词林之宗匠也。”（《太和正音谱》）如：

一带云林堪画，数间茅屋谁家。山翠空濛润乌纱，小池中银杏叶，冻棱上腊梅花，且吟诗休上马。（《中吕·红绣鞋·武康道中简王复斋》）

长空一雁行，老树几村鸦，情思满烟沙，淡淡王维画，疏疏陶令家，脉脉武陵花，何处游人驻马。（《商调·梧叶

儿·春日郊行》)

嗈嗈落雁平沙，依依孤鹜残霞，隔水疏林几家。小舟如画，渔歌唱入芦花。(《越调·天净沙·江上》)

老梅边，孤山下。晴桥，小舫琵琶。春残杜宇声，香冷荼蘼架。淡抹浓妆山如画，酒旗儿三两人家。斜阳落霞，娇云嫩水，剩柳残花。(《中吕·普天乐·暮春即事》)

作者仿佛是一个丹青高手，洒洒落落几笔，便涂抹出一幅疏密相间、意境悠远的文人写意画。无论是苍烟树杪，残雪柳条，还是红日花梢，均具纤细妩媚、感伤、萧疏的情调。小山有些闺情之作也写得泼辣有趣，如《中吕·山坡羊·闺思》：云松螺髻，香温鸳被，掩春闺一觉伤春睡。柳花飞，小琼姬，一声"雪下呈祥瑞"，团圆梦儿生唤起。谁，不作美？呸！却是你！此曲化用唐人金昌绪《春怨》的意蕴，写少妇因苦闷而春睡，小丫鬟因飞絮而雀跃，少妇因薄恼而娇嗔，刻画幽微的心理，相当细腻，与唐人绝句相比显得泼辣直白。

在元曲中，与张可久并称的是乔吉。乔吉（？—1345），一作乔吉甫，字梦符，号笙鹤翁，又号惺惺道人。原籍太原，长期流寓杭州。一生无意仕进，寄情诗酒，过着"残杯冷炙""青灯茅舍"（《中吕·卖花声·悟世》）的清贫生活，自谓"不占龙头选，不入名贤传，时时酒圣，处处诗禅。烟霞状元，江湖醉仙，笑谈便是编修院。留连，批风抹月四十年"（《正宫·绿幺遍·自述》），可视作其人生经历和出世态度的自我写照。今存小令二百零九首，套数十一首，数量之多仅次于张可久。乔吉散曲的风格同样以清丽婉约见长，讲究形式整饬，节奏明快，勤于锻字炼句。但与张可久的一味骚雅不同，乔吉不避俗趣，雅俗并用，往往能把工丽的语言和俚语口语捶打成一片，别具一种雅丽蕴藉中涵天然质朴的韵味。如《中吕·满庭芳·渔父词》中二首：

吴头楚尾，江山入梦，海鸟忘机。闲来得觉胡伦睡，枕著蓑衣。钓台下风云庆会，纶竿上日月交蚀。知滋味，桃花浪里，春水鳜鱼肥。

秋江暮景，胭脂林障，翡翠山屏。几年罢却青云兴，直泛沧溟。卧御榻弯的腿疼，坐羊皮惯得身轻。风初定，丝纶慢整，牵动一潭星。

把典故与俗语糅合在一起，典雅中有天籁，婉丽中有洒脱，充分显现了雅俗兼至的艺术特色。再如其名作《双调·水仙子·寻梅》：“冬前冬后几村庄，溪北溪南两履霜，树头树底孤山上。冷风来何处香？忽相逢缟袂绡裳。酒醒寒惊梦，笛凄春断肠。淡月昏黄。”题为“寻梅”，实为咏梅，是通过寻梅来咏赞梅花的风神，通过寻梅来展示诗人心灵的追求。前三句写寻梅的执着，中两句写蓦然相遇的欣喜，后三句连用三典写梅花的神韵。笔法跌宕有致，运词精巧工整，用典妥帖自然。乔吉的散曲还以用语新颖、想象奇特见长。譬如他喜欢把“娇”“劣”二字组合起来形容女子，如

“翠织香穿逞娇劣”（《小桃红·花篮髻》），“桃李场中，尽劣燕娇莺冗冗”（《折桂令·贾侯席上赠李楚仪》），表现出女性的活泼而刁蛮的性格。又譬如写景的句子，“山瘦披云，溪虚流月”（《折桂令·泊青田县》）、“蕉撕故纸，柳死荒丝”（《折桂令·拜和靖祠双声叠韵》）有种尖新感。其《双调·水仙子·重观瀑布》则以想象奇特而著称：“天机织罢月梭闲，石壁高垂雪练寒，冰丝带雨悬霄汉，几千年晒未干。露华凉人怯衣单。似白虹饮涧，玉龙下山，晴雪飞滩。”为了突现瀑布的瑰丽奇伟，诗人用了一连串夸张奇幻的比喻，写出了它高悬飞下的声势，洁白剔透的颜色。未见“瀑布”二字，而通篇全是瀑布的生动形象，庶几可与李白的《观庐山瀑布》诗媲美。

虽然清雅典丽是后期散曲的主导风格，但在一些作家的作品中，仍然呈现出元曲特有的质朴自然、粗犷豪辣的风貌。如睢景臣《般涉调·哨遍·高祖还乡》套数，以一个特殊的视角来写刘邦还乡，翻空出奇，别具机杼：

社长排门告示，但有的差使无推故，这差使不寻俗。一壁厢纳草除根，一边又要差夫，索应付。又言是车驾，都说是銮舆，今日还乡故。王乡老执定瓦台盘，赵忙郎抱着酒葫芦。新涮来的头巾，恰糨来的绸衫，畅好是妆么大户。

〔耍孩儿〕瞎王留引定伙乔男女，胡踢蹬吹笛擂鼓。见一彪人马到庄门，匹头里几面旗舒。一面旗白胡阑套住个迎霜兔，一面旗红曲连打着个毕月乌。一面旗鸡学舞，一面旗狗生双翅，一面旗蛇缠葫芦。

〔五煞〕红漆了叉，银铮了斧，甜瓜苦瓜黄金镀，明晃晃马蹬枪尖上挑，白雪雪鹅毛扇上铺。这些个乔人物，拿着些不曾见的器杖，穿着些大作怪的衣服。

〔四煞〕辕条上都是马，套顶上不见驴，黄罗伞柄天生曲，车前八个天曹判，车后若干递送夫。更几个多娇女，一般穿着，一样妆梳。

〔三煞〕那大汉下得车，众人施礼数，那大汉觑得人如无物。众乡老展脚舒腰拜，那大汉挪身着手扶。猛可里抬头觑，觑多时认得，险气破我胸脯。

〔二煞〕你身须姓刘，你妻须姓吕，把你两家儿根脚从头数：你本身做亭长，耽几杯酒；你丈人教村学，读几卷书；曾在俺庄东住，也曾与我喂牛切草，拽耙扶锄。

〔一煞〕春采了桑，冬借了俺粟，零支了米麦无重数。换田契强秤了麻三秤，还酒债偷量了豆几斛，有甚糊涂处，明标着册历，见放着文书。

〔尾声〕少我的钱，差发内旋拨还；欠我的粟，税粮中私准除。只道刘三：谁肯把你揪捽住，白甚么改了姓、更了名，唤做汉高祖！

神圣的世俗化、圣贤的庸俗化、英雄的失落感、历史的无常感、功名的幻灭感、现实的乖谬感等是元曲中反复出现的主题，可以视作元代士人在价值失落中凸现的特殊心态。这篇套数以一个乡民的眼光，以谐谑的笔调，将汉高祖“威加海内兮归故乡”的场面写得滑稽可笑，并把刘邦从前的无赖相与眼前的趾高气扬加以对照，对其极尽嘲讽奚落之能事。郑振铎称赞说：“《高祖还乡》，确是奇作。他能够把流氓皇帝刘邦的无赖相，用旁敲侧击的方法曲曲传出。他使刘邦荣归故乡的故事，从一个村庄人眼里和心底说出。村庄人心直嘴快，直把这个故使威风的大皇帝，弄得啼笑皆非。这虽是游戏之作，却嬉笑怒骂，皆成文章了。”（《中国俗文学史》）

对于我们许多人来说，三千年的中国诗歌永远是无法览尽的风景。如果这样，一次有限常规的游历，也就只能在最美的景致前略作停留，用一份“黄山归来不看岳”的自得来冲淡“天下名山看不尽”的遗憾了。对于常规的游历而言，并不在于它是否提供了什么新的风景，而在于它是不是让我们看到了应该看到的东西。这些诗歌和诗人，许多人可能耳熟能详，我们所做的也无非是又一次的回首而已。对于诗歌而言，这也许是更重要的：诗歌更多的不是为了认识，而是为了体验。一个灵魂的居所，正是在无数次的回归中才建构起来的。

吴楚春色

却话巴山夜雨时——荆门

“楚塞三湘接，荆门九派通”，荆门位于湖北中部，地处美丽富饶的江汉平原西部，西临三峡，东眺武汉，南望潇湘，北通川陕，以“荆楚门户”而得名。过了这个门户，北上襄阳，南下楚湘，整个长江中下游就展现在眼前了。因为地处交通要冲，是联系东西南北的枢纽，所以许多唐代诗人都曾从这里经过，或是送别友人，或是驻足游览，都在这里留下了他们的足迹，也往往留下了感人至深的诗篇。

试看王维的《汉江临泛》：

楚塞三湘接，荆门九派通。

江流天地外，山色有无中。

郡邑浮前浦，波澜动远空。

襄阳好风日，留醉与山翁。

楚国的地界联通着三湘，诗人的神思随着江流飞向远方，荆门与长江的九条支流相通，水流不住，移步换形，诗人在这里寂然疑虑、悄焉动容，思维也随着江水流动。江水好像一直滔滔地流到了天外，山色若隐若现，时有时无。城市就像在水面上浮动，波涛汹涌，好像把远处的天空摇动。还是留下来与山翁畅饮吧，好美的襄阳，正是风和日丽，一片好风光。

这首《汉江临泛》可谓王维融画入诗的力作。诗人泛舟汉江，以淡雅的笔墨为我们描绘了汉江周围壮丽的景色。笔法飘逸，优美素雅，就像一幅错落有致的山水画，既给人以美的享受，又使人感到意境壮阔而浑厚。

这首诗作于开元二十八年（740）秋，王维去桂州（今广西桂林）赴任，诗人心情比较舒畅，因而他笔下的汉江景色就有着迷人的诗意。尤其是“江流天地外，山色有无中”一句，很值得读者玩味。

再看李白的《渡荊门送别》：

渡远荆门外，来从楚国游。

山随平野尽，江入大荒流。

月下飞天镜，云生结海楼。

仍怜故乡水，万里送行舟。

李白这首诗写于他第一次乘船离川之际，这时他才二十四岁，是第一次离开家乡四川。这首诗第二联写得气势非凡，可与杜甫“星垂平野阔，月涌大江流”媲美。这首诗虽名送别，实际上全诗充满了一种轻快恬淡的浪漫情调，丝毫没有送别诗所惯有的感伤与悲凉，读者甚至读完了全诗，对于到底是谁走谁送，还浑然不觉，可是诗题却又分明写着是“送别”，只看到在诗的结尾是“仍怜故乡水，万里送行舟”，那么，是诗人李白自己在送自己吗？这不是千古奇诗了吗？

诗人辞亲远游，已经远离故土了，而对家乡的留恋之情却无处宣泄，终于在江水中找到了寄托，诗中不说自己对家乡的思念，却说从家乡来的江水一路上对自己殷勤呵护，万里护送，这种看似无情却有情的写法使得全诗在结尾处显得分外凝重含蓄，言有尽而意无穷。全诗直到结束也没有一个字提及送别朋友的离情别恨，似乎这首诗并不是赠别朋友，而是诗人自己在远离故土之际向家乡告别。清人沈德潜评论道“诗中无送别意，题中‘送别’二字可删”。以这种形式来告别自己的家乡，除了李白之外，还真找不出第二个人了。

唐代诗人王勃的《送杜少府之任蜀川》也是一首与众不同的送别诗，与常见的离别诗截然两样：

城阙辅三秦，风烟望五津。

与君离别意，同是宦游人。

海内存知己，天涯若比邻。

无为在歧路，儿女共沾巾。

王勃擅长五言律诗和五言绝句，这首《送杜少府之任蜀川》可以说是诗人所处时代最好的一首五律。蜀川泛指蜀地，在今四川一带。估计诗人的朋友如果走水路入川，还是要过荆门的。这首诗写得乐观开朗，也没有离别的忧伤，诗中主要是对朋友的鼓励，不过写明了是送别，抒发的是慷慨豪迈的离别之情。这可以与李白诗中清新朦胧的离别之情参照来读。

唐诗中写离别感伤的还有一首非常精彩，诗作写成的地方也就在荆门一带，这就是李商隐的《夜雨寄北》。因为诗中有“巴山夜雨”之句，人们往往以为指的是川北陕南之大巴山脉，考证李商隐的生平，他这首诗应写于滞留荆巴时期，诗中的巴山指的是湖北省巴东县南的巴山，此巴山又名金字山，以产茶著名。《夜雨寄北》诗中的巴山应为巴东之巴山或泛指三峡附近大巴山脉的余脉：

君问归期未有期，巴山夜雨涨秋池。

何当共剪西窗烛，却话巴山夜雨时。

秋雨绵绵，淅淅沥沥，正是撩人愁思之季，大凡游子迁客，在这种阴柔悱恻的季节，在秋雨的寥落中，孤灯如豆，孤枕听雨，必定会泛起止不住的乡思闲愁，真可谓才下眉头又上心头。诗中的“君”当是诗人的妻子王氏，诗人同妻子相亲相爱，感情很好。

当诗人被秋雨阻隔，滞留荆巴一带，妻子从家中寄来书信，询问归期。但秋雨连绵，无法确切回答，诗中说“君问归期未有期”，有问有答，跌宕有致，流露出诗人归期未卜的羁旅之愁。诗人与夫人王氏伉俪情深，时刻盼望能速归故里，与妻共坐西窗之下，剪去烛花，深夜畅谈。而此时，只能苦苦思念。诗只有四句，却情景交融，虚实相生，既包含空间的往复对照，又体现时间的回环跳跃。“何当”为设想之词，设想由实景而生，所以第二句中的巴山夜雨成为设想中回忆的话题，自然构成“却话巴山夜雨时”这样的巧妙诗句。诗中把雨夜相思表现得悠长浓郁。巴山夜雨是实际情境；由此而怀远人，忆共相剪烛，是心中之象，是虚幻的情境；共话巴山夜雨，实境又变得虚而又虚。从此，巴山夜雨，成为逗引愁思的典型意象。短短的一首绝句，情深绵绵、一唱三叹，写出了诗人对妻子深深的思恋，真可谓说不尽、道不完，“相见时难别亦难”啊。

李商隐是唐代后期的著名诗人，与名诗人杜牧并称“小李杜”。他年轻时也很想济世匡时，有“欲回天地”之雄心，但是却因牛李党争而长期沉沦下僚。他最初投奔属于牛党的天平军节度使令狐楚，被聘为幕僚。令狐楚死后，他无奈又投奔接近李党的泾原节度使王茂元，王十分看重李商隐的才学，把女儿嫁给他为妻。这样，牛党的人骂李商隐“背叛”“忘恩”，李党的人则挖他的老底，排斥他。李商隐虽怀抱壮志却是两头受气，成了中晚唐剧烈党争的牺牲品。他一生寄人篱下，四十多岁即郁郁而死。正如崔珏诗中所评，“虚负凌云万丈才，一生襟抱未曾开”（《哭李商隐》）。

李商隐娶王氏为妻给自己带来了很大的麻烦，可他对妻子的感情却是这样缠绵，真是令人赞叹。

诗人也是常人，只不过有一些多情吧。他们不过多了一分乡情、一分豪情、一分柔情罢了。无情并非真豪杰。

白云千载空悠悠——黄鹤楼

黄鹤楼是武汉的标志，不登黄鹤楼就等于没到武汉。

黄鹤楼位于武昌西边的黄鹤矶头。它背依蛇山，前瞰大江，隔江与龟山相望。据说“黄鹤楼以山得名”。蛇山原名黄鹄山，“鹄”与“鹤”，古代通用，所以又称黄鹤山。“黄鹄山蛇行而西，吸于江，其首隆然”，就山形山色而言，很像一只黄鹤扑向江心，所谓“黄山鹄立”，就是这个意思。另据传说，古时仙人曾乘黄鹤在此憩息，三国时蜀人费文伟也是在这里跨鹤登仙的，因而才有黄鹤楼之名。

黄鹤楼始建于三国吴黄武二年（223），当时是用于军事瞭望和指挥的一座岗楼。龟蛇锁江，一片浩瀚苍茫，站在蛇山的岗楼之上，望江上战船，看江北敌阵，令旗下风云奔走，谈笑间敌人灰飞烟灭，这是一个何等的去处啊。只是这军事岗楼后来就演变成登临游憩、文人吟诗作画的胜地，与湖南的岳阳楼、江西的滕王阁并称江南三大名楼。自魏晋南北朝起，历代骚人墨客荟萃于此，登楼放歌，借景抒怀，席以日久，黄鹤楼遂成为山川人文相互倚重的文化名楼。

说起黄鹤楼的出名，必须得提到两位唐代诗人，一位是

名不见经传的崔颢，一位是大名鼎鼎的李白。

崔颢的事迹，今人知道的很少，只知道他是汴州（今开封）人，中过进士，《河岳英灵集》说崔颢少年时写诗相当浮艳，晚年才变为常体，风骨凛然。有资料记载崔颢“有文无行”，似乎他的品德很坏，有赌钱、喝酒、好色等坏毛病，但也难以考证。崔颢的诗，现存只有几十首，以《黄鹤楼》历来为人们传诵：

昔人已乘黄鹤去，此地空余黄鹤楼。
黄鹤一去不复返，白云千载空悠悠。
晴川历历汉阳树，芳草萋萋鹦鹉洲。
日暮乡关何处是，烟波江上使人愁。

这首诗第一句又作“昔人已乘白云去”，据考证“白云去”似乎更为真实自然，然而多年来以讹传讹，读者也许更愿意相信诗中所说的过去的仙人已经驾着黄鹤飞走了，这里只留下一座空荡荡的黄鹤楼来。这首诗先写景，后抒情，一气贯注，浑然天成。由白云悠悠，黄鹤一去不返入手，描绘了阳光照耀下的汉阳树木和芳草覆盖的鹦鹉洲的景色，进而眺望远方，寻找故乡，抒发远行游子“人在天涯”的忧伤。严羽的《沧浪诗话》评价说，“唐人七言律诗，当以崔颢《黄鹤楼》为第一”，这当然不一定公允，然而也说明后人对这首诗的喜爱。仔细读来，这首诗构思也并没有什么出奇之处。诗人凭吊黄鹤楼先是回顾它的历史，进而由历史写到

了现在，描绘了眼前看到的景色，最后由眼前之景勾起了诗人的乡愁。诗作由古及今、由近及远写景抒情，自然平淡，娓娓道来，也没有什么特殊之处。由于诗作写的是所有游子共有的乡愁，因而很能激起文人的共鸣，但是，它何以能有如此高的声誉呢？

这也可能与这首诗引出的一个故事有关。

据说李白游历山水，在许多地方都留下了诗作。当他登上黄鹤楼时，被楼上楼下的美景引得诗兴大发，正想题诗留念时，忽然抬头看见楼上崔颢题的诗，他连连称赞，觉得崔颢的诗已经道尽了自己心中所想，因而搁笔不书。由于这个故事流传甚广，后人还在黄鹤楼东侧，修建一亭，名曰李白搁笔亭，以志其事。更有人说李白看到崔颢的诗后，赞不绝口，于是念了四句打油诗“一拳捶碎黄鹤楼，一脚踢翻鹦鹉洲。眼前有景道不得，崔颢题诗在上头”，然后就悻悻而去了。这种说法附会的成分很大，李白如果真的那么嫉贤妒能，如果看到了崔颢的题诗就恨不能捶碎黄鹤楼的话，那他完全可以不用评价，他一言不发走了就可以了，何必要跺足捶胸地给别人留下话柄呢？实际上李白非常喜爱黄鹤楼，他在诗中曾写道“一忝青云客，三登黄鹤楼”（《经乱离后天恩流夜郎忆旧游书怀赠江夏韦太守良宰》），可见他曾多次上过黄鹤楼，应该说是流连忘返，而李白本人也写有描写黄鹤楼的诗作。

比如人们非常熟悉的《黄鹤楼送孟浩然之广陵》：

故人西辞黄鹤楼，烟花三月下扬州。

孤帆远影碧空尽，唯见长江天际流。

故人从黄鹤楼下的江上出发，一叶孤帆顺流而下。在黄鹤楼饯别挚友，孤帆远影融进了蓝天，只见长工向天边流去。诗中的“孤帆”不是说浩瀚的长江上只有一只帆船，而是写诗人的全部注意力只集中在友人坐的那一只船上。黄鹤楼边的李白，看着好友孟浩然乘坐的船张起风帆，渐去渐远，渐去渐小，只剩下一个模糊的黑点，直到终于消失在水天相接之处，诗人久久地伫立，久久地凝望，长江向天边流去，两位诗人浓浓的友情，也随着这奔流的长江水奔流不尽。这也是黄鹤楼边的绝唱，并不比崔颢的诗差。李白写黄鹤楼的诗还有“黄鹤高楼已捶碎，黄鹤仙人无所依。黄鹤上天诉玉帝，却放黄鹤江南归……”（《醉后答丁十八以诗讥余捶碎黄鹤楼》）等等，也是相当雄奇。那么，这个流传已久的李白搁笔的传说又是从何而来的呢？

清人顾景星的《黄鹤楼诗集序》称，“黄鹤楼唐前不甚著名，崔颢作七律诗未有激赏者，李白天才俊放，见颢诗搁笔，去金陵凤凰台，拟其体，然后颢诗名，而楼益著”。实际上早在清人之前，类似的说法就很多了，李白作过一首《登金陵凤凰台》，学习、仿效崔颢诗的痕迹是很明显的，李白、崔颢在黄鹤楼题诗上肯定有所关联，李白搁笔的传说

当不会是空穴来风。

李白还写过一首七律《鹦鹉洲》：

鹦鹉来过吴江水，江上洲传鹦鹉名。

鹦鹉西飞陇山去，芳洲之树何青青。

烟开兰叶香风暖，岸夹桃花锦浪生。

迁客此时徒极目，长洲孤月向谁明。

这首诗从构思到抒情可以说和崔颢的《黄鹤楼》非常相似，甚至可以说是崔诗的翻版，因为艺术成就不高，后人很少论及。李白在金陵凤凰台还写过一首怀古的七律《登金陵凤凰台》，这首诗后人往往和崔颢的《黄鹤楼》相提并论：

凤凰台上凤凰游，凤去台空江自流。

吴宫花草埋幽径，晋代衣冠成古丘。

三山半落青天外，二水中分白鹭洲。

总为浮云能蔽日，长安不见使人愁。

凤凰台的旧址在今南京凤台山上，传说南朝宋代元嘉十六年（439），有三只凤凰飞集这里，宋文帝便在山顶筑台，名为凤凰台。这首诗从地名的来历展开想象，凤台山的上空曾飞翔着羽毛五彩的凤凰，眼前却只见长江滔滔流逝。诗人站在空台上，对着悠悠江水，沉思着历史的盛衰。三山高耸入云，好像有一半在青天之外，白鹭洲分开了长江和秦淮河。《世说新语》里记了这么一个故事：晋元帝曾问太子：

“是长安近呢，还是太阳近？”皇太子回答说：“太阳近。”明帝问是什么原因。太子说：“现在我抬眼只见太阳，不见长安。”原来他的所谓太阳，指的是皇帝，他的父亲。从这个故事开始，“日”与“长安”发生了关系。李白这诗中“浮云蔽日”当是指高力士、杨国忠等人蒙蔽明皇。“浮云”挡住了长安，遮住了太阳，奸佞的小人挡住了他进取的道路，诗人对此抱着忧愤的情怀。这首诗从怀古入手，联想到六朝古都的沧桑变化，进而描写眼前的景物而抒情，这种写法和崔颢的《黄鹤楼》非常相似，明显带有模仿学习的痕迹，然而这首诗也有明显和崔诗不同的地方，其第二联的怀古内容为崔诗所无，其结尾的抒情也与崔诗有不同的内容，可见李白在学习别人过程中的创新。

“白也诗无敌，飘然思不群。清新庾开府，俊逸鲍参军”（杜甫《春日忆李白》），李白无疑是唐代最伟大的诗人之一，他的诗歌成就远在崔颢之上，然而在黄鹤楼的题诗上，李白确实略逊一筹，金无足赤、瑕不掩瑜，这本来是很正常的，让人惊叹的是李白学习别人的精神。李白对自己的才华是非常自信的，曾自称“荆门倒屈宋”“作赋凌相如”，自许很高，然而李白也是一个学习前人不遗余力的人，就是对同时代的成就比自己低的诗人，他也能虚心学习，这是很令人钦佩的。

关于黄鹤楼题诗李白让人感动的一点还有他的率真，

“眼前有景道不得”，不管自己名气再大，成就再高，不知为不知，写不出来就是写不出来，不硬撑，不自负，不目中无人，这是值得后人称赞的。名人是人们心中的偶像，本来就备受关注，就更应该虚心自励了。

波撼岳阳城——洞庭湖

洞庭湖古称“云梦泽”，为我国第二大淡水湖，跨湘鄂两省，它北连长江，南接湘、资、沅、澧四水，人称“天下第一水”，有八百里洞庭湖美如画的说法。洞庭的意思是冲仙洞府，洞庭湖正是古人想象力出没的地方。洞庭湖波涛澎湃，山峦突兀峻险，风光绮丽迷人。其四时之景迥然不同，一日之中也变化万千，湖外有湖，湖中有山，芦青鹭白，水天相连。古人描述的“洞庭秋月”“远浦归帆”“平沙落雁”“渔舟唱晚”“江天暮雪”等景象，都是洞庭湖的写照。

提起洞庭湖，人们会想起唐代大诗人孟浩然和他的《望洞庭湖赠张丞相》：

八月湖水平，涵虚混太清。
气蒸云梦泽，波撼岳阳城。
欲济无舟楫，端居耻圣明。
坐观垂钓者，徒有羡鱼情。

张丞相即张九龄，也是著名的诗人。孟浩然诗中的洞庭湖气势浩瀚，“气蒸云梦泽，波撼岳阳城”两句，历来为人们传诵，云梦是古代的大泽，分跨长江南北，江北为云，江南为梦，面积广八九百里。后来淤积成为陆地，大约在今洞庭湖北岸地区。岳阳是在洞庭湖与长江交汇之处的古城。“气蒸”句写出湖的丰厚蓄积，仿佛广大的沼泽地带，都受到湖的滋养哺育，才显得那样草木繁茂，郁郁苍苍。而“波撼”两字放在“岳阳城”上，衬托湖的澎湃动荡，也极为有力。人们眼中的这一座湖滨城，好像瑟缩不安地匍匐在它的脚下，变得异常渺小了。这两句被称为描写洞庭湖的名句，上句用宽广的平面衬托湖的浩阔，下句用窄小的立体来反映湖的声势。诗人笔下的洞庭湖不仅广大，而且还充满活力。可也有人对这两句评价不高，说它比不上杜甫的诗。

杜甫《登岳阳楼》也写到了洞庭湖的景象：

昔闻洞庭水，今上岳阳楼。

吴楚东南坼，乾坤日夜浮。

亲朋无一字，老病有孤舟。

戎马关山北，凭轩涕泗流。

岳阳楼屹立在洞庭湖畔，登上岳阳楼正好俯瞰洞庭湖，杜甫诗中“吴楚东南坼，乾坤日夜浮”两句，写的也是洞庭湖景象。春秋战国时的吴、楚两国就在洞庭湖一带，大致说来，吴在洞庭湖东，楚在洞庭湖西。“坼”是裂开的意思，“乾坤”是指日月，诗人说洞庭湖把东南之地裂为吴、楚，日月在湖中昼夜漂浮，洞庭湖真是波浪掀天，浩茫无际。后人评价：真不知老杜胸中吞几云梦！因而说此诗“气压百代，为五言雄浑之绝”。

由于孟浩然和杜甫在诗坛的盛名，加上这又都是描写洞庭湖的名句，因而人们往往将其相提并论，不过论者多认为孟不如杜。明代胡应麟说：“‘气蒸云梦泽，波撼岳阳城’，浩然壮语也；杜甫‘吴楚东南坼，乾坤日夜浮’，气象过之。”

仔细品味，前人的评价确实有它的道理。孟浩然笔下的洞庭湖，虽然云腾泽绕，波浪滔天，只不过是水云飞动罢了，哪能比得上杜甫笔下洞庭湖的划分山河、吞吐日月呢。孟浩然和杜甫都是天才的诗人，都想写出洞庭湖的壮阔景象，他们诗境的不同与其诗风不同有关，更主要的当缘于他们写诗时不同的心境。

杜甫写诗时已五十七岁，他害过肺病，又患过风痹，右臂不便，左耳已聋，一身都是病痛。出蜀后在异乡漂泊，诗人的忧患深重，所以诗作的后半段境界相对狭窄，然而诗人忧国忧民，胸襟是无比阔大的，诗人志存高远，抱负是无比宏伟的，因而他才能够写出吞吐山河的诗句。而孟浩然写这首诗的时候，只有四十来岁，过罢了多年的隐居生活，他正想有所作为，他写这首诗来呈递给丞相张九龄，意在请求提拔，因而诗中说自己坐在湖边观看那些垂竿钓鱼的人，白白地产生羡慕之情。“临渊而羡鱼，不如退而结网”，诗人借

这个典故来暗喻自己有出山做一番事业的愿望，只怕没有人引荐，希望对方帮助的心情自然流露了出来。处在这样的心境之中，洞庭湖在孟浩然眼里当然没有了杜甫诗中那样的浩气，他不可能写出似"日月之行，若出其中。星汉灿烂，若出其里"的诗句。

孟浩然是当时著名的隐士，传说他因和朋友喝酒，竟不去接待采访使韩朝宗，似乎将功名利禄看得很轻，可是，从他这首给张九龄的干谒诗中，我们自能看出他想要出仕，想要有所作为的真情。"坐观垂钓者，徒有羡鱼情"，看着别人临河垂钓，只能白白地羡慕人家的成功，诗人真是太想有所作为了，话说得越是巧妙，实际越能显出诗人心情的恳切。不过孟浩然终身未仕，以布衣老死林泉。

孟浩然以垂钓为喻请求引见终未成功。他的故事使人想起了另一位也曾以垂钓为喻的名人姜子牙。据说周文王渭水访贤，找到了正在垂钓的姜子牙，发现他用直钩钓鱼，便问他为何不用曲钩，姜子牙长吟道："宁向直中取，不向曲中求。非为锦鳞设，单钓王与侯。"文王大喜，于是请他出山，姜子牙辅周伐商，终于打下了江山。隐居实际上可能是求仕的一种途径，姜子牙、孟浩然都是如此，不过孟浩然是失败者，而姜子牙取得了成功。孟浩然未能入仕，这是他一生的遗憾，他的政治才能人们也就不得而知了。唐代诗人大都自许很高，都想有所作为，干一番事业，一些人终老林泉，人

们说他怀才不遇，许多人连遭贬谪，人们说他壮志难酬。

实际上唐代诗人中是少有大政治家的，许多诗人的政治才能也远逊于诗才。就拿李白来说，他自信“天生我才必有用”，自许“但用东山谢安石，为君谈笑净胡沙”（《脉王东巡歌十一首》），实际上，就是真的有机会施展才华，他大概也不会掌握好政治气候，不会领会好上级意图，不会协调好各方关系，在现实的政治舞台上，他怎么可能展开工作呢？就拿李白接受永王李璘的邀请而出山来说。李璘本是玄宗的十六子，当时肃宗曾严令李璘不要轻举妄动，乱世中诸王拥兵自重可不是什么好事情。李璘不听指挥，硬要招兵买马、聘请人才，可能是确有非分之想，这时李白是绝对不该参与他的幕府的。可以说李白最后被流放夜郎，是自食其果，搞政治的人是绝对不能站错队的。再说杜甫，他久在官场，本应深知其中的奥妙，在安史之乱时他能去宁夏找肃宗，应该说是站对了队了。安禄山叛乱爆发，长安沦陷。杜甫带着家眷逃难到陕北，得知太子李亨在灵武（今宁夏灵武）即位的消息后，他便将家眷安置在邝州（今陕西富县），只身赶往灵武，途中被叛军俘虏，解往长安。第二年夏初，他冒死逃出，投奔肃宗。杜甫见肃宗时，“麻鞋见天子，衣袖露两肘”（杜甫《述怀一首》），可谓忠心耿耿，肃宗也大为感动，为褒奖他的忠心，授为左拾遗，职位虽低却责任重大。有当朝天子的赏识，按说杜甫应该平步青云了，

可是不久因上疏营救丞相房琯而被罢职，几近定罪，后被贬官，再后弃官出走。房琯带兵打了败仗，按军法就该追究；再说他是玄宗的旧臣，有树立私人势力之嫌。“一朝天子一朝臣”，肃宗想要换掉他也是很自然的。杜甫看不出这一点，竟言辞激切地营救，当然是要丢官了。由此可见，杜甫的政治眼光也是不敏锐的。

诗人就是诗人，除了一颗诗心、一腔热血，再别无所长，他们的抱负是注定不能实现的，因为政治是很复杂的，绝不像诗人们想象的那么单纯。孟浩然没有进入官场，他的政治才能估计也不会很高，因为他也是一位出色的诗人。

山寺桃花始盛开——庐山

长江从群山万壑之中冲出三峡以后，流经的是坦荡的平原，两岸除了时远时近的低丘外，没有什么高大的山岭，独在江西九江附近，一座高山拔地而起，好似从天外飞来，高出附近平原千米以上，加上山峰周围多悬崖峭壁，谷深峰陡，显得特别雄伟，这就是庐山。庐山北边是一泻千里的长江，南边是烟波浩渺的鄱阳湖，庐山群峰突起，一山独峙，大江、大湖、大山浑然一体，险峻与秀丽刚柔相济，“雄、奇、险、秀”是人们对它的赞誉。庐山是一座历史文化名山，早在一千二百多年前，大诗人李白便这样赞美：“予行天下，所游山水甚富，俊伟诡特，鲜有能过之者，真天下之

壮观也。”“一山飞峙大江边，跃上葱茏四百旋”（《七律》），这是1959年毛泽东游览庐山时写下的诗句。

中国大山的得名往往都有一点来历，峨眉山据说就是有山峰相对如峨眉而得名，那么庐山呢？庐是指简陋的房屋，比如茅庐，庐山是因为茅庐而得名的吗？

据说西周时，匡氏兄弟七人结庐隐居山上，周威烈王派使者来访，只见草庐仍在，匡氏兄弟早已离去，所以后人称这座山为“匡山”“匡庐”或者“庐山”，这样说来庐山之名确与茅庐有关了。

云海、瀑布与绝壁是大名鼎鼎的“庐山三绝”。

先说绝壁。庐山层峦叠嶂，主峰是大汉阳峰，海拔一千四百多米，知名的山峰共有一百七十多座，如上霄峰、含鄱岭、双剑峰、九叠屏、犁头尖、好汉坡……它们或形态动人，或气势非凡，腾云驾雾，争奇斗艳。从谷底来看，这些山峰大多峭拔险峻，巍峨雄奇。如人们十分熟悉的仙人洞即在悬崖之上。洞前一棵劲松自石隙中挺立而出，树旁一块巨石，三面悬空，一头好像尖钉似的插入峭壁之中，下临深渊，因而才赢来了“天生一个仙人洞，无限风光现险峰”（毛泽东《为李进同志题所摄庐山仙人洞照》）的赞誉。庐山多峭壁与庐山的地形成因有关，它是由断层块构造形成的山体，因而奇峰峻岭，悬崖峭壁很多。如果在鄱阳湖畔的海会遥望庐山五老峰，其断裂上升的痕迹清晰可辨。五老峰的

绝壁直落千米，山头嵯峨如五位银须老人坐在云雾之中，若隐若现。由于庐山地势突然升高，而气温随高度上升而降低，因而山上盛夏时也非常凉爽。长江中游是我国夏季最热的地区之一，可是一上庐山，暑意全无，因而它赢得了“清凉国”的美誉。

山上环境的差异使庐山的植物生长也与山下呈现出很大的差异。唐代诗人白居易登庐山时写下了《大林寺桃花》一诗：

人间四月芳菲尽，山寺桃花始盛开。

常恨春归无觅处，不知转入此中来。

山下桃花已谢，而山上桃花却正值怒放，这种奇异的景象当然使诗人诗兴大发，大自然之鬼斧神工，庐山之钟灵毓秀都会令诗人感动。谁说春去无踪，那是因为他没到过庐山，不知道春色长留山中。

再说瀑布。由于庐山的迅速抬升，原来的山涧小溪，都变成了瀑布悬挂在绝壁之上。著名的有三叠泉、石门涧、王家坡双瀑以及马尾瀑布等等。三叠泉瀑布落差一百五十多米，崖石所阻，分成三折，每折各具特色，闻名遐迩，俗称“不到三叠泉，不算庐山客”。唐代大诗人李白为山南秀峰留下的著名诗作《望庐山瀑布》，是对庐山瀑布最贴切的写照：

日照香炉生紫烟，遥看瀑布挂前川。

飞流直下三千尺，疑是银河落九天。

这首诗流传很广，可以说是和庐山一样有名。诗中最精彩的当然要算那几个动词。“生”，山头雾气蒸腾着，形状色彩变化着，大自然的生命气息浓浓地展示着；“挂”，高高长长的一匹瀑布，如亘古悬挂在岩壁上，这是大自然称心如意的一幅杰作吧；“飞”，远看挂着的瀑布并非静态，原是喷涌飞腾的精灵；“落”，从“九天”降下的自由落体，速度简直难以测算。全诗无一字直接写音响，然而用了“飞”字和“落”字，即可使读者凭生活体验的积累想象出其声威。这首诗给庐山瀑布和庐山带来了极高的声誉。

再说庐山的云雾。庐山由于地势高耸，水汽受山势阻挡被迫上升，在高处凝结，成云作雨，所以雨量比平地要多，云雾也特别大。白云浓雾，把庐山衬托得格外多姿。春夏之交，是云雾最多的季节，乱云飞渡，大雾弥漫，即使身在山中，也难见此山全貌。冬季水汽凝结位置低于夏季，云层较低，山顶反而常常露出晴空。从山上往下看，脚下茫茫云海，千变万化；而从山下抬头仰望，庐山隐现在云雾之间。峨峨匡庐山，渺渺江湖间，庐山年平均雾日近二百天，庐山云雾自古享有盛名。云遮雾绕，峰壑迷失，弥漫的云气又为庐山平添了许多迷人的秀色，也产生了难识庐山真面目的说法。宋代苏轼登览庐山，写下了千古名篇《题西林壁》：

横看成岭侧成峰，远近高低各不同。

不识庐山真面目，只缘身在此山中。

据诗中所说，难识庐山真面目是因为身在山中，这当然是启发人高瞻远瞩，洞察万物的真相。实际上即便是跳出了庐山，也看不清庐山的面目啊，这都是因为庐山云雾的缘故。正因为雾锁庐山，庐山才更有了超出寻常的魅力。

除此三绝，庐山还有得天独厚的一绝，这就是山顶平坦，开阔平缓，绿树丛丛，湖光峦影，花团锦簇般地拥出一片开阔平展的台地，可以盖楼修屋，这在我国各大名山中是不可多得的。啊，要是能在这样云腾雾绕、泉水淙淙、清凉舒爽、风景如画的地方盖上房子居住，那该多好，哪怕是一座像古人隐居住的茅庐也行。

从古至今，在庐山上盖房子的人可是不少。最早的当然要算西周时的匡氏七兄弟了，其后还有很多。

第一批人应该算是东晋以后的和尚和道士了。伴随道教兴起及佛教西来，佛道两家凭借名山秀水之利，在庐山弘法授徒，因而当地寺院兴盛，遍地浮屠。其中晋代高僧慧远于山中建东林寺，开创“净土法门”，又称莲宗，在国内外佛教界影响颇大。西域佛教界传诵的“东向稽首，献心庐岳”，就是对慧远和东林寺虔诚的膜拜。晋、唐以来，国内外求经拜佛者络绎不绝。和东林寺相对的还有西林寺，就是苏轼题诗的地方，因苏轼的《题西林壁》而享有盛名。

第二批人要算是古代的读书人。唐人李渤早年曾在庐山

隐居读书，他曾蓄养一只白鹿自娱，人称“白鹿先生”，遗址就在今天的白鹿洞。南唐时就此建学馆，称庐山国学，后来经过宋代理学家朱熹等人的努力，发展为一所全国著名的书院——白鹿洞书院，是数百年间中国封建文化教育的中心，是无数读书人向往景仰的地方。

第三批人是帝国主义列强。鸦片战争以后，庐山也沦为列强竞相争夺的殖民地。1882 年沙俄首先染指庐山，接着有四十多个国家的各类人员窜上庐山，划租界、建教堂，组织殖民统治机构，并在牯岭建起了一栋栋洋溢着欧洲风格的别墅，这些建筑是侵略者强行输入的，是民族屈辱的见证。不过仅就建筑物来说，它们修建得还是相当精美，与周围的风景水乳交融，庐山有至今保存完好的国际别墅群落，现有英、美、德、法等十八个国家建筑风格的别墅六百多栋，可以说是一个“世界村”。说到在庐山上盖别墅，不能不提到蒋介石夫妇和他们的美庐别墅。美庐别墅是英国人赠送给蒋介石的礼物。蒋介石很是喜欢，因夫人宋美龄名字中有“美”字，遂将别墅命名为“美庐”，这里曾是蒋介石的夏都宫邸、“主席行辕”，也是当年“第一夫人”生活的“美的房子”，曾与世纪风云紧密相连。无数的历史事件，将这座小楼推上了显赫而又迷离的境界。蒋介石亲笔题写“美庐”二字的石头至今仍在。

庐山似乎就应该有庐，它本来就是一块天然的建庐之

地。西周建庐的人给后人留下了庐山的名字，晋唐建庐的人给庐山留下了可供凭吊的古迹，列强建“庐”却留下了千年的骂名。

从庐山北望，就是江西九江，东晋大诗人陶渊明的家就在这里。陶渊明的《饮酒二十首并序》（其五）历来为人们传诵：

结庐在人境，而无车马喧。

问君何能尔，心远地自偏。

采菊东篱下，悠然见南山。

山气日夕佳，飞鸟相与还。

此中有真意，欲辩已忘言。

陶渊明的这首诗也谈到了结庐，他最理想的居住之地是“人境”，就是人来人往、有许多人生活的地方。诗中说心静，境自静，即使身居闹市，也宛如山中。由于诗人心无尘虑，能得自然之真意，可以说是深得其乐。诗人以采菊东篱，畅望南山为最大的快乐。庐山在九江之南，陶渊明的草庐应该就在庐山之下。住在庐山下，看鸟倦飞而知还，这就是千百年来人们津津乐道的趣事了，何必定要结庐于山上？

长天秋水霞落去——滕王阁

滕王阁坐落在南昌赣江东岸，依城临江，与湖南岳阳楼、湖北黄鹤楼并称江南三大名楼。它始建于唐永徽四年(653)，为唐高祖李渊之子李元婴任洪州都督时所创建。李元婴出生于帝王之家，受到宫廷生活熏陶，“工书画，妙音律，喜蝴蝶，选芳渚游，乘青雀舸，极亭榭歌舞之盛。”(《重修滕王阁记》)据史书记载，永徽三年，李元婴调任洪州都督时，从苏州带来一班歌舞乐伎，终日在都督府里盛宴歌舞。后来又临江建此楼阁为别居，实乃歌舞之地。因李元婴在贞观年间曾被封为滕王，故阁以“滕王”一名冠之。

滕王阁在历史上的兴废更迭达二十九次之多，现在的滕王阁主阁落成于 1989 年，共九层，净高近六十米，主体建筑为宋式仿木结构，碧瓦丹柱，雕梁飞檐，气势颇为雄伟。其下部为象征古城墙的十二米高台座，分为两级。台座以上的主阁取“明三暗七”格式，即从外面看是三层带回廊建筑，而内部却有七层，就是三个明层，三个暗层，加屋顶中的设备层。从正面看，南北两亭与主阁组成一个倚天耸立的“山”字，而从飞机上俯瞰，滕王阁则有如十只平展两翅、意欲凌波西飞的巨大鲲鹏，这种绝妙的立面和平面布局，正体现了滕王阁建造者的匠心。滕王阁自古就被称为我国江南三大名楼之首。重建后的滕王阁，无论其高度，还是面积，均远胜于从前，同时也大大超过了现在的黄鹤楼和岳阳楼，仍然居于三大名楼之首。

滕王阁之所以享有巨大声誉，很大程度上归功于一篇脍

炙人口的散文《滕王阁序》。王勃作序后，又有王仲舒作记，王绪作赋，史书称之为“三王记滕阁”。序以阁而闻名，阁以序而著称，历经沧桑而盛誉不衰。

据说唐高宗上元二年（675）重阳节，洪州都督阎伯屿携文武官员欢宴于滕王阁，共庆重阳佳节并为滕王阁重修竣工举行盛宴。此时，王勃因赴交趾省亲探父，路过南昌，而被邀入席。酒兴正酣，阎都督请各位嘉宾行文赋诗以记欢宴之盛况，其实他是想让略具诗名的女婿孟学士好好展露一手，孟学士也已经准备妥当，只等当众吟咏，因此在座诸公均心领神会，都不吟诗作文，只是再三谦让。轮至末座之王勃时，他却踌躇应允，令满座愕然。

王勃行文习惯小酌，然后蒙头少睡，起来后挥毫而就，这是他“打腹稿”的方式。逢此盛宴，小寐难成，他于是不紧不慢，端坐书案，神情凝注，手拈墨碇缓慢研磨，借机酝酿才思。众宾客见王勃如此，都觉得奇怪。阎都督见王勃如此不知世故人情，于是与众宾客登阁赏景，吩咐小吏随时通报其行文赋诗的进展。

很长时间，小吏来报第一句“豫章故郡，洪都新府”，阎都督评曰：老生常谈，平淡无奇。小吏又报“星分翼轸，地接衡庐”，阎都督默然不语。及至小吏来报“落霞与孤鹜齐飞，秋水共长天一色”，阎都督拍手称赞，众人也无不折服叹息。阎都督急令众文武返回阁中开怀畅饮，众人尽欢而散。

此次盛宴，也因这段佳话而名垂史册。

王勃在很短的时间内，文不加点，一挥而就，能写出这样流传千古的名作，千百年来，一直为人们赞叹。重读《滕王阁序》，人们的感慨也许会更深。“文章本天成，妙手偶得之”（陆游《剑南诗稿·文章》），像王勃这样的文章确实是才气机遇与人杰地灵的结晶，所以极为罕见。实际上，《滕王阁序》也来自于对前人巧妙的模仿，来自于心有灵犀一点通的化用。就拿其中最为人们所称赞的“落霞与孤鹜齐飞，秋水共长天一色”两句来说，这本来是南北朝庾信的文章中用过的句式，庾信《马射赋》中有“落花与芝盖同飞，杨柳共春旗一色”两句，是写春景的名句，王勃用庾信现成的句式，只是改换了其中的名词，便成了令人赞叹不已的佳句，如此分析王勃的写作似乎也不是那么神奇，关键是在前人的基础上创出了新意。

王勃写《滕王阁序》时只有二十六岁，正是青春年少，也正应了“自古英雄出少年”那句古话，可惜天妒英才，王勃作序后的第二年，探父途中渡海就溺水而逝了。今天滕王阁主阁正门的对联就是“落霞与孤鹜齐飞，秋水共长天一色”两句。暮秋之时，鄱阳湖区成千上万只候鸟飞临，将构成一幅活生生的秋水落霞图，成为滕王阁的一大胜景。

还是再读读《滕王阁序》末尾的《滕王阁诗》：

滕王高阁临江渚，佩玉鸣鸾罢歌舞。

画栋朝飞南浦云，味帘暮卷西山雨。

闲云潭影日悠悠，物换星移几度秋。

阁中帝子今何在？槛外长江空自流。

这是千古名作的尾声，也是大唐才子诗情奔涌的见证。

人间天堂

潮打空城寂寞回——金陵

南京曾有很多名字，它被称作南京始于明代初年，之前曾被称作金陵、秣陵、建业、建邺、建康、江宁、集庆、应天等。明成祖时国都北迁，应天府改称南京，太平天国称之为天京，清朝称之为江宁，辛亥革命以后再改称南京至今。公元前 472 年越王勾践灭吴后，在今天南京的中华门西南侧建城，开创了南京的城垣史。南京是十代都会，从公元 3 世纪以来，先后有东吴、东晋和南朝的宋、齐、梁、陈（史称六朝），以及南唐、明、太平天国、中华民国等十个朝代和政权在南京建都立国。古人选择南京建都有着多方面的原因，其中，南京的地形是很重要的一点。南京位于江苏省西

部，是一座山城，又是一座江城。这里群山环抱，形若蛟龙。万里长江滚滚而来，穿城东去。城西有座石头山，三国时东吴在此凭险修筑了石头城，南京因此有了石头城的别称。据说蜀国丞相诸葛亮出使东吴时，曾在石头山上纵论南京地形，赞为“钟山龙蟠，石城虎踞”。由于有此地形，历史上许多王朝都在此建都，南京才有了“六朝金粉地，金陵帝王州”的美名。“江山如此多娇，引无数英雄竞折腰”，这么一个虎踞龙盘的风水宝地，也饱经了历史的风霜。

三国鼎立，它目睹群雄角逐争战；六代兴替，它阅尽王朝的曲终幕落；明初，它以举世无双的巍巍城垣显示了泱泱大国之风；晚清，它为近代中国第一个不平等条约被冠上自己的名字而蒙受屈辱；太平天国，历史在这里风雷激荡；辛亥革命，潮流在这里奔突迂回；抗日战争，日军在这里留下人类历史上最野蛮、最血腥的一页。漫步于石头城下、秦淮河边、明故宫里、天王府中、中山陵旁、雨花台前，面对斑斑史迹，恍若进入了遥远的历史海洋，自会勾起游人的万千思绪。而从历史中回到现实，弯弯的秦淮河、繁华的夫子庙、巍巍的中山陵，明朗秀丽的南京城仍是一派尊严繁华的景象。一时间，几多感慨，涌上了心头；满腔激情，喷涌而出。古往今来的南京都是一个畅想怀古的好地方。

在隋唐时南京地区多被称作金陵。金陵这一名称可能始自战国时期，史载楚威王曾置金陵邑，传说楚怀王灭越国后

曾在钟山埋金以镇王气，所以钟山又称金陵山。隋唐的统治者都采取抑制金陵的策略，隋文帝曾下令拆毁城中的建筑物，将城邑平为耕地，唐代的统治者仍旧限制金陵的发展，这可能是出于稳定统治的考虑，不过这样一来，金陵城长时间繁华不再，成了文人歌咏历史兴衰的很好的话题。在隋唐时期金陵已是一般的州县，当时的通称以“金陵”最为常用，也常称“白下”“上元”“江宁”“昇州”等等。唐代诗人来过金陵的不少，留下了很多描写金陵的诗篇。

刘禹锡就在金陵写下了不少作品。他二十一岁考中进士，进入官场。顺宗即位，任用王叔文等人推行一系列改革措施，刘禹锡是革新集团的核心人物之一，后即因此被贬，其间虽也曾一度奉诏还京，后又因触怒新贵继续被贬。刘禹锡的贬谪之地多在偏远的南方，他曾多次到过金陵，刘禹锡在金陵附近写有很多怀古诗，在诗坛享有盛名。试看他的《西塞山怀古》：

王濬楼船下益州，金陵王气黯然收。

千寻铁锁沉江底，一片降幡出石头。

人世几回伤往事，山形依旧枕寒流。

今逢四海为家日，故垒萧萧芦荻秋。

西塞山在今湖北省，汉魏六朝以来建都金陵的帝王，都把西塞山作为长江中游的江防要塞。晋武帝要伐吴的时候，命令益州（今四川成都）刺史王浚督造战船，领兵出战。

据《晋书》记载，王浚“作大船连舫，方百二十步，受二千余人。以木为城……自古未有”，太康元年（280）正月，王浚统帅水军自成都出发，沿江东下，攻伐孙吴。这首诗由史实入手，把王浚的楼船写得很有气势，紧接着描写了晋军的胜利发展。东吴末代皇帝孙皓在江防要害之处，用铁链横锁长江，又做了许多很长的铁锥，暗置江中，企图凭险据守。王浚楼船一到，先用木筏排除铁锥，又用大火炬烧断铁链，沉没江底。接着水师顺流而下，孙皓抵挡不住，只好投降。诗人在西塞山前浮想联翩，东吴等六朝都曾在金陵建都，也都以西塞山为防守要塞，然而，它们都一个个地亡国了，这里边有多少值得吸取的历史教训啊！人们想起这些往事就感伤一回，西塞山还是那样，滚滚长江的寒流在枕靠着它不停地流去，有谁认真地从这些往事中吸取过教训呢？

刘禹锡还有一首《金陵怀古》：

潮满冶城渚，日斜征虏亭。
蔡洲新草绿，幕府旧烟青。
兴废由人事，山川空地形。
后庭花一曲，幽怨不堪听。

春秋时期的“冶城”和“越城”，是南京历史上最早的城垣。诗人为寻访东吴当年冶铸之地——冶城的遗迹来到江边，正逢早潮上涨，水天空阔，满川风涛。冶城这个以冶制吴刀、吴钩著名的古迹究竟在哪儿呢？诗人徘徊寻觅，却四顾茫然。只有那江涛的拍岸声和江边一片荒凉的景象。它仿佛告诉人们：冶城和吴国的雄图霸业一样，早已在时间的长河中消逝得无影无踪了。昔日的繁华哪里去了，当时的权贵而今安在？“兴废由人事，山川空地形”，诗人以极其精练的语言揭示出险要的山川形势并没有为六朝的长治久安提供保障，国家兴亡，原当取决于人事！

刘禹锡的《石头城》是描写南京的名篇，历来为人们所称颂：

山围故国周遭在，潮打空城寂寞回。

淮水东边旧时月，夜深还过女墙来。

山围得故国四周严密，似乎还可以令人联想到当年虎踞龙盘的模样，但是江潮的拍打和退回，见到的只是空城，已经不知当年的繁华为何物了。只有秦淮河东面那轮由古照到今的明月，可能领略过昔时那种醉生梦死的繁华，但它从东方升起，待到夜深，也还只是清光飘零地从城垛上照进城来。诗人随手拈来山、城、水、月等常见的意象，进行了城与人之间探究历史奥秘的对话。讲述着一个关于历史沧桑和城市盛衰的故事，一个具有宇宙意识的关于常与变、瞬息与永恒的故事，讲述着一个没有故事的故事。据说把刘禹锡称为“诗豪”的白居易对之“掉头苦吟，叹赏良久”，称赞《石头城》诗云“潮打空城寂寞回”，“吾知后之诗人不复措词矣”。

白居易的话是对刘禹锡极高的赞美，不过在刘禹锡之后写石头城的仍大有人在，元代诗人萨都剌的《念奴娇·登石头城》也写得气势豪壮：

石头城上，望天低吴楚，眼空无物。

指点六朝形胜地，唯有青山如壁。

蔽日旌旗，连云樯，白骨纷如雪。

一江南北，消磨多少豪杰……

晚唐韦庄也是一位在金陵地区写过不少怀古诗的诗人，时世的艰难，深深的忧患，都在他的诗中若隐若现。试看他的《台城》：

江雨霏霏江草齐，六朝如梦鸟空啼。

无情最是台城柳，依旧烟笼十里堤。

台城也称苑城，在南京玄武湖边，原为六朝时城墙。台城外的垂柳依旧轻烟般地笼罩着十里长堤，映着江雨霏霏，衬着青草离离，六朝往事如梦，台城早已破败，繁华已经不再。韦庄生活在唐末，唐王朝即将灭亡，难怪诗人的情绪是如此的忧伤。韦庄还有一首《金陵图》，情绪依然伤悲，可以作为《台城》的姊妹篇来读：

谁谓伤心画不成，画人心逐世人情。

君看六幅南朝事，老木寒云满古城。

南京的古迹实在太多了，即使是寻常巷陌，也许还蕴藏着感人至深的传说，普通的烟柳画堤，可能就凝结着催人泪下的故事。朱自清先生曾说："逛南京就像逛古董铺子，到处都有时代的遗痕。"在这里徘徊，你的思维会穿越时空；在这里惆怅，会有无数的古人陪你伤情。这就是怀古，从古至今，南京都是一个怀占的好地方。兴废常更替，山川空地形，繁华会消逝，衰败又孕育着新的辉煌，金戈铁马都是会腐朽的，倒是这怀古者的怀想，会随着他们的怀古诗文，一代代流传下来，在人们心中生发。

长江流到南京，江面已经非常辽阔，远非上游的狭窄急流可比，可谓江海相连，江天一色了，另有了一种雄浑浩瀚的景象。如果恰逢春天，看一江春水浩浩东流，观两岸春景生机无限，确实是很惬意的。而在月明之夜，看月光映照下的江景，又会是另一番景象。

唐诗人张若虚是一位唐诗史上不能不提的诗人，他的生平人们知之甚少，只知道他是扬州人，生卒年和字号均不详，他在唐中宗神龙年间曾与贺知章、张旭等人驰名于长安，应当比李白年长。张若虚一生的作品仅留传下来两首诗，他的《春江花月夜》被闻一多先生誉为"诗中的诗，顶峰上的顶峰"，一千多年来使无数读者为之倾倒。也因这一首诗，张若虚"孤篇横绝，竟为大家"：

春江潮水连海平，海上明月共潮生。

滟滟随波千万里，何处春江无月明。

江流宛转绕芳甸，月照花林皆似霰。

空里流霜不觉飞，汀上白沙看不见。
江天一色无纤尘，皎皎空中孤月轮。
江畔何人初见月，江月何年初照人。
人生代代无穷已，江月年年只相似。
不知江月待何人，但见长江送流水。
白云一片去悠悠，青枫浦上不胜愁。
谁家今夜扁舟子，何处相思明月楼。
可怜楼上月徘徊，应照离人妆镜台。
玉户帘中卷不去，捣衣砧上拂还来。
此时相望不相闻，愿逐月华流照君。
鸿雁长飞光不度，鱼龙潜跃水成文。
昨夜闲潭梦落花，可怜春半不还家。
江水流春去欲尽，江潭落月复西斜。
斜月沉沉藏海雾，碣石潇湘无限路。
不知乘月几人归，落月摇情满江树。

诗的开篇勾勒出一幅春江月夜的壮丽画面。江潮浩瀚无垠，仿佛和大海连在一起。江海相连，浪涛奔涌，气势非常宏伟。这时一轮明月随潮涌生。诗中一个“生”字，赋予了明月与潮水蓬勃鲜活的生命。千万里之遥都有月光闪耀，哪一处春江不在明月朗照之中！江水曲曲弯弯地绕过花草遍生的原野，月色泻在花树上，像撒上了一层白霜。诗人轻轻挥洒，点染出春江月夜中的“花”景，呼应了“春江花月夜”的题面。诗人对月光的观察极其细微：月光荡涤了世间万物的五光十色，将大千世界浸染成梦幻一样的银色。因而“流霜不觉飞”，“白沙看不见”，浑然只有皎洁明亮的月光存在。诗人细腻的笔触，塑造了一个神话般美妙的境界，春江花月夜显得格外幽美恬静。诗人的遐思穿越了时空。“江畔何人初见月？江月何年初照人”，亘古的宇宙，已经绵延了多久，何时才有了明月，何时才有了生灵？

《春江花月夜》是乐府旧题，创制者是谁，说法不一。据郭茂倩《乐府诗集》所录，除张若虚这一首外，尚有六七首，隋炀帝也写过同题的诗歌，可见古人经常以此为题赋诗，只是到了张若虚手里，这一旧题才焕发了活力，获得了不朽的艺术生命。时至今日，人们甚至不再去考索旧题的原始创制者究竟是谁，还有谁写过同题的诗歌，而把《春江花月夜》的创制权归之张若虚了。

夜泊秦淮近酒家——秦淮

秦淮河古称淮水，据说秦始皇时凿通方山引淮水，横贯城中，故名秦淮河。说起秦淮河，人们自然会想起杜牧的《泊秦淮》来：

烟笼寒水月笼沙，夜泊秦淮近酒家。
商女不知亡国恨，隔江犹唱后庭花。

这是一首清丽悠扬的抒情诗。诗人杜牧前期颇为关心政治，对当时百孔千疮的唐王朝十分忧虑，他看到统治集团的腐朽昏庸，藩镇拥兵自固，边患频繁，深感社会危机四伏，觉得唐王朝前景可悲。《泊秦淮》就是在这种忧时伤世思想基础上写出的。《平树后庭花》绮艳轻荡，是亡国之音，当年陈后主就长期沉迷于这种萎靡的生活，视国政为儿戏，终于丢了江山。诗中说金陵歌女“不知亡国恨”，还唱着那《后庭花》曲，是借陈后主因追求荒淫享乐终至亡国的历史，讽刺晚唐那班醉生梦死的统治者，表现了诗人对国家命运的无比关怀和深切忧虑。

秦淮河是长江的一条支流，全长约一百一十公里，是南京地区的主要河道。后两岸建筑多遭毁坏，河水亦日渐污浊。1984 年以来，国家旅游局和南京市人民政府重点开发形成了著名的秦淮风光带，先后建成了夫子庙、学宫、贡院三大古典建筑群，整修了乌衣巷、李香君故居、瞻园等景点，将临河的贡院街一带建成包括戏院、书场、茶社和各种土特工艺品商店、小吃店在内的古色古香的旅游文化商业街，恢复了明末清初江南街市商肆的风貌。最为诱人的是秦淮夜市和金陵灯会，还有民俗名胜、地方风味小吃等，都使中外游客为之陶醉。

杜牧另有一首《江南春》，是写金陵春色的，秦淮河春景当然也在其中：

千里莺啼绿映红，水村山郭酒旗风。

南朝四百八十寺，多少楼台烟雨中。

读罢这二十八字，闭目就能想见当时的金陵春色：黄莺在红花绿柳中放开了婉转的歌喉，酒旗飘扬在水村山郭；金碧辉煌、屋宇重重的佛寺，被迷蒙的烟雨笼罩着，若隐若现，似有似无，给江南的春天更增添了朦胧迷离的色彩。这是多么明丽迷人的江南春景啊！

秦淮河是南京著名的风景游览区，可以观赏的地方很多。夫子庙位于秦淮河畔、贡院西街之西，又称孔庙、文庙或文宣王庙，是供奉和祭祀我国古代著名的大思想家、教育家孔子的庙宇，孔子自古被人们尊称“孔夫子”，故其庙宇俗称“夫子庙”。宋仁宗景祐元年（1034）在东晋学宫的基础上扩建而成。我国的孔庙和学宫往往建在一起，是因为封建统治阶级希望士子们步圣人之道，接受先圣先贤的教化熏陶而成才。夫子庙虽历遭损坏，但各代都有新建和扩建，到了清末民初，殿宇结构和布局仍为东南之冠。现在的夫子庙建筑富有明清风格。它以大成殿为中心，从大照壁至卫山，南北成一条中轴线，左右建筑对称，建筑古朴，雄伟壮观。“一带秦淮河洗尽前朝污泥浊水，千年夫子庙辉兼历代古貌新姿。”这是南京夫子庙思乐亭石柱上镌刻的楹联，它既把秦淮河的清姿丽质和夫子庙的建设新貌展示了出来，又给游人以无穷的回味和遐思。

李白《登金陵凤凰台》中有“二水中分白鹭洲”的名

句，古人所说的白鹭洲位于现在南京城西五里的长江中，因当时洲上多聚白鹭而名。今天的白鹭洲公园紧邻夫子庙闹市区，其建筑采用明清江南园林的传统风格，与夫子庙地区明清风格的建筑群互为映衬、相得益彰，犹如镶嵌在夫子庙秦淮风光带上的一颗明珠。

中华门明代称聚宝门，为南京古城墙上规模最大的城堡式城门，也是我国最大的一座城堡，是当今世界上保存最完好、结构最复杂的古城堡。城堡设计巧妙，结构完整，有三道瓮城，四道拱门，首道城门高二十多米，内有藏兵洞近三十个，战时用以贮备军需物资和埋伏士兵。今在中华门城堡周围，建有中华门广场，城堡与广场连为一体，更显雄壮巍峨。

雨花台位于中华门外，据说南朝时曾有高僧在此讲法，当时感动了天神，降下缤纷花雨，天神所降之花即成为后来名满天下的雨花石。雨花石晶莹圆润，玲珑剔透。红的似玛瑙，绿的如碧玉，捡上几颗回家，放在花钵中，盛上一些水，丽石清水相映，显得格外美丽。在国民党统治时期，这里是屠杀共产党人的刑场，据说有十万以上的烈士牺牲在这里。现在这里建有烈士陵园和烈士纪念馆，还有雨花石博物馆，馆中展出精美的雨花石藏品。

金陵灯会，始于六朝，盛于明清。相传明代洪武年间，朱元璋下令闹花灯，以示与民同乐，共庆升平，自此数百年

来，相沿成俗，至今不衰。灯会每年春节在夫子庙地区举办。从农历正月初一至月底，为期一个月。夫子庙是彩灯云集之地，有大型主题彩灯，也有民间中小型彩灯、花灯，尤其是市民的自扎花灯，千姿百态。晚间的夫子庙更是五光十色。元宵月夜，秦淮两岸彩灯高悬，锣鼓喧天，灯火似海，游人如潮，在此欢庆一年一度的盛会。

青梅竹马两小无猜——长干人家

长干里是南京古代著名的地名，遗址在今内秦淮河以南至雨花台以北。据史书记载南京之南有山，人们居住在其间平地上，有大长干、小长干等名称，干大概指的是人们居住的地方。人们经常提到并为唐代大诗人多次歌咏的“长干里”，主要是指吴孙权时的小长干里，遗址在今雨花路和中华门城堡的西侧。

长干里地势高亢，雨花台陈于前，秦淮河卫其后，大江护其西，又是秦淮河的入江通道，战略地位十分重要。南京城市的雏形越城就位于此。春秋战国时代，这里已是南京人口最密集地区了，古人之所以选择在此筑越城，就是看到这块地方物产丰富，交通便利，商业繁荣，人口密集，且有山水卫护，攻守皆宜。

这里居住过许多名人。范蠡、张昭、陆机、陆云都曾住在这里。唐代诗人李白、崔颢、杜甫、杜牧等人都曾来这里游历。

诗人崔颢的《长干曲四首》（其一、其二）历来为人们称道：

君家何处住，妾住在横塘。

停船暂借问，或恐是同乡。

家临九江水，来去九江侧。

同是长干人，生小不相识。

这可以说是当时的男女声二重唱，只是曲调已不复存在了。这首诗写的是一个行船的姑娘向邻船人发问的情形，虽是同乡，两人竟不相识，诗中洋溢着萍水相逢的喜悦。长干里是秦汉六朝时期南京城最繁华的地方，那里的人以舟为家，走南闯北，崔颢这首诗写的就是船家生活。

提起长干里，人们还会想起李白的《长干行二首》（其一）来：

妾发初覆额，折花门前剧。

郎骑竹马来，绕床弄青梅。

同居长干里，两小无嫌猜。

十四为君妇，羞颜未尝开。

低头向暗壁，千唤不一回。

十五始展眉，愿同尘与灰。

常存抱柱信，岂上望夫台。

十六君远行，瞿塘滟滪堆。

五月不可触，猿声天上哀。

门前迟行迹，一一生绿苔。

苔深不能扫，落叶秋风早。

八月蝴蝶来，双飞西园草。

感此伤妾心，坐愁红颜老。

早晚下三巴，预将书报家。

相迎不道远，直至长风沙。

诗中写南方女子温柔细腻的感情，缠绵婉转，步步深入，具有极其感人的艺术魅力。因而后人称赞说："儿女情事，直从胸臆中流出。萦回曲折，一往情深。"诗中女子的温柔而多情，对爱情有着热烈的向往和追求。诗中的长干，是一个特殊的生活环境，居民多从事商业。古代在商人、市民中间，封建礼教的控制力量是比较弱的。出生在商人家庭的李白，和市民一直有着密切的联系，是唐代诗人中最敢于大胆蔑视封建礼教的人物，可以说他和他诗中的主人公一道，最早呼吸到了市民圈中的新鲜空气。由李白这首诗引出了的成语——青梅竹马、两小无猜，至今人们仍在使用。

烟花三月下扬州——扬州

扬州位于江苏中部，南临长江，北据蜀岗，京杭大运河与长江在此成十字形交叉。通扬运河纵贯南北，从此东通黄海，境内河流众多，为苏北的门户，南北交通的要冲。扬州以“州界多水，水扬波”而得名，今天的扬州城最早称为邗城，为吴王夫差所筑。因扬州处于运河入江要冲，而成为南北水上交通的枢纽，经济、文化都极为繁荣，历来就是江南的一大商业都会，正所谓“广陵城里昔繁华，炀帝行宫接紫霞”。

据说古时有几位朋友在一起畅谈理想。一位说他的理想就是要挣钱，越多越好；一位说他的理想是到扬州去，因为那里繁华富裕，是一个享乐的好地方；还有一位说他的理想是修道成仙，最好能够驾鹤升天；轮到最后一位朋友，他说自己的理想是“腰缠十万贯，骑鹤下扬州”。几位朋友听罢，无不拍手称赞，他这短短的两句话竟把所有朋友的理想全部容纳了，其后，这两句话成了人们展示理想的成语，也成了称赞扬州的名言。这个名言的产生得益于兼容并蓄，得益于融合吸纳，这实际上也是扬州的特点，也是扬州文化的特点。

扬州文化确实有很大的融合性，就全世界来说，东西方文化在这里汇聚，而扬州也是中国南北方文化融会的交汇点。比如说扬州园林的特点就讲“南秀北雄”，就是说南方园林的秀气和北方园林的大气在扬州园林上都有很好的体现，从扬州的瘦西湖到古城的建筑我们都可以充分地体会到这一点。再一个就是东西方文化的交融，早在唐代，扬州就是对外开放的四大港口之一，当时有一万多外国人在扬州经商，留下了很多文化遗迹。元朝时意大利人马可·波罗就到过扬州，他在游记中说扬州是舳舻帆樯、商贾云集的繁盛之地。现在的扬州也是佛教、伊斯兰教、基督教共存一城。这都体现了东西方文化融合的特点。有人说扬州的淮扬菜是非常有特点的。我国北方的老百姓都吃面，但面食做得最好的是扬州，扬州有著名的富春包子等各种名点，南方的老百姓吃米，但最出名的是“扬州炒饭”。

拿唐代诗人来说，刘禹锡人称“诗豪”，他在扬州留下了极其沉郁雄壮的诗篇，而“小李杜”中的杜牧也在扬州留下了纤丽缠绵的诗篇，它们都是扬州文化史上的杰作。试看刘禹锡的《酬乐天扬州初逢席上见赠》：

巴山楚水凄凉地，二十三年弃置身。
怀旧空吟闻笛赋，到乡翻似烂柯人。
沉舟侧畔千帆过，病树前头万木春。
今日听君歌一曲，暂凭杯酒长精神。

唐敬宗宝历三年（827）初，刘禹锡由和州（今安徽和县）返回洛阳，途经扬州时，遇到白居易。在筵席上白居易写了一首诗赠他，那首诗最后两句说：“亦知合被才名折，二十三年折太多。”（《醉赠刘二十八使君》）刘禹锡的这首答谢诗就是从这里开头的。诗人回答故友的安慰，先是长长的叹息，自己被贬谪到巴山楚水这些荒凉的地区，被抛弃在一边已经二十三年了，空有怀友思旧的心情也见面无由，即便回到故乡，也宛如隔世。然而艰难困苦使诗人愈挫愈奋，他看未来仍旧是一片光明。就像一只快要沉没的破船，而身旁却有千帆竞进；就像一株枯老的病树，而前面却是万木勃发。诗文在“沉舟”“病树”与“千帆过”“万木春”的对照中，表现了作者对世事变迁的感慨。这两句诗由于深刻反映了事物的变化发展，因而成为广为传诵的名句。这是刘禹锡在扬州城留下的一首名作，扬州城也见证了诗人身处逆境的感慨，也记住了诗人永不消沉的振奋。

扬州城的色彩是很丰富的，古人留下的诗歌也有多种风格。再看杜牧的《遣怀》：

落魄江湖载酒行，楚腰纤细掌中轻。

十年一觉扬州梦，赢得青楼薄幸名。

这首诗是诗人对自己昔日生活的回顾，其中有对昔日放纵的嘲讽，也有似乎留恋的无奈，是回味悠长的。不过诗中对扬州的赞叹和欣赏是显而易见的，如果不是扬州繁花似锦，诗人何故久久淹留，如果不是扬州美女如云，诗人何以一梦十年?

据说杜牧曾在扬州淮南节度使牛僧孺手下任职，他才华横溢，但不拘小节，于是牛僧孺派了三十名兵士每天晚上暗中保护他，他对此却一无所知。后来杜牧被提升到京都长安任职，在送别宴上才得知牛大人一直掌握他的行踪，暗中进行保护，于是感动得流下了热泪。到京都后，杜牧就没有再像在扬州那样醉生梦死地生活，为此他写下了这首《遣怀》。曾经的繁华如过眼烟云，扬州十年恍若南柯一梦。想当年，落魄江湖之时，秦楼楚馆，放浪情怀。如今醒悟，回思往事，扪心自问：得否？失否？

杜牧是一位风流才子，也是唐代诗坛后期的风云人物。他在扬州留下了响亮的名字，也和扬州结下了不解之缘。试看他的《寄扬州韩绰判官》：

青山隐隐水迢迢，秋尽江南草未凋。

二十四桥明月夜，玉人何处教吹箫？

诗中所提韩绰当是诗人的挚友，这首诗作于诗人离开江南以后，诗的风调悠扬，意境优美，千百年来一直为人们传诵。

青山逶迤，绿水如带，时令已过深秋，草木却还未凋落，这正是绰约多姿的江南。诗人与友人之间山重水隔，可心仍在朋友身边，不知是思念二十四桥的明月，还是思念那悠扬的箫声，还是与朋友情谊深重。俗话说爱屋及乌，不知是诗人思念朋友而想起了扬州，还是思念扬州而想起了朋友？那悠扬的箫声中仿佛还荡漾着似水柔情的思念。此时虽然时令已过了深秋，江南的草木却还未凋落，风光依旧旖旎秀媚。正由于诗人不堪晚秋的萧条冷落，因而格外眷恋江南的青山绿水，越发怀念远在热闹繁华之乡的故人了。据说扬州城里原有二十四座桥，又有人说古时有二十四位美人吹箫

于桥上，加上风流俊美的才郎，景是何等的旖旎秀媚，人又是何等的风流倜傥。月光笼罩的二十四桥上，吹箫的美人披着银辉，宛若洁白光润的玉人，呜咽悠扬的箫声飘散在已凉未寒的江南秋夜，回荡在青山绿水之间。秋尽之后尚如此美丽，江南如何不令人无限向往？

再看杜牧另一首在扬州的名作《赠别二首》（其一）。这是诗人赠另一位相好歌伎的，从同题的另一首诗中“多情却似总无情”（《赠别二首》其二）来看，他们彼此感情相当深挚。

娉娉袅袅十三余，豆蔻梢头二月初。

春风十里扬州路，卷上珠帘总不如。

这首诗重在赞颂歌伎的美丽，“娉娉袅袅”是身姿轻盈，“十三余”是她的芳龄，恰似“二月初”的豆蔻花，初成穗时，嫩叶卷之而生，穗头深红。扬州路上不知有多少珠帘，所有帘下不知有多少红衣翠袖的美人，但“卷上珠帘总不如”。诗中将扬州城珠光宝气的繁华气象一并传出，用扬州所有美人来衬托一人之美，有众星拱月的效果。诗中这位十三四岁的姑娘能够独压群芳，多缘自诗人的生花妙笔，也是因为她那情窦初开的年龄。

现在人们爱歌唱“九妹”：九妹九妹可爱的妹妹，九妹九妹红红的花蕾。九妹的姐姐肯定不少，前边的好多姊妹都不去歌唱，还不是因为九妹年轻吗。当然，杜牧笔下的这位歌伎的美丽，也借重于她身后的背景，春风十里，绿水扬波，这本身就使人情动。

夜半钟声到客船——苏州

唐诗人张继的《枫桥夜泊》太有名了，它是唐代远行游子的怀想，也是今人心中的苏州之歌：

月落乌啼霜满天，江枫渔火对愁眠。

姑苏城外寒山寺，夜半钟声到客船。

张继是襄州（今湖北襄樊）人。实际上他的家离苏州也不远。安史之乱后，已中进士几年的张继还没有被任用，他游历江南，足迹遍布会稽、吴郡一带，举目无亲，无依无靠，生活艰难。就在这种国难身贫的困境中，他的漂泊无依的小船来到了枫桥之地。那是一个深秋的夜晚，诗人停船在枫桥边，凉秋夜半，霜气逼人，月亮西沉，只听到树上乌鸦的几声啼叫。江畔树影朦朦胧胧，江中渔火星星点点，他愁思满怀，难以入眠。夜半，姑苏城外的寒山寺传来的钟声，沉重而悠远。诗人感物伤怀，残月、乌啼、霜天、江枫、渔火、寺影、钟声，与他愁苦的心境交织在一起，他于是提笔写下这首千古传诵的诗作。

张继本是一位名气不大的诗人，可他的《枫桥夜泊》却尽人皆知，杜甫曾说：“名诗传张继，金钟响寒山”。从儿时起，我的心中就回荡着张继那烂熟的诗句，后来再加上

歌曲《涛声依旧》，“月落乌啼”便常常在耳边回响了。可是心中却一直有好多的疑问，乌鸦在月落以后还啼叫吗？霜只能在地上看到，怎么会满天？苏州城外是不是有一座寒山？后来读书多了，也知道乌鸦是会在晚上啼叫的，曹操的《短歌行》里就有“月明星稀，乌鹊南飞”的句子，唐代教坊曲中也有《乌夜啼》的曲子。至于“霜满天”大概是诗人的夸张，正如人们常说“透骨寒”，是不能太落实去了解的。到过苏州，才知道寒山寺并不在山上，叫寒山寺是因为唐代高僧寒山曾在寺中做住持。夜半钟声，这是寒山寺的寺规，六朝以来，佛寺多于夜半鸣钟，似乎意在提醒僧人加紧坐禅用功，或在惊醒世人勿贪美梦。当地人说寒山寺西北约两公里处，有一小山与寒山寺门遥遥相对，人称孤山，又叫愁眠山。寒山寺门前并不是枫桥，而是江村桥，东面百余米才是枫桥，又叫乌啼桥。愁眠山、乌啼桥这也太让人熟悉了，不知是张继诗中写到了许多地名，还是这些地名都来自张继的诗中，这又成了我心中久久思考的问题，然而岁月悠悠，有的问题可能会成为永久的悬案。反复再读张继这首诗，我又觉得其中的意象普普通通，似乎并没有什么过人之处，它写的是游子的思乡，却好像并不是那么特别的愁苦，写的是旅人的失眠，好像也并不是那么难堪。“吊影分为千里雁，辞根散作九秋蓬”，这是离乡游子的哀叹；“迟迟钟鼓初长夜，耿耿星河欲曙天”，这是苦痛难挨的失眠。而在

张继诗中，所有的感怀都是那样的平淡，在国难深重的日子里诗人漂泊异乡，在超尘拔俗的寺庙旁他又彻夜难眠，可他留下的诗句却是那样的平淡。

月落乌啼的江边寒霜遍地，“江枫”与“渔火”，动静明灭，陪伴着怀着愁怨躺在船上的旅人。愁，诗人心头确实萦绕着缕缕轻愁，但江枫渔火映着的诗人似乎并不是那么苦痛，诗中似乎还隐含着对旅途优美风物的新鲜感受，旅人与景物正在无言地交流。静夜中万籁俱寂，因而钟声给人的印象就特别强烈，似乎敲碎了这宁静的夜景，可它也更衬托出了夜的静谧，揭示着夜的深永，而诗人漂泊他乡的感受是在不言之中的。就这样，诗人沉溺在这静谧的夜景中，就这样，诗人浮想联翩，就这样，诗人失眠了，凡是经历过忧患的人都有过这样的感受，凡是漂泊他乡的人都有过这样的失眠，这实在是平淡而又平常的。值得一提的是寒山寺的钟声，寒山寺是一座古刹，唐初诗僧寒山是一代名僧，他的诗写得很好。“杳杳寒山道，落落冷涧滨。啾啾常有鸟，寂寂更无人。淅淅风吹面，纷纷雪积身。朝朝不见日，岁岁不知春。”（《诗三百三首》）这是他的名作。夜半钟的风习，虽早在《南史》中即有记载，但把它写进诗里，成为诗歌意境的灵性，却是张继的创造。在张继同时或以后，虽也有不少诗人描写过夜半钟声，却再也没有达到过张继的水平，更不用说借以创造出完整的意境了。

寒山寺的钟声回荡着历史，仿佛是历史的回声，淡而又淡的感受溶入了长而又长的历史，个人就要消失，感受仍然长留。因为平淡，所以才含蕴丰富，所以才回味悠远。

姑苏台枕吴江水——苏州

相传商代末年，周君古公亶父有三个儿子：长子泰伯、次子仲雍和幼子季历。季历有子昌，古公直父认为昌有兴王业的才能，想把君位传给季历再传于昌。泰伯、仲雍了解了这一意图后，为尊重父意，避让君位而逃避到当时被称为荆蛮之地的江南。他们带来的周族先进的文化和农业生产技术，受到当地居民的拥护，在梅里（今无锡县梅村）泰伯被拥立为君长，国号为“勾吴”，这就是后来的吴国。随着吴国的崛起，梅里的都城已日益不能适应发展了，而位于太湖东北岸的苏州，由于自然条件十分优越，交通方便，土地肥沃，物产丰富，人口众多，吴王寿梦在公元前561年，正式将都城迁至苏州。后来伍子胥曾在这里督造水陆双棋盘格局的城池，自此，苏州的地理位置沿革至今，它曾被称为姑苏、会稽、吴县、吴州等。因为苏州城西有姑苏山，吴王阖闾曾在此建姑苏台，所以在隋代吴州就被改称为苏州。

俗话说“上有天堂，下有苏杭”，苏州自然风光秀丽，灵岩、天平、天池和洞庭诸山，点缀于太湖之滨，形成了富有江南风情的湖光山色。中国四大名园中，苏州就占有拙政

园、留园两席。“吴中第一名胜”虎丘深厚的文化积淀，使其成为游客来苏州的必游之地。既有山水之胜，再加上名闻天下的园林之美，自然、人文景观交相辉映，历史文化氛围浓厚，是名副其实的“人间天堂”。

苏州古典园林的历史可上溯至公元前六世纪春秋时吴王的园囿，历代不断建造，名园日多。明清时期，苏州成为中国最繁华的地区，私家园林遍布古城内外。中国园林有皇家园林和私家园林两大系列，前者集中在北京一带，后者则以苏州为代表。皇家园林以宏大、严整、堂皇、浓丽称胜，而苏州园林则以小巧、精致、淡雅、写意出名。

苏州古典园林宅园合一，可赏、可游、可居，这种建筑形态的形成，是在人口密集和缺乏自然风光的城市中，人类依恋自然，追求与自然和谐相处，美化和完善自身居住环境的一种创造。拙政园、留园、网师园、环秀山庄这四座古典园林，建筑类型齐全，保存完整，系统而全面地展示了苏州古典园林建筑的特点，它们模拟自然风光，创造了“城市山林”，实现着“居闹市而近自然”的人类理想，是明清时期江南民间建筑的代表作品。园林中流水清澈，鲜花争艳，一座园林逛上一天也不会厌倦疲惫。

夜色中的园林，没有了白天人头攒动的热闹，还原了园子本身的幽雅。陆陆续续的游人轻轻地走进园内，清风拂面，月色如水，举步水竹云山，落座风花雪月，小桥、灯

光、水影、七里山塘，是老苏州的印记。走在古朴的青砖上，夜色中粉墙黛瓦扑面而来，满是民族韵味的串串红灯笼随风摇曳，晚风中时而飘来了悦耳的民乐声，河水中的桨声灯影向海内外游客述说着悠悠的江南之梦。元初意大利旅行家马可·波罗来到苏州，见到苏州风貌，十分欣赏，把它与意大利著名的水域威尼斯相媲美，誉之为“东方的威尼斯”。水上的苏州确实是一首流动的诗。

看苏州，值得留恋处很多，始建于明代正德四年（1509）的拙政园是苏州四大名园之首，可谓中国园林的经典之作。园以水景取胜，平淡简远，朴素大方，保持了明代园林疏朗典雅的古朴风格。据说江南才子文征明参与了设计，人文气息尤其浓厚，处处诗情画意。狮子林是元代流传至今的假山，群峰起伏，气势雄浑，奇峰怪石，玲珑剔透。假山群共有九条路线，二十多个洞口。“人道我居城市里，我疑身在万山中”（维则《狮子林即景》），就是它的真实写照。留园以建筑空间处理精湛著称。整个园景以长廊为脉络，曲径通幽，随形而变，循廊而观，处处有景，厅堂在苏州诸园中最为宏敞华丽。虎丘有“吴中第一名胜”之称。相传吴王夫差葬父于此，三日后有白虎雄踞其上，故而得名。内有断梁殿、剑池等许多景点，其中年逾千载的虎丘塔已成为苏州的城市标志，如能在中秋之夜到此赏月闻歌，那就更是风雅不凡了。

而太湖恰如镶嵌在长江三角洲上的一颗明珠，这里山水相依，层次丰富，形成一幅“山外青山湖外湖，黛峰簇簇洞泉布”的自然画卷。太湖古称震泽，又名五湖，湖的沿岸和湖中诸岛是吴越文化的发源地，能看到春秋时期的阖闾城、越城遗址、隋代大运河、唐代宝带桥、宋代紫金庵、元代天池书屋、明代杨湾一条街等等。慢慢行走于这些名胜，恰如游行于历史长河之中。

最忆是杭州——杭州

不论是过去还是现在，杭州都是当之无愧的名城。在秦代这里称钱唐县，到了隋开皇年间改称杭州。唐代中期，杭州发展成“珍异所聚，商贾并辏”的商业都市。五代吴越和南宋又两代建都，历时二百多年，杭州的发展达到鼎盛，号称“东南第一州”。元代的杭州经济繁荣，风景优美，为东南重镇。马可·波罗在游历世界许多地方之后来到杭州，曾十分惊异地赞叹它是“全世界最美丽华贵的城市”。杭州的美丽和繁荣得之于水，隋炀帝开凿大运河，促进了杭州经济的发展，历代的官吏和群众不断地疏浚治理西湖，更为这座名城增添了最有诗意的一笔。“绕郭荷花三十里，拂城松树一千株”（白居易《余杭形胜》）的水色山光，令从古至今的游人流连忘返。

江南忆，最忆是杭州。杭州美，美在西湖水。西湖，本

因处于杭州城西而得名，实际上现在的西湖就在杭州城中，杭州城与西湖就分不开了，西湖就像一面巨大的明镜，把杭州城映在其中。据说，古时候东海有一条玉龙，它与天目山的金凤相识，它们找到了一块晶亮的白玉，经多年琢磨，磨成一颗璀璨的明珠，这颗宝珠照到哪里，哪里就树木长青、百花盛开。天宫的王母娘娘要抢夺宝珠，在争夺中宝珠落到了人间，变成了波光粼粼的西湖，而玉龙和金凤则变成了湖边的玉龙山和凤凰山，日夜守护着这颗杭州城的明珠。现在湖滨公园的“美人凤”塑像，手持宝珠，演绎的就是这个故事。

实际上西湖本是个与钱塘江相连的浅海湾，今天耸峙在西湖南北的吴山与宝石山，就是怀抱这两个小海湾的岬角。汉代的西湖仍随潮水的涨落而出没，后来由于潮汐的冲击，泥沙在两个岬角淤积起来，逐渐变成沙洲，并不断向东、南、北三个方向扩展，终于把吴山和宝石山的沙洲连在一起，形成了一片冲积平原，把海湾与钱塘江分隔开来，原来的海湾就变成了一个潟湖，这就是西湖的雏形。潟湖形成后，西湖的水也逐渐转为由周围山溪补给，最终成为一个淡水湖。一直到隋代，湖泊的形态才基本固定，杭州城倚湖而建，“人间天堂”的天堂气象才逐渐形成。

值得一提的是对于西湖这样的天然湖泊来说，由于注入河流的泥沙冲积，天长日久下来，必然要出现泥沙淤淀、葑

草蔓生而使湖底不断变浅的现象，而最终由湖泊变成沼泽，由沼泽而形成平陆，这就是湖泊的沼泽化。实际上早先和西湖并存甚至比西湖大数十倍的南下湖、鉴湖等等就是这样消失了，今天只能在历史书上找寻它们的名字了。但西湖从其成湖之日起直到今日，仍然是一湖碧水，这就是人的作用，由于历代人们不间断的努力，遏制了西湖的沼泽化过程。

回忆西湖的历史，有四个朝代是不容忽视的，而这四个朝代中，各有几个名字是不能抹去的。如果说西湖本是块璞玉，那么他们就是传说中的玉龙与金凤，把西湖雕琢得玲珑剔透、光鉴天地，也就是说，正是因为他们对西湖做了一次次综合整治，西湖才有今日盛况。

唐长庆二年（822），白居易来到了杭州，当上了杭州刺史。他来的时候，正是西湖日渐淤塞、湖水干涸、农田苦旱，人民生活和城市发展受到严重影响的时候。于是，白居易冲破重重阻力，疏浚西湖，筑堤建闸，使湖堤比原来的湖岸高上数尺，增加了蓄水量，以供农田灌溉，并重新浚治六井，保证了城里居民的正常用水。他修建的那条堤，就是著名的白堤。他亲手书写了《钱塘湖闸记》，刻在石碑上，让后来的地方官了解堤坝跟农业的利害关系，石碑上详细地记载了堤坝的功用，以及蓄水、放水和保护堤坝的方法，其中甚至详细地写明了一寸湖水能灌溉多少顷农田。他给了西湖活泼泼的生命，他还为这座长堤留下绝妙的诗句《钱塘湖春行》：

孤山寺北贾亭西，水面初平云脚低。

几处早莺争暖树，谁家新燕啄春泥。

乱花渐欲迷人眼，浅草才能没马蹄。

最爱湖东行不足，绿杨荫里白沙堤。

这首诗写于长庆三年春天，诗中的钱塘湖就是今天的西湖，诗的内容有如一幅春郊试马图一样明丽轻快，令人目迷神驰。诗人在初春的西湖上漫步，对满眼湖光山色做了细致的刻画。从孤山上眺望湖面是春水融融，信步走来，只见莺争暖树，燕啄春泥。而这“争”和“啄”则给春光的喧闹增添了诗情画意。沿路是迷人的灿烂的鲜花、隐没马蹄的浅草，一派春意盎然，生气勃勃。诗人从孤山行走到白沙堤上，对湖东的景色还嫌看不够，他要咏叹垂杨绿阴，用“最”字显示他的陶醉流连。诗中描绘的是春景，写的是莺燕，洋溢着的却是诗人自己轻快欢乐的感情。据说今天西湖景色中的“平湖秋月”“白堤孤山”都与白居易的这首诗有关。

白居易的《春题湖上》也是一首歌咏西湖的名篇：

湖上春来似画图，乱峰围绕水平铺。

松排山面千重翠，月点波心一颗珠。

碧毯线头抽早稻，青罗裙带展新蒲。

未能抛得杭州去，一半勾留是此湖。

这是一首西湖春景诗，当作于作者卸杭州刺史任之前。诗中先是鸟瞰西湖春日景色，谓其“似画图”，进而具体描绘如画之景：群山环绕，参差不一，湖上水面平展。排排青松装点着山峦，如重重叠叠的翡翠，皎洁的月亮映入湖心，像一颗闪光的珍珠，这是多么诱人的美景啊！然而诗的旨趣并没有凝滞在范山模水的层面上，诗人出人意表地把笔锋转到对农作物的体察上。在山水诗中嵌入农事，弄不好会雅俗相悖，很不协调，而白居易却别出心裁地把农事诗化了，早稻犹如碧毯上抽出的线头，新蒲好像青罗裙上的飘带。如此精妙新奇的比喻本身不仅体现出作者对湖区人民的关怀，使读者由此可以联想到正是这位白刺史，一到任便体恤民情，浚井供饮，把杭州变成了人间天堂，从而铭记其德惠。同时，在诗的写作上也是一种变格、一种可贵的出新，它比作者描绘西湖的《钱塘湖春行》，立意更加新颖，语言益见精妙。这首诗的结构曲折委婉，别有情致，特别是最后两句“以不舍意作结，而曰‘一半勾留’，言外正有余情”。

杭州对于白居易来说，并不仅仅是实现个人政治抱负的地方。当时在朝中“终日多忧惕”（《咏怀》）的他为了避开朋党倾轧而请求外任，来到杭州。杭州的确是涤除他人生烦恼的地方，诗人在杭州忘却了仕途的险恶，“谁知利名尽，无复长安心”（《食饱》）。

多年后，诗人对江南的生活，依然是无比的怀念。他写下了《忆江南》二首，其一：

江南好，风景旧曾谙。

日出江花红胜火，

春来江水绿如蓝。

能不忆江南？

这是一首小令，只有二十七字，既有词的意境，又有浓郁的民歌风味。作者运用贴切的比喻和工整的对偶，把明媚、艳丽、温馨、柔美而富有生气、诗情画意般的江南水乡春色，凝练了成两句话，“日出江花红胜火，春来江水绿如蓝”成为千古传诵、脍炙人口的佳句。今天读来，依然令人心驰神往。《忆江南》其二：

江南忆，最忆是杭州。

山寺月中寻桂子，

郡亭枕上看潮头。

何日更重游？

这是白居易任杭州刺史期满回到洛阳后，抚今追昔，发出的感慨，抒发了对杭州的无限留恋之情。“天下西湖三十六，就中最好是杭州。”西湖是诗，是天然的图画，是美丽动人的故事。

不论是多年居住在这里的人们，还是匆匆而过的旅人，无不为这天下美景所倾倒。“江南忆，最忆是杭州”，白居易的这句诗，也成了杭州旅游的广告词。

在北宋苏轼来杭州当地方官时，却发觉心中至美之湖年久失修，日渐湮塞，草兴水涸，半为葑草，雨时不能蓄洪，旱时无水灌溉。于是，这位才子决定仿效前朝白居易，写下《乞开杭州西湖状》，向朝廷请命修浚西湖。他采取以工代赈的办法，募民开湖，先后花工二十余万，除葑草，筑“苏堤”，建六桥，植桃柳，种植的桃李既可保护堤岸，又可平添美景。想那春日之晨，六桥烟柳笼纱，几声莺啼，报道苏堤春早，有民谣唱道：“西湖景致六吊桥，一株杨柳一株桃。”“西湖十景”中的苏堤春晓就此而得名。为了防止西湖再次湮塞，东坡居士还专门在湖中深潭立三座小石塔，作为控制水深和防止葑草生长的水域标志。这些小石塔，后经明代改建而成了西湖十景之一的“三潭印月”。如此算来，这位浪漫的才子在整治西湖的同时还留下了两处盛景。

一日苏轼在湖上游宴饮酒，当时天气晴朗，诗人的心情也很好，忽然骤雨袭来，诗人的心情依然很好，看着西湖的晴姿雨景，诗人不禁诗情涌动，写下了《次湖上初晴后雨》：

水光潋滟晴方好，山色空濛雨亦奇。

欲把西湖比西子，淡妆浓抹总相宜。

在灿烂的阳光照耀下，西湖水波荡漾，波光粼粼；在雨幕笼罩下，周围的群山，迷迷茫茫，若有若无。这一天诗人在西湖游宴，起初阳光明丽，后来下起了雨。在善于领略自然美景的诗人眼中，西湖的晴姿雨态都是美好奇妙的。诗人用一个奇妙而贴切的比喻，写出了西湖的神韵。诗人拿西施来比西湖，不仅是因为二者同在越地，同有一个“西”字，同样具有婀娜多姿的阴柔之美，更主要的是她们都具有天然美的姿质，不用借助外物，不必依靠人为的修饰，随时都能展现美的风姿。西施无论浓施粉黛还是淡描娥眉，总是风姿绰约的；西湖不管晴姿雨态还是花朝月夕，都美妙无比，令人神往。这个比喻得到后世的公认，从此，“西子湖”就成了西湖的别称。“欲把西湖比西子，淡妆浓抹总相宜”的千古绝唱，使西湖美名声振海内，至今还是宣传西湖的绝佳广告词。

明代正德三年（1508），西湖又来了一个救星。杭州知府杨孟瑛冲破重重阻力，重浚西湖，开挖湖中被富豪霸占的三千多亩田荡，加高苏堤，恢复了“湖上春来水拍天，桃花浪暖柳荫浓”的唐宋旧观，并修筑了“杨公堤”，为西湖再添胜景。

“欲把西湖比西子，淡妆浓抹总相宜”，苏轼说得好啊，既然西湖实在太像西施了，既有千娇百媚，就得时时爱惜，时时呵护，西湖是要不断治理的。

八月涛声吼地来——钱塘潮

钱塘潮是我国历史上最著名的涌潮之一。历史上曾有三大潮涌之说，即春秋时，潮盛于山东的青州涌潮；汉及六朝潮盛于广陵的广陵潮涌；再就是唐、宋以后，潮盛于浙江、名闻天下的钱塘潮涌了。

东晋时，已有钱塘观潮的风俗。唐代钱塘观潮风俗很盛，规模空前。唐《元和郡县志》记载“江涛每日昼夜再上。常以月十日、二十五日最小，月三日、十八日极大。小则水渐涨不过数尺。大则涛涌高至数丈。每年八月十八日，数百士女共观，舟人、渔子溯涛触浪，谓之弄潮”。到五代时，十国之一的吴越钱武肃王为修筑钱塘江海塘，组织士兵射潮的传说，正说明当时钱塘潮十分猛烈。

唐代不少大诗人到过杭州，观赏过钱塘江怒潮，留下了赞美的诗篇。白居易诗云：

早潮才落晚潮来，一月周流六十回。

不独光阴朝复暮，杭州老去被人催。

刘禹锡的《浪淘沙》更是直接描写了钱塘潮的壮观：

八月涛声吼地来，头高数丈触山回。

须臾却入海门去，卷起沙堆似雪堆。

宋代，钱塘观潮之风更盛，弄潮活动更具规模。宋代不少大文学家到过杭州，留下赞美钱塘潮的作品。“弄潮儿向潮头立，手把红旗旗不湿”（潘阆《酒泉子·长忆观潮》）的壮景曾让无数人赞叹。

多年前，长江口是喇叭形的河口，一直到扬州附近，才见收缩，扬州以下，骤然开阔，散布沙洲，海潮上溯，奔腾澎湃，形成涌潮。

唐宋以后，钱塘观潮风俗持续不断，直到今天，有关观潮的诗词作品也层出不穷。然而由于江道变迁，钱塘观潮的最佳地点不断下移，近年来潮涌的规模也小了。

2004年国庆，恰逢农历八月十八，正是钱塘潮到来的日子，钱塘江从钱江四桥到珊瑚沙沿江两岸防洪堤及钱江一桥上，满站了十多万名从各地赶来的观潮人，简直是人山人海，观潮的人像潮水一样，可是苦等了一个下午，就是没有等到潮来，往年的潮涌澎湃今已不再，冷风中，十多万人眼巴巴望向钱塘江，最终却都失望而归。除了平静的江水，他们什么也没看见。

苏轼诗中说“八月十八潮，壮观天下无”（《催试官考较戏作》），闻名天下的钱塘江大潮自古很少不在农历八月十八来临。

唐诗人李益《江南曲》有“早知潮有信，嫁与弄潮儿”的名句，可是现在大潮也不讲信用了。

据说江潮不来的原因是很多的，江道淤积是其中最主要的一个，不知改造大自然能力已比古人强了无数倍的现代

人，能不能像古人疏浚西湖那样，再为我们修浚出壮美的钱塘潮来。

不知道今后的钱塘潮还来不来，但愿钱塘潮不只是存在于前人的诗文之中。